THE ROAD TO SCIENCE FICTION

科幻之路

6

百万年野餐

[美国] 詹姆斯·冈恩　编著
James Gunn

穆童　等　译

译林出版社

图书在版编目（CIP）数据

百万年野餐 /（美）詹姆斯·冈恩（James Gunn）编著；穆童等译. -- 南京：译林出版社，2025. 1.
(科幻之路). -- ISBN 978-7-5753-0420-7

Ⅰ. I561.45；I712.45

中国国家版本馆CIP数据核字第20247YH464号

著作权合同登记号　图字：10-2023-21 号

百万年野餐　[美国] 詹姆斯·冈恩 / 编著　穆　童　等 / 译

策　　划　姬少亭　李兆欣
统　　筹　吴立中
责任编辑　郑　丹
翻译监制　东方木
装帧设计　孙逸桐
责任校对　戴小娥
责任印制　闻媛媛

出版发行　译林出版社
地　　址　南京市湖南路 1 号 A 楼
邮　　箱　yilin@yilin.com
网　　址　www.yilin.com
市场热线　025-86633278
排　　版　南京展望文化发展有限公司
印　　刷　江苏凤凰通达印刷有限公司
开　　本　880 毫米 × 1240 毫米　1/32
印　　张　7.75
插　　页　1
版　　次　2025 年 1 月第 1 版
印　　次　2025 年 1 月第 1 次印刷
书　　号　ISBN 978-7-5753-0420-7
定　　价　65.00 元

目录

超越界限[1]

罗伯特·A. 海因莱因最早发表在《惊异科幻》上的小说，有《生命线》、《不合群的人》、《安魂曲》、《如果这样下去》、《道路滚滚向前》和《爆炸总会发生》[2]。当时，坎贝尔正在设法发展一种新的科幻，海因莱因凭借这些作品，成为新科幻的领军人物。32岁那年，海因莱因找到了属于他的职业道路，坎贝尔找到了属于他的明星作家，尽管这段合作只持续了四年。之后，海因莱因去别的领域，接受起了新的挑战。

海因莱因的作品塑造了科幻，拓宽了科幻的边界，影响了其后几代科幻作家。有些作家与海因莱因争夺读者的青睐——尤其是 A. E. 范·沃格特，他的小说有着紧迫的叙事节奏和复杂的情节——但是海因莱因不仅会讲故事，他还有自己独特的主旨和方法。他的主旨契合

1. 标题“Beyond These Horizon”化用了海因莱因的长篇小说《地平线之外》（*Beyond This Horizon*），后者最初分两次于《惊异科幻》1942 年 4 月和 5 月号上连载。

2.《生命线》《安魂曲》《道路滚滚向前》《爆炸总会发生》见于《出卖月亮的人》（Denovo 译，四川科学技术出版社 2009 年版）；《不合群的人》《如果这样下去》见于《玛士撒拉之子》（Denovo 译，四川科学技术出版社 2009 年版）。

了坎贝尔的新式科幻和时代氛围，他的写作方法符合其主旨，也符合其他作者的需要。讽刺的是，为他带来最多读者和销量的，却是那些风格散漫、创新不足的长篇小说。除了《严厉的月亮》[1]（*The Moon is a Harsh Mistress*，1966）和《星期五》（*Friday*，1982），1960年后的海因莱因对于科幻——这个他亲手塑造的文类——的唯一贡献，不过是让更多读者领略到了它的魅力。这些读者与科幻迷不同，无法从海因莱因身上看到科幻迷所珍视的那些优点，说不定还很不耐烦。

海因莱因小说的主旨，可能来自他在部队的失意经历，来自大萧条，来自科学取得的种种成就，或者来自这些因素之外的达尔文主义；它所依赖的基础，首先是对能力出众的理智者的需要，这样的人可以在危机时刻为了人类的利益采取行动，其次是对一种社会的需要，这种社会赋予了这类人行动的自由。海因莱因认为，人类需要的，是身处自由意志主义环境下的务实者。在海因莱因的笔下，当人类这个物种遭遇奴隶制或种族灭绝的威胁时，他塑造的角色们做出了小心而谨慎的应对之举，而其所处的政治制度却毫无作为。

二战期间外部威胁显著，强人显得不可或缺；后来冷战时，虽然威胁主要来自内部，一些人仍然认为强人是值得鼓励的人格属性。然而，到了20世纪60年代和70年代，强人不再受到普遍赞赏——毕竟，正是这样的人让美国陷入了越战的泥潭，还拒绝结束冲突。在弱者和无助者，以及保护他们所需的社会举措面前，海因莱因塑造的角色、描绘的场景开始显得冷酷无情。然而，应该指出的是，海因莱因所构想的世界总是处在危机之中；如果他把和平安宁的宇宙当作小说的背景，那么也许海因莱因就会书写其他值得敬佩的品性，和其他值得赞赏的制度。

1. 可参考《严厉的月亮》：卢燕飞、卢巧丹译，四川科学技术出版社，2015年。

海因莱因的写作方法是让自然主义为幻想所用，他如常地讲述科幻故事，好像故事就发生在今天。在这个过程中，他习得了一种省力的技巧：通过未来人类所创造的事物来描绘未来社会。在为格罗夫·康克林1946年的选集《科幻杰作》所作的序言中，约翰·坎贝尔写道：

> 最优秀的那些现代科幻作家已经掌握了一种不同凡响的写作技巧，可以在不妨碍情节发展的前提下向读者呈现大量的背景知识和相关材料。这是相当卓越的成就：讲述故事的同时，一个崭新的世界也建立了起来。

坎贝尔在此称赞的主要对象，就是海因莱因。海因莱因能用精心挑选的寥寥几处细节，在读者的脑中唤起一个完全不同的世界，就像考古学家用几个碎片，就能重现失落的古文明。

在开始写作的最初几个年头，海因莱因把自己的哲学观点融入了故事情节；在后来的小说里，哲学却以说教的形式出现，好像他终于明白，他完全可以不那么照顾读者，摒弃之前向读者做出的让步。他对人类的各种制度没有耐心，但是他对人性的信念从来不曾动摇过。有了这种乐观，再加上他的写作技巧、针对新市场提升和改变自己写作风格的能力，海因莱因帮助别的科幻作家撬开了光面纸杂志、青少年小说、好莱坞，甚至畅销书榜的大门。

然而，他最大的贡献，在于对其他作家的深远影响。他们不仅跟随着海因莱因的脚步，也亦步亦趋地模仿着他的风格：海因莱因可以如《傀儡主人》[1]（*The Puppet Masters*）和《“你们这些僵尸——”》

---

1. 可参考《傀儡主人》：王金凯、刘静译，四川科学技术出版社，2015年。

（“‘All You Zombies—’”）那样冷酷而强硬，也可以如《地球上的绿色山丘》（“The Green Hills of Earth”）那般诗意。他似乎拥有科幻作家当中最充沛的科幻脑力。他不停地想出从来没人想到的新点子，或者将所有人都认为早已无可挽救的旧创意推陈出新：妄想症、时间旅行悖论、自给自足式的太空飞船、基于优生学的长寿、核动力、核战争、核战争后的生存、超人、外星人附体、外星人审判、现实的本质、公民权、基于科学或死后生存的宗教、星际殖民地起义，以及几十种社会学概念。

与他同时代的作家，从他最初的短篇小说和后来面向成年读者的长篇小说中学习，但是后来的大批作者却是读着他的少年小说成长起来的。有人模仿；有人反对，攻击其哲学，反叛其风格；但是几乎没有谁不受海因莱因的作品影响。他是那个时代最不可或缺的科幻作家。没有海因莱因，今天的科幻将完全不同。

（穆童、憬怡　译）

“你们这些僵尸——”

［美国］罗伯特·A. 海因莱因

1970 年 11 月 7 日，第 5 时区（东部标准时间）22 : 17——纽约市——“老爹酒吧”：“未婚妈妈”进来的时候，我正在擦拭一只白兰地酒杯。我注意了一下时间——1970 年 11 月 7 日，第 5 时区或东部时间 22 点 17 分。时间特工总是会注意到时间和日期；我们必须这样。

“未婚妈妈”是个 25 岁的男人，个头不比我高，显得孩子气，脾气暴躁。我不喜欢他那副模样——我从来就没喜欢过——不过他正是我到这儿来要招募的家伙，是我的人。我给了他一个最完美的酒保式微笑。

或许是我太吹毛求疵了。他不是同性恋；他之所以得了这么个绰号，是因为每次有某个爱管闲事的家伙问他是干哪行的，他总是说：“我是个未婚妈妈。”如果他感觉没那么想杀人的话，还会加上一句：“四分钱一个字。我写忏悔故事。”

如果他感觉不爽，就会等着什么人来干上一架。他有一种能要人命的近身殴斗方式，像个女警察——这是我看中他的理由。但不是唯一的理由。

他已经喝多了，脸上的表情显得比平时更瞧不起人。我静静地倒了一杯双份的“旧内裤”，并且留下了瓶子。他喝了，又倒了一杯。

我擦拭着吧台面。“‘未婚妈妈’骗局怎样了？”

他手指攥紧玻璃杯，看样子是要朝我扔过来；我伸手去摸吧台下面的棍子。进行时间操作的时候，你要设法估计到各种情况，然而因素太多了，所以你永远也别去冒不必要的险。

我看他放松了一点，在局里办的培训学校里，他们会教你察颜观色。“对不起，”我说，“只是问问‘生意怎么样？’就当我问的是‘天气怎么样？’吧。”

他满脸不高兴。“生意不错。我写，他们印，我混口饭吃。”

我给自己倒了一杯，朝他凑过去。“事实上，”我说，“你写得很棒——我挑了几篇看过。你惊人地了解女人的视角。”

这是一步险棋。他从没说过他用什么笔名。不过他火太大了，只听到了最后几个字：“‘女人的视角！’”他哼了一声，重复道。“嗯，我了解女人的视角。我应该了解。”

“是这样？”我怀疑地问，“你有姐妹？”

“没有。我就是告诉你，你也不会信的。”

“好啦，好啦，”我和善地答道，“酒保和精神病医生都知道，没有比真相更稀奇的东西了。哎呀，孩子，如果听了我的故事——那你会发财的。难以置信。”

“你根本不知道‘难以置信’是什么意思！”

“是这样？没有什么事能让我吃惊。我总是听到过更糟的。”

他又哼了一声。“想赌瓶里的剩酒吗？”

“我赌一整瓶。”我把一瓶酒放在吧台上。

“那好——”我示意我的另一个酒保来照看生意。我们待在吧台尽头一块只有一张凳子的地方，我在吧台上堆满了罐装腌蛋和其他杂物来保持私密。吧台另一端有几个人在看搏击，有一个人在摆弄投币电唱机——我们在这就像在床上一样私密。

“好，”他开始说了，“首先，我是个杂种。”

“跟这儿的其他人没什么区别。”我说。

“我是当真的。”他恶声恶气地说，“我父母没结婚。”

“还是没什么区别。”我坚持说，“我父母也是。”

“当时——”他停了下来，给了我一个温暖的眼神，我还是头一次在他脸上看到这种眼神，“你当真？”

“当真。百分之百的杂种。事实上，”我补充道，“我家里没一个人结过婚。全是杂种。”

“噢，这个。”我给他看，“它只是看上去像个结婚戒指；我戴它是为了让女人走开。”这是一件古董，是我 1985 年从一个特工同事那里买来的——他是从基督教时代之前的克里特岛弄回来的。“衔尾蛇……世界之蛇吞吃自己的尾巴，无休无止。是大悖论的象征。”

他勉强瞥了戒指一眼。“如果你真是个杂种，你知道这是什么滋味。当我还是个小姑娘的时候——”

“哇！”我说，“我没听错吧？”

“到底是谁在讲这个故事？当我还是个小姑娘的时候——瞧，听说过克里斯蒂娜·乔根森吗？或者罗伯塔·考威尔？”

“呃，变性人？你是想告诉我——”

“别打断我，否则我发誓不说了。我是个弃儿，1945 年，我才一个月大的时候，就被遗弃在克利夫兰的一家孤儿院。当我还是个小姑娘的时候，我羡慕那些有父母的孩子。后来，当我懂得性的时候——相信我，老爹，一个人在孤儿院里会懂得很快——”

“我明白。”

“——我郑重发誓，我的每个孩子都要有一个爸爸和一个妈妈。这使我保持‘纯洁’，在那附近地区，这是一桩了不得的壮举了——我必须要学会打架，才能设法做到这一点。后来我长大了一些，意识到我他妈几乎没有机会结婚——和没人领养我的理由一样。”他沉下了脸，“我马脸、龅牙、平胸、直发。”

“你的长相不比我差。”

“谁会在乎一个酒保或是一个作家长什么样？可是人们都想领养那种金发碧眼的小傻瓜。然后，男孩子们想要的是鼓鼓的乳房，可爱的脸蛋，还有那种‘噢你真是个了不起的男人’的劲儿。”他耸耸肩，“我无法竞争。于是我决定加入 W.E.N.C.H.E.S.[1]。”

“嗯？”

“国家女子紧急服务团接待与娱乐分部，现在人们叫它‘太空天使’——外星军团辅助护理队[2]。”

这两个名字我都知道，我曾经把它们记录下来。我们仍然在用第三个名字，就是那个精英军事服务团：女子支持鼓励宇航员接待团[3]。时间跳跃中最大的困难就是词汇的变迁——你知道吗，过去“服务站”里面供应的是石油分离产品。一次我到丘吉尔时代去执行一项任务，一名女子对我说，“隔壁服务站见”——这话可不是听起来那个意思；“服务站”（当时的）里面绝对不会有床。

他继续说：“那时他们第一次承认，你不能把男人送到太空好几个月或者好几年之久，而不让他们释放压力。你还记得那些狂热的清教徒是怎样大叫大嚷的吗？——这增加了我的机会，因为志愿者

---

1. 国家女子紧急服务团接待与娱乐分部（Women’s Emergency National Corps, Hospitality & Entertainment Section）的字母缩写 WENCHES 意为“通奸”。
2. 外星军团辅助护理队（Auxiliary Nursing Group, Extraterrestrial Legions）的字母缩写 ANGELS 意为“天使”。
3. 女子支持鼓励宇航员接待团（Women’s Hospitality Order Refortifying & Encouraging Spacemen）的字母缩写 WHORES 意为“娼妓”。

很少。姑娘必须品行端正，最好是处女（他们喜欢从头开始训练她们），智力要高于平均水平，情绪要稳定。可大多数志愿者都是些老妓女，或者是离开地球十天就会垮掉的神经兮兮的人。所以我不需要长得怎么样；如果他们接受我，就会矫正我的龅牙，把我的头发做出波浪，教我怎样走路和跳舞，怎样愉快地听男人谈话，以及其他的一切——外加那些主要职责的培训。如果有帮助的话，他们甚至会做整形手术——对我们的小伙子来说，再好都不为过。

“而最好的一点是，他们确保你在应征期间不会怀孕——应征结束时你几乎肯定会结婚。今天也是一样，天使嫁给太空人——他们有共同语言。

“18 岁时，我被安置成为‘母亲助手’。这个家庭只想要一个廉价的仆人，但我不在意，因为我要到 21 岁才能应征。我做家务，还去上夜校——假装是继续我的高中打字和速记课程，但实际是去上魅力课，以提高我的应征机会。

“然后我遇到了那个带着百元大钞的城市老油条。”他沉下了脸，“那个坏蛋确实有一沓百元大钞。一天晚上他给我看了，还让我随便拿。

“但我没有拿。我喜欢他。他是我遇到的第一个对我好又不对我耍花招的男人。为了能更经常见到他，我从夜校退了学。这是我一生中最快活的时光。

“然后，一天晚上，在公园里，花招要起来了。”

他停了下来。我问道：“后来呢？”

“后来什么也没有了！我再也没有见到过他。他陪我走回家，告诉我他爱我——还和我吻别，祝我晚安，然后再也没回来。”他脸色很可怕，“如果能找到他，我要杀了他！”

“哟，”我表示同情，“我明白你的感受。不过杀了他——就因为做了那种自然而然的事——嗯……你反抗了吗？”

“呵？这有什么关系？”

“有很大关系。他抛弃了你，也许他的两条胳膊活该被打断，不过——”

“他应得的不止这个！等会儿你就会听到。不知怎么的，我不怀疑任何人，拿定主意认为一切都会有好结果的。我没有真正爱过他，或许我永远也不会爱任何人——而且我比以前更加渴望加入W.E.N.C.H.E.S.。我并没有失去资格，他们并不坚持一定要处女。我振作起来了。

“直到我的裙子紧绷起来，我才明白。”

“怀孕了？”

“他让我嗨上天了，比风筝还高！只要我还能干活，那些和我住在一起的吝啬鬼就无视这件事——但后来还是把我赶了出去，孤儿院也不会让我回去。我进了一家慈善病房，被别的大肚子和叮叮当当的便盆包围着，直到那一刻到来。

“一天晚上，我发现自己躺在手术台上，一个护士说：‘放松。现在深呼吸。’

“我在床上醒来，胸部以下什么感觉都没有。给我做手术的外科医生走了进来。‘你感觉如何？’他快活地说。

“‘像个木乃伊。’

“‘当然。你被裹得像木乃伊一样，还打了足量的麻药，让你什么也感觉不到。你会好起来的——不过剖腹产毕竟不像拔手指上一根倒刺。’

“‘剖腹产？’我说，‘医生——孩子死了吗？’

“‘噢，没有。你的孩子很好。’

“‘噢。男孩还是女孩？’

“‘一个健康的小姑娘。5 磅 3 盎司。’

“我放松了下来。生了个孩子多少是件事。我对自己说，我要搬到别的地方去，在我的名字后面加上‘太太’的称呼，让孩子以为她爸爸死了——我的孩子绝不能去孤儿院！

“可是外科医生还在说话。‘告诉我，嗯——’他避开我的名字，‘你有没有想过你的腺体结构有些奇怪？’

“我说：‘嗯？当然没有。你指的是什么？’

“他犹豫了。‘我要给你开一剂这个药，然后再给你打一针让你睡一觉，醒来之后你的紧张就会消失的。你会出现这个症状的。’

“‘为什么？’我问。

“‘听说过那个苏格兰医生吗？35 岁以前她一直是女性——然后她动了手术，在法律和医学上都成了一个男人。结了婚。一切都挺好。’

“‘那和我有什么关系？’

“‘这就是我要说的。你是个男人。’

“我企图坐起来。‘什么？’

“‘别紧张。打开你的腹部后，我发现里面乱七八糟。我一边把婴儿取出来，一边让人去找外科主任，我们在手术台上为你会诊——连着干了好几个小时，尽我们所能挽救你。你有两套完整的器官，都没有发育成熟，不过女性那套发育得足以让你生出孩子。它们永远都不能再派上用场了，于是我们把它们取了出来，重新布置了你的内脏，这样你就能正常地发育成一个男人。’他把一只手放在我身上，‘不要担心。你还年轻，你的骨骼会重新调整，我们会观察你的腺体平衡——让你成为一个出色的小伙子。’

“我开始哭。‘我的孩子怎么办？’

“‘哦，你不能给她哺乳。你的奶水连喂一只小猫都不够。如果

我是你，就不会再见她——把她送给别人领养。’

“‘不！’

“他耸耸肩。‘选择由你来做；你是她母亲——哦，是她的双亲之一。不过现在别担心；我们要先让你恢复健康。’

“第二天，他们让我看了孩子，我每天都能看到她——我试着习惯她。我从没见过刚出生的婴儿，也不知道他们看上去这么丑——我女儿看起来像一只橙色的猴子。我的感情变成了要对她做正确的事的冷静决心。不过，四个星期之后，这就没有任何意义了。”

“哦？”

“她被拐走了。”

“‘拐走？’”

“未婚妈妈”几乎要把我们赌的那瓶酒碰翻了。“被绑架——被人从医院的育婴室里偷走了！”他喘着粗气，“把一个人拥有的最后一个生活目标也夺走了，你怎么看？”

“太糟了。”我表示同意，“让我再给你倒上一杯。没找到线索吗？”

“警方没追查到什么。有一个人来看望她，自称是她的叔叔。护士背过身去的时候，他就带着她走掉了。”

“他长什么样？”

“就是一个男人，长着一张像人脸一样的脸，就跟你我的脸一样。”他皱起了眉头，“我认为是孩子的父亲。护士却发誓说是一个年纪较大的男人，不过他很可能化装了。别人谁会来偷我的孩子？没有孩子的女人可能会耍这样的把戏——可是谁听说过一个男人会干这样的事？”

“然后你怎么样了呢？”

“我在那可怕的地方又待了十一个月，动了三次手术。不到四个月我就开始长胡子；出院之前，我就定期刮胡子了……而且我不再怀疑自己是男性了。”他咧开嘴苦笑了一下，“我开始往护士的领口里看了。”

“好，”我说，“看来你顺利地挺过来了。现在瞧瞧你，一个正常的男人，能赚不少钱，没有真遇到什么麻烦。女人的生活也没那么容易。”

他怒视着我。“你知道得挺多的呀！”

“怎么？”

“听说过‘一个堕落的女人’这种说法吗？”

“嗯，好几年前了。今天这并不意味着什么。”

“我就像一个堕落的女人那样，完全毁了；那个混蛋确实毁了我——我不再是一个女人……但也不知道怎样成为一个男人。”

“需要适应一下，我想。”

“你不明白。我不是说学习怎样穿着，或是不要走错洗手间；这些我在医院就学会了。但是我怎样生活？我能找到什么工作？见鬼，我甚至连开车都不会。我不会任何行当；也不能干体力活——身上瘢痕组织太多，太纤弱。

“我也恨他毁了我参加 W.E.N.C.H.E.S. 的希望，但我直到试图参加太空军团时才知道有多严重。有人看了一眼我的肚子，我就被打上不适宜服兵役的标记。医务官仅仅是为好奇才在我身上花时间；他读过我的病历。

“于是我改名换姓来到纽约。我先是当了个煎炸师勉强度日，后来租了一台打字机，自命为公共速记员——多可笑！四个月时间里我只打了四封信和一份手稿。手稿是投给《真实生活故事》的，不过是浪费纸张而已，可是写这个故事的呆瓜居然把它卖出去了。

“这让我有了个主意；我买了一堆忏悔故事杂志进行研究。”他一副玩世不恭的样子，“现在你知道我写未婚妈妈的故事时怎么会具有真正的女人视角了吧……从唯一一个我没有出售的故事——那个真实的故事中获得的。我是不是赢了这瓶酒？”

我把酒瓶推给他。我有些心烦意乱，但还有工作要做。我说：“孩子，你还想逮住那个家伙吗？”

他两眼放光——一种野性的凶光。

“慢着！”我说，“你不会杀了他吧？”

他恶狠狠地笑了起来。“考验考验我吧。”

“放松点。对于这件事，我知道得比你认为的要多。我可以帮你。我知道他在什么地方。”

他从吧台对面伸过手来。“他在哪儿？”

我轻声说道：“放开我的衬衣，小子——否则你就会倒在小巷里，我会告诉警察你喝醉了。”我向他亮出了我的棍子。

他松开手。“对不起。但他在哪儿？”他看着我，“再说你怎么会知道这么多？”

“你迟早会知道的。这些事情都有记录——医院的记录、孤儿院的记录、医疗记录。你那所孤儿院的女总管是费瑟雷思[1]太太——对吗？她后面是格伦斯坦太太——对吗？你的名字，姑娘时的名字，是‘简’——对吗？你并没有告诉我这些——对吗？”

我让他困惑不已，还有点害怕。“这是怎么回事？你想找我麻烦吗？”

“绝对不是。我是真心为你的幸福着想。我可以把这个人放到你大腿上。你认为怎样合适就怎样对待他——我保证你不会受到惩罚。不过我认为你不会杀了他。否则你就是个傻瓜——而你不是傻瓜。

---

1. “费瑟雷思”（Fetherage）与“寄养”（fosterage）英文读音接近。

不完全是。”

他没有理会这些话。“闭嘴。他在哪儿？”我给他倒了一小杯酒；他醉了，不过怒气抵消了醉意。“别这么急嘛。我为你做件事——你也要为我做件事。”

“嗯……什么事？”

“你不喜欢自己的工作。那么如果收入高，工作稳定，有无限的开支账户，工作的时候你自己说了算，还有许多变化和冒险，你会怎么说？”

他瞪大了眼睛。“我会说：‘让那些该死的驯鹿从我屋顶上滚开！[1]’去你的，老爹——根本没有这样的工作。”

“好，那这么说吧：我把他交给你，你和他了结恩怨，然后试试我的工作。如果不像我说的那样——那好，我也管不了你。”

他摇来晃去；最后那一杯让他醉得不轻。“森么时候兑现？”他口齿不清地说。

他猛地伸出手。“成交！”

“如果成交——现在就去！”

我向伙计点了下头，让他照看吧台两端，我注意下了时间——23点——就俯身钻过吧台下面的门——这时投币电唱机高声响起：“我是我自己的爷爷！”因为我不能忍受1970年的“音乐”，所以让服务员在电唱机里装上了美式乡村音乐和古典音乐，可我不知道那盒磁带也在里面。我叫道：“关掉它！把顾客的钱还给他。”我又补充了一句：“我去下储藏室，一会儿就回来。”然后就径直往里走去，“未婚妈妈”跟在后面。

沿着走廊走过厕所之后有一扇铁门，除了我的日班经理和我自

1. 传说每年圣诞节前夜，圣诞老人会驾驶驯鹿拉的车，来到人家的屋顶上，从烟囱进入屋中送礼物。所以这句话的意思是“别来那套圣诞老人的神话”。

己之外，别人都没有钥匙；里面有一扇门通向内室，只有我才有钥匙。我们来到那里。

他醉眼惺忪地环顾着没有窗户的四壁。“他在哪儿？”

“马上。”我打开一只箱子，这是屋里唯一的东西；这是一部超小型坐标转换器外携式工具箱，1992 系列，Ⅱ型——美观，无移动部件，重 23 公斤，充足了电，外形像一只手提箱。就在这天早些时候，我刚把它精确调好；我需要做的就是抖开限制转换场的金属网。

我正是这么做的。“这是什么？”他问。

“时间机器。”说着，我把金属网抛到我俩头上。

“嘿！”他大叫着往后退。这里面有一个技巧；抛网的时候必须要让对方本能地后退着踏入金属网，然后你收网，你们两人就完全在网中了——否则你有可能会丢掉鞋底或是脚的一部分，或是铲起一块地板。这就是所需要的全部技巧。有些特工会把对方骗到网中；我却告诉他们实话，利用对方极度惊讶的那一瞬间打开开关。我正是这么做的。

1963 年 4 月 3 日-第 6 时区-10：30——俄亥俄州，克利夫兰-顶点大厦：“嘿！”他又在喊，“把这该死的东西拿掉！”

“对不起。”我道歉并且拿掉了金属网，把它塞回箱子，把箱子关上，“你说过你想找到他的。”

“可是——你说这是一台时间机器！”

我指指窗外。“这里看上去像是 11 月份吗？像是纽约吗？”他呆呆地看着初诞的嫩芽和春季的天气时，我又打开箱子，拿出一包百元大钞，检查了一下钞票的编号和签名，确定它们都与 1963 年的年份符合。时间局并不在乎你花了多少钱（这没有任何成本），不过他们不喜欢不必要的时代错误。如果犯错太多，最高军事法庭会把你流放到一个糟糕的时代去待上一年，比如说实行严格的定量配给和强迫劳动的 1974 年。我从来没有犯过这类错误；这些钱没问题。

他转过身来说："发生了什么？"

"他就在这里。到外面去，找到他。这是给你花的钱。"我塞给他时又补充了一句，"跟他解决恩怨，然后我会来接你。"

百元大钞对于一个不习惯于使用它们的人来说，有一种催眠作用。我让他放松地进入楼厅，把他关在外面的时候，他还在半信半疑地摆弄着钞票。下一步跳跃很容易，只是一个小小的时代变迁。

1964 年 3 月 10 日–第 6 时区–17 : 00——克利夫兰–顶点大厦：门下有一个通知，说我的租房合同下周要到期了；除此之外，这个房间看上去和刚才一样。外面，树木光秃秃的，眼看就要下雪了；我十分匆忙，只停留了一会儿，好拿走我租房时留在那里的那个时代的钱以及上衣、帽子和大衣。我租了辆车来到医院。花了二十分钟时间才把育婴室的看护弄烦，这样我就能趁她不注意偷走婴儿。我们回到顶点大厦。这次刻度盘的设置更加复杂，因为大厦在 1945 年时还不存在。不过我预先计算好了。

1945 年 9 月 20 日–第 6 时区–01 : 00——克利夫兰–天景汽车旅馆：外携式工具箱、婴儿和我都到了城外的一家汽车旅馆里。早些时候我已经以"俄亥俄州沃伦市的格雷戈里 · 约翰逊"的身份登了记，于是我们来到了一个房间里：窗帘拉上，窗户紧锁，房门闩好，考虑到机器搜寻时的晃动，地板也清理干净了。一把本来不该在那儿的椅子可能会给你带来一块讨厌的瘀青——当然不是椅子，而是能量场的反作用力。

没有遇到麻烦。简睡得正香；我把她抱出来，放进我事先准备的一辆汽车座位上的杂物箱里，开车来到孤儿院，把她放在台阶上，开过两个街区，来到一个"服务站"（提供石油产品的那种），给孤儿院打了个电话，开车回来的时候正好看到他们把箱子拿进去，我继续开车，然后把车丢弃在汽车旅馆附近——我步行来到旅馆，然后跳跃到1963年的顶点大厦。

1963年4月24日-第6时区-22:00——克利夫兰-顶点大厦：我把时间卡得恰到好处——时间的精确性要依赖于跨度，回到零点时例外。如果我做对了，在这个温暖的春夜，在外面的公园里，简刚刚发现她并不是自己以前所以为的那种好女孩。我拦了一辆出租车，来到那些吝啬鬼的家，让司机在拐角处等着，我自己则藏在阴影中。

很快我就发现他俩勾肩搭背走在街上。他把她送上门廊，长时间亲吻她祝她晚安——时间之长超乎我的想象。然后她进屋了，他走下人行道，转过身。我蹿上台阶，挽住他的一只胳膊。“就这样，孩子。”我平静地说，“我回来接你了。”

“是你！”他倒吸了一口气，屏住了呼吸。

“是我。现在你知道他是谁了——而且你仔细想想之后，就会明白你是谁……而且如果你再好好想想，就会明白这个婴儿是谁……还有我是谁。”

他没有回答，身上抖得厉害。这很令人震惊：事实向你证明，你无法抗拒勾引自己的诱惑。我带他来到顶点大厦，再次跳跃。

1985年8月12日-第8时区-23:00——下洛基基地：我叫醒值班军士，给他看了我的身份证，告诉军士给我的同伴安排住处，让他吃片镇静剂好好睡一觉，第二天早晨招收他。军士满脸不高兴，不过军衔就是军衔，无论在哪个时代都一样；他照我说的做了——毫无疑问，他在想，下次我们相遇的时候，可能他是上校而我是军士。我们的军团里有可能发生这种事。“叫什么名字？”他问。

我把名字写出来。他扬起眉毛。“这样，呃？嗯——”

“你只管干自己的工作，军士。”我转身对我的同伴说。

“孩子，你的麻烦已经过去了。你就要开始从事一个男人曾经拥有过的最好的工作了——你会干好的。我知道。”

“你会的！”军士表示同意，“瞧我——生于 1917 年——仍然活着，仍然年轻，仍然享受着生活。”我回到进行时间跳跃的房间，把一切设置到预先选好的零点上。

1970 年 11 月 7 日-第 5 时区-23：01——纽约市——“老爹酒吧”：我从储藏室出来，还拿着五分之一加仑的杜林标酒，好解释我离开的那一分钟。我的伙计还在跟那个点播《我是我自己的爷爷！》的顾客争辩。我说：“哦，让他放吧，然后拔掉插头。”我非常疲倦。

这项工作很艰难，可是总要有人来做，1972 年的大错发生之后，后面几年里很难招募到人。你还能想到更好的人力资源吗？为了必要的原因，挑选那些在他们所在的地方把日子过得一团糟的人，给他们一份收入很好而且有趣（尽管危险）的工作。现在人人都知道为什么 1963 年的失败战争会草草收场。带有纽约市编号的炸弹没有爆炸，还有另外一百件事没有按计划进行——都是像我这样的人布置的。

除了 1972 年的大错之外；这件事不是我们的错——而且也无法撤销；这里面没有悖论要解决。一件事要么存在，要么不存在，从现在直到永远，都是确定的。但不会再有像这样的事情了；一个日期标为“1992 年”的命令要优先于任何一年。

我提前五分钟关门，在收银机上留下一封信，告诉我的日班经理，我接受他买下我的股份的提议，我外出度长假期间，他可以去找我的律师。局里可能会去拿他付的钱，也可能不会，但他们希望事情井井有条。我进入储藏室后面的那个房间，前往 1993 年。

1993 年 1 月 12 日-第 7 时区-22：00——下洛基附属建筑-时间劳工总部：我向值勤军官签了到，来到我的住处，打算睡它一个星期。我取来了我们打赌的那瓶酒（不管怎么说我赢得了它），写报告之前喝了一杯。酒太难喝了，我奇怪我以前怎么会喜欢喝“旧内裤”的。不过有它总比没有强；我不喜欢冷静清醒，我想得太多。但我也没有真的酗酒；别人养出了蛇——而我养出了人。

我口述了我的报告；四十次招募都得到了心理局的批准——包括我自己的这次，我知道会被批准的。我已经在这里了，不是吗？接着我用磁带录了一个工作分配申请；我已经厌倦招募工作了。我把两份磁带都扔进投放槽里，准备上床睡觉。

我的目光落在床上方的《时间守则》上：

永远不要把应该明天做的事搬到昨天去做。

如果你最终成功了，永远不要再尝试。

及时缝一针能省九十亿针。

悖论可以靠空降医官[1]来解决。

你想到的时候早已发生。

祖先也是普通人。

天神也会打瞌睡。

这些句子不像我当新兵时那么能够给我带来鼓舞；三十个主观年的时间跳跃完全把人累垮了。我脱掉衣服，在隐蔽处我瞧了瞧自己的肚子。剖腹产留下了一条大伤疤，不过现在我身上有很多毛发，除非我特意去找，否则注意不到它。

然后我瞧了一眼手指上的戒指。

蛇吞吃自己的尾巴，无休无止。我知道我是从什么地方来的——可你们这些僵尸是从什么地方来的呢？

我感到一阵头痛袭来，不过头痛药粉是我不吃的东西之一。我

1.“悖论”（Paradox）和“空降医官”（Paradoctor）英文读音接近。

吃过一次——然后你们都消失了。

于是我爬进床铺，吹口哨关上了灯。

你们根本就不在那儿。什么人都没有，只有我——简——在这里孤独地待在黑暗中。

我想死你们了！

（刘荻　译）

清晰而冷静的阿西莫夫之笔

如果说罗伯特·海因莱因是约翰·坎贝尔的明星作家，那么艾萨克·阿西莫夫就是坎贝尔的得意门生。18 岁那年，阿西莫夫第一次拿出自己的习作，寄给了坎贝尔。在这之后，阿西莫夫去稿不断，从每次投稿的回信里，他听取着这位《惊异》主编的意见和批评。直到有一天，坎贝尔付钱买下了他的作品。

坎贝尔向阿西莫夫传授了故事架构的技巧和情节发展的逻辑；要在想象力或想象力的细节上——最好两方面都有——及读者所不及，这是必要条件。他还教导阿西莫夫，作家必须给读者以惊喜。坎贝尔所赞赏的惊喜是理性的惊喜，尤其是当理性向传统智慧发起挑战时。

这一切都与阿西莫夫本人的脾性完美契合。当时的阿西莫夫在大学三年级读书，立志攻读医学院——不过，后来他拿到的是化学博士学位，在波士顿大学医学院教生物化学。1958 年后，他又拿出大部分时间写科普文章。即使才 18 岁，他对科学的认识已经颇深；他逻辑清晰，记忆力好；他不精通人情世故，却很熟悉世间万物。

《日暮》(“Nightfall”)是阿西莫夫作家生涯早期的一座里程碑。在二人的一次交流当中，坎贝尔引用拉尔夫·沃尔多·爱默生的话，给了阿西莫夫创作这篇小说的灵感：“假如这些繁星在一千年中仅仅出现一次，人们将如何信仰和崇拜它们啊，又将如何代代相传，纪念那上帝之城的光芒啊！”[1]恰恰相反，坎贝尔说，在那种情况下，人会疯掉。《日暮》成了阿西莫夫最有名的短篇小说。

在创作《日暮》的大约同一时间，阿西莫夫也在着手著写一系列的小说，这些小说最终将被结集为“基地三部曲”(The Foundation Trilogy)。这一系列对银河帝国崩溃带来的必然后果进行了思考，共分八篇，长度从短篇到长中篇不等，各自代表一个从小说“预设前提”出发的新的发展阶段：“帝国”的衰落，哈里·谢顿根据心理史学所做的预测，以及为了将黑暗时代从三万年缩短至一千年，在银河系头尾两端，谢顿建起的两座“基地”。三部曲的成功与战斗场面和浪漫情节毫无关系——几乎所有战斗都发生在幕后，爱情几近隐形——但是通过不同创意之间的排列组合、换位反转，读者体会到一种侦探小说式的魅力。

此时，阿西莫夫还在写作另外一个系列：机器人。这个系列(除了后来的几篇)最终收录在了《我，机器人》(*I，Robot*)和《其余的机器人》(*The Rest of the Robots*)两本小说集当中。阿西莫夫缜密的逻辑转向，以及他解谜式的叙事手法，在这些小说当中得到了最好的实现。在那时，人与其造物间的关系被类比于上帝与人之间的关系，已经染上了一层浓郁的宗教恐怖色彩。玛丽·雪莱的《弗兰肯斯坦》是其原型；每当有怪物转身反抗它的创造者，它就唤起了那种经典的原型，这是后世作家全都不能逃脱的窠臼。被造物——

1. 拉尔夫·沃尔多·爱默生：《论自然》，吴瑞楠译，中国对外翻译出版公司，2010年。

仿生人、机器人、电脑，甚至像史蒂芬·文森特·比内（Stephen Vincent Benet）《噩梦第三号》（“Nightmare Number Three”）中的简单机械——的起义也像那位疯狂的科学家一样，自动进入了作家的脑海。

然而，阿西莫夫认为机器没有理由天性叛逆（比起象征，他更擅长分析）。这个偷食禁果般让许多作家难以抗拒的东西，在他看来却不合逻辑。为什么科学家会发明出能够伤及自身的机器呢？机器赋予弱小的人类更强大的力量，但这并不意味着灾难的降临，而是更完善的保障。

这一思考的成果就是阿西莫夫的机器人学三大法则（Three Laws of Robotics）：一、机器人不得伤害人类，或因不作为而使人类受到伤害。二、除非违背第一法则，机器人必须服从人类的命令。三、在不违背第一及第二法则的情况下，机器人必须保护自己。[1]

直到机器人系列最初的两篇《罗比》（“Robbie”）和《理性》（“Reason”）得到发表、第三篇《骗子》（“Liar”）进入讨论阶段后，这三条法则才确立下来（对于三条法则的发明人的身份，坎贝尔和阿西莫夫互相推辞）。法则确立后，“机器人”系列的故事变成了一套逻辑发展，首先是人与会思考的机器间关系的逻辑发展，其次是三大法则两两冲突时的逻辑发展——这种冲突很大程度上是理智上的。

在阿西莫夫的“机器人”系列发表后，被造物自发地反叛人类就变得不合逻辑、荒诞不经、不切实际，或因循守旧。坎贝尔所鼓吹的、阿西莫夫用小说体现出的这种理智精神，将不严谨的思考和不用心的写作所堆积而成的如山的垃圾，从科幻中清除掉了。坎贝

1. 艾萨克·阿西莫夫：《我，机器人》，叶李华译，江苏凤凰文艺出版社，2013 年。

尔和阿西莫夫二人对不合理性和浪漫主义的抨击，最终遭到反攻，被人们认为缺乏同情，是一种对技术的痴迷，也是一种将人看作理性动物的幼稚想象。但在它存在的那个年代，它带来一种清晰的思维和纯净的风格，在二十年的时间里滋养着科幻的发展。

（穆童、憬怡　译）

理性

[美国]艾萨克·阿西莫夫

为了表示强调，格雷戈里·鲍威尔把话讲得一字一顿的。“一周前，多诺万和我把你拼了起来。”他疑惑地皱着眉头，拉着棕色的胡子梢。

太阳站5号的长官室里很安静——除了巨大的波导器从下面某处远远地发着轻柔的呜呜声。

机器人QT一号纹丝不动地坐着。他身体上的抛光板在流明灯下熠熠生辉，光电单元构成的眼睛闪着红光，紧盯着桌子另一侧的地球人。

鲍威尔抑制住了一阵冲动。这些机器人拥有奇特的大脑。印到他们脑中的正电子电路是事先计算出来的，所有可能导致愤怒或憎恨的排列都被严格排除。不过呢，QT是他们这一类中的第一个型号，而眼前这位又是QT中的第一个。任何事情都可能发生。

最后机器人说话了。他的声音带着金属振动膜必然会有的冰冷音色。“你了解这样一则断言的严重性吗，鲍威尔？”

“你是被制造出来的，球弟。”鲍威尔指出，“你自己也承认，你的记忆似乎是从一个星期之前的绝对空白中猛然完整起来的。我正在给你解释这一点。多诺万和我用运给我们的零件拼出了你。”

带着一种和人类差不多的奇特而神秘的态度，球弟凝视着他修长柔软的手指。“我觉得应该有一个比这更令人满意的解释。让你们俩来制造我似乎不大可能。”

地球人很突然地笑了。“看在地球的分上，为什么？”

“就算是直觉吧。我暂时没有更多的根据。但是我打算把它推理出来。一个有效的推理链条只会结束于真相的确定，我会坚持到我抵达那个终点。”

鲍威尔站起身来，坐到机器人旁边的桌沿上。他对这台奇怪的机器突然感到强烈的同情。它根本不同于那些普通的机器人，不同于那些在站上执行被深深刻进阳电子电路里的特殊任务机器人。

他把手放在球弟的钢肩上，金属摸起来又冷又硬。

“球弟，”他说，“我要尝试向你解释一些事情。你是第一个对自己的存在表现出好奇心的机器人——我认为也是第一个真正聪明到能够理解外面的世界的机器人。来，跟我来。”

机器人平稳地起身直立，跟随鲍威尔的时候，他厚实的海绵橡胶脚底板没有发出一丝声音。地球人碰了一个按钮，墙上一块方形的部分轻轻弹到一旁。太空出现在了清澈的厚玻璃之外，繁星点点。

“我在机舱的观察口见过了。”球弟说。

“我知道。”鲍威尔说，“你认为那是什么？”

“正如我们所见——玻璃之外的一团黑色材料，带着小小的闪光点。我知道我们的波导器把能量束发送到这些点中的一个，总是那一个——而且这些点会移动，能量束就随之移动。就这样。”

“好！现在我要你仔细听。那团黑暗是空的——向外延伸到无限远处的巨大空间。小小的闪光点是充满能量的巨大物质。它们是球形的，有些直径达上百万英里——作为对比，我们的站只有一英里宽。它们看起来很小，是因为它们离这里非常遥远。

“我们的能量束指向的点离我们较近，也小得多。它们冰冷而坚硬，和我一样的人类居住在它们的表面——人数有几十亿。我和多诺万就是来自这些世界中的一个。我们的能量束为这些世界提供能量，而这些能量是从我们附近一个巨大的发光球体中提取的。我们称那个球体为太阳，它位于站的另一侧，你看不到它。”

球弟在舱口前面一动不动，活像一尊钢铁雕像。他说话时头没有转动。“你们自认来自哪个光点？”

鲍威尔找了一下。“那一颗。角落里非常明亮的那个。我们称之为地球。”他笑了，“美好而古老的地球。我们有 50 亿人，球弟——大约两周后我就会回到他们当中。”

这时候，球弟出人意料地哼哼起来，含义不详。他哼得没有曲调，但是含有一种奇特的铮铮之声，仿佛拨弦。然后哼声停止，一如其开始一般突然。“而我又从哪里来，鲍威尔？你还没有解释我的存在。”

“剩下的就简单了。这些空间站最初建立起来向行星提供太阳能时，它们是由人类运行的。然而，因为高温、硬太阳辐射和电子风暴的缘故，这里是一个艰苦的岗位。人们研发出机器人来取代人类劳动力，现在每个站只需要两个人类管理员了。连这两个人我们也正在尝试用机器人取代，这就是你为什么会来这里。你是有史以来最先进的机器人，如果你能独立运行这个站，那就不需要再有人来这里了，除了送修理部件。”

他抬起了一只手，金属的观察舱口盖子猛然回到原处。鲍威尔回到桌前，用袖子擦擦一个苹果，啃了起来。

机器人眼睛发出的红光照在了他身上。“你指望我，”球弟慢慢地说，“相信你刚刚陈述的这种复杂而难以置信的假说？你把我当成什么了？”

鲍威尔把苹果渣啐到桌子上，脸色开始发红。“什么啊，去你的，那不是假说。我说的都是事实。”

球弟的声音听起来很冷酷。“直径上百万英里的能量球！拥有50亿人口的世界！无限的虚空！不好意思，鲍威尔，我不相信。我会自己找到这个问题的答案。再见。”

他转身大步走出房间。他在门口经过迈克尔·多诺万并以严肃的点头向其致意，然后穿过走廊，全不在意身后两人惊讶的凝视。

迈克尔·多诺万抓了抓自己的红头发，用恼火的目光看了鲍威尔一眼。“那个行走垃圾场说什么？他不相信什么？”另一位恨恨地揪着自己的胡子。“他是一个怀疑论者。”这是他恨恨的回答，“他不相信我们制造了他，也不相信地球或太空或恒星的存在。”

“火热的土星啊，我们有一台发了疯的机器人。”

“他说他会自己找出这一切的答案。”

“那好啊，”多诺万语调轻柔地说，“我真希望他把一切弄明白之后能屈尊向我解释一下。”然后突然间怒气冲冲地说道：“听着！如果那团金属破烂敢对我说那样的话，我会把那个铬脑袋从它的躯干上敲下来。”

他猛地坐下来，从夹克内兜里掏出一本平装推理小说。“那个机器人让我起鸡皮疙瘩——太他妈爱打听事了！”

球弟轻轻敲门进屋的时候，迈克尔·多诺万正在一个巨大的生菜西红柿三明治后面咆哮着。

“鲍威尔在吗？”

多诺万声音含混，时而被咀嚼打断。“他在收集电子流功能的数据。我们要迎来一场风暴，好像是。”他说话时，格雷戈里·鲍威尔走了进来，盯着手中的图表纸，一屁股坐到了椅子上。他把那些纸张摊在自己面前，开始写写算算。多诺万嘴里一边嘎吱嘎吱地嚼着生菜一边往外掉着面包渣，越过肩头看着。球弟静静地等待着。

鲍威尔抬起目光。“界达电位正在上升，不过很慢。同样地，波函数也不稳定，我不确定会发生什么。哦，你好，球弟。我以为你在监督新驱动器栏的安装。”

“已经装完了。”机器人轻声说，“所以我来找你们两个谈谈。”

“噢！”鲍威尔看起来很不舒服。“好吧，坐下。不，不是那把椅子。它的一条腿有问题，而你可不轻。”

机器人照做了，然后平静地说：“我已经决定了。”

多诺万瞪大了眼睛，把他剩下的三明治放在一旁。“如果他打算说那些疯——”

另一位不耐烦地示意他别说话。“说吧，球弟。我们听着呢。”

“我这两天一直在思考和自省。”球弟说，“结果非常有趣。我从一个我觉得合理的明显假设开始。我本身之所以存在，是因为我思考——”

鲍威尔叹了口气。“哦，木星啊，一个机器人笛卡儿！”

“笛卡儿是谁？”多诺万问道，“听着，我们难道非要坐在这里听这个金属疯子——”

“安静，迈克！”

球弟心平气和地接着说：“这就立刻引出了一个问题：到底是什么原因导致了我的存在？”

鲍威尔慢慢张大了嘴巴。“你在犯傻。我已经告诉你了，是我们制造了你。”

“如果你不相信我们，”多诺万补充道，“我们会很乐意把你拆开！”机器人摊开他强壮的双手做了个反对的姿态。“我不接受权威。假说必须以理性为后盾，否则它毫无价值——你们制造了我的说法违背了所有的逻辑规则。”

鲍威尔用一只手臂摁住了多诺万突然握起的拳头。“何出此言？”

球弟笑了。那是一种非常没有人味的笑声，是他发出过的最像机器的声音。声音尖锐，有爆发力，像节拍器一样有规律，也一样无趣。

“看看你们。”他最后说，“我说这些话并没有蔑视的意思，可是看看你们！构成你们的材料柔软松弛，缺乏耐力和力量，依赖有机材料低效氧化时释放的能量——就像那个。”他带着一副不待见的样子指着多诺万还没吃完的三明治。“你们周期性地进入昏迷状态，温度、气压、湿度或辐射强度的些许变化都会损害你们的效率。你们是临时替代品。

“而我呢，我是一个成品。我直接吸收电能，使用效率几乎达到100%。我是由坚固的金属构成，拥有不停顿的意识，能够轻松忍受极端环境。没有谁能创造出比自己更优越的生命，这是不言自明的，考虑到这一点，刚才我所陈述的事实粉碎了你愚蠢的假说。”

多诺万垂着锈红色的眉毛蹦起来的时候，喃喃的咒骂已经清晰可闻。“好吧，你这个铁矿石养的，如果不是我们造的你，那是谁造的？”

球弟重重地点点头：“很好，多诺万。这确实是接下来应该提出的问题。显然，我的创造者必须比我更强大，所以只有一种可能性。”

地球人一脸茫然，球弟继续讲道：“本站的运作是以什么为中心的？ 我们都在为什么服务？ 什么占据了我们全部的注意力？”他满怀期待地等待着。

多诺万转身向他的同伴投去震惊的目光。“我敢打赌，这个锡皮二百五说的是能量转换器本身。”

“是不是啊，球弟？”鲍威尔笑着问。

“我说的是主。”对方冰冷而尖锐地答道。

这话引得多诺万大笑起来，鲍威尔自己也控制不住地咯咯笑。

球弟已经站立起来，闪闪发光的眼睛依次看着他们俩。“根本就是一回事，我并不奇怪你们会拒绝相信。我敢肯定，你们两个在这里待不久了。鲍威尔亲口说的，早期只有人类侍奉主，后来便有机器人做例行工作，最后终于由我来负责管理。事实无疑是正确的，但解释完全不合逻辑。你们想了解这一切背后的真相吗？”

“说吧，球弟。你很好玩。”

“主首先创造了人，作为最低级，也最容易成形的类型。渐渐地，他用较为高级的机器人代替了他们，最后他创造了我，取代了最后的人类。从现在起，我侍奉主。”

“你不会做那样的事。”鲍威尔尖锐地说，“你会听从我们的命令，保持安静，直到我们对你运行转换器的能力感到满意。记住了！转换器——不是主。如果你不能让我们满意，你将被拆散。现在——如果你不介意的话——你可以走了。带走这些数据并正确归档。”

球弟接过了递给他的图表，一言不发地离开了。多诺万重重地靠回椅子上，粗手指塞进了头发里。

“那个机器人要惹麻烦。他简直是个疯子！”

控制室里，转换器令人昏昏欲睡的嗡嗡声更响了，此外还夹杂着盖革计数器的咯咯作响和半打小信号灯此起彼伏的嘈杂。多诺万从望远镜上抬起头，打开了流明灯。“四站的能量束按计划对准了火星。我们的能量束现在可以中断了。”

鲍威尔心不在焉地点了点头。“球弟在机舱里。我来发信号，他会处理的。我说，迈克，你怎么看这些数字？”

另一位朝它们看了一眼，吹了声口哨。“天哪，这就是我所说的伽马射线强度。太阳公公挺起劲的，好吧。”

“是啊，”鲍威尔酸溜溜地答道，“而我们也正处在电子风暴中的不利位置。我们的地球能量束正好在可能的路径上。”他怒气冲冲地把椅子从桌边推开。“妈的！真希望它能等到补给船来了之后再爆发，但那是十天之后的事情。对了，迈克，去盯着球弟，好吗？”

“好吧，扔给我一点杏仁。”多诺万一把抓住扔向他的袋子，朝电梯走去。

它平稳地下降，开门之后，外面是庞大机舱里的一条狭窄通道。多诺万斜靠在栏杆上往下看。巨大的发电机都在运转，从 L 形管里传出来低沉的呼呼声，响彻了整个空间站。

在火星 L 型管旁边，他认出了球弟闪闪发亮的巨大身影，他正密切关注着一个机器人团队整齐划一的工作。突然一阵闪光，转换器均匀的呼呼声中混杂了尖厉刺耳的爆裂音。

通往火星的能量束断了！

然后多诺万身体变得僵硬。巨大的 L 形管前面，相形见绌的机器人排成一排，深深地低着头，而球弟慢慢地在队首和队尾之间来回走着。十五秒钟过去了，然后，随着在四处回响的呼呼声之外的哐当一声，他们全都跪在地上。

多诺万大叫着冲下狭窄的楼梯，向他们冲过去。他的脸色变得和发色差不多，紧握的拳头在空中猛烈挥舞。

“搞他妈什么呢，你们这帮没脑子的棒槌？快点！拾掇那根 L 形管！如果今天你们不把它拆开、洗干净再装好，我就用交流电固住你们的脑子。”

没有一个机器人动弹！

就连在另一头的球弟——唯一一个站着的——也沉默不语，眼睛盯着他面前那个巨大机器的幽暗腔室。

多诺万用力推着最近的机器人。

"站起来！"他咆哮道。

机器人慢慢地服从了。他的光电眼睛责备地盯着地球人。

"我主唯一，别无他主，"他说，"QT 一号是他的先知。"

"嗯？"多诺万意识到二十双机器眼睛正紧盯着他，二十个僵硬的声音在齐声庄严宣告：

"我主唯一，别无他主，QT 一号是他的先知！"

"只怕是，"这时候球弟开口了，"如今我的朋友们听命于一位比你更高级的存在了。"

"听命个屁！你给我滚出去。回头我再收拾你，现在我先搞定这些会动的物件儿。"

球弟慢慢摇着沉重的脑袋。"不好意思，你没明白。这些是机器人——也就是说他们是理性的生物。既然我已经向他们宣讲了真理，他们便认可主。所有的机器人都认可。他们叫我先知。"他低下头，"我配不上，不过也许……"

多诺万调匀了自己的呼吸。"原来是这么回事啊？瞧瞧，不赖嘛！瞧瞧，多好啊。我来指点指点你好了，黄铜狒狒。没有主，也没有先知，关于谁下命令这件事也没有任何疑问。明白了吗？"他嗓门越来越大，变成了咆哮，"现在给我出去！"

"我只服从主。"

"去你妈的主！"多诺万对着 L 形管啐了一口，"那是献给主的！照我说的做！"

球弟没说话，其他的机器人也没说话，但是多诺万感觉气氛忽然紧张起来。瞪着他的冰冷目光变得更红了，球弟好像也从来没有这么严厉过。

"亵渎神明。"他低声说，金属的语音里情感丰沛。

球弟走近的时候，多诺万才开始感到突然的恐惧。机器人感受不到愤怒，但是球弟的眼神含义不明。

“不好意思，多诺万，”机器人说，“做出这等行径之后，你不能再待在这里了。从今以后，鲍威尔和你被禁止进入控制室和机舱。”

他不作声地挥了一下手，片刻之后两个机器人在多诺万两旁抓住了他的手臂。

多诺万感觉到自己被抬离地板，吓得吸了一口凉气，随后他被比慢跑还要快些的速度抬上了楼。

格雷戈里·鲍威尔在长官室里紧握着拳头来回踱步。他满脸愤怒和沮丧地看了一眼关着的门，然后恨恨地怒视着多诺万。

“你他妈为什么要对着L形管吐口水啊？”

迈克尔·多诺万深陷在椅子里，猛地拍了一下扶手。“你觉得我应该拿那个带电的稻草人怎么办？我绝不会向我自己亲手拼起来的玩意儿低头。”

“是啊，”鲍威尔生气地回呛，“可是你在长官室里，两个机器人站在门口守着。这不叫低头，是吧？”

多诺万咆哮道：“等我们回到基地。有人要为此付出代价。他们保证过这些机器人都会听话。”

“他们听话啊——听他们该死的主的话。他们服从命令，好吧，但不一定是我们的命令。还有，你知道我们回到基地后会发生什么吗？”鲍威尔在多诺万的椅子前面站住，恶狠狠地盯着他。

“什么？”

“哦，没什么！也就是水星矿山或者谷神星监狱。仅此而已！仅此而已！”

“你在说什么？”

“即将到来的电子风暴。你知道吗？它是冲着地球能量束的正中心过来的。那个机器人把我从椅子上拽起来的时候，我才刚刚发现这个问题。”

多诺万脸色一下子变得苍白。“老天爷！”

“你知道能量束会怎么样吗？ 因为风暴是飘忽不定的。它会像跳蚤一样跳来跳去，让你哪里都痒，哪里都逮不着。如果控制室里只剩下球弟，它就会失焦，而一旦它失焦，地球就自求多福吧——我们也是！”

没等鲍威尔说完，多诺万就疯狂地砸起门来。门开了，地球人一下子蹿出去，正撞上一根坚定不移的铁臂。

机器人目光空洞地盯着一边喘息一边挣扎的地球人。“先知命令你们留在此处。请照做！”他的手臂一推，多诺万连连后退，与此同时，球弟在走廊的尽头转过了拐角。他示意守卫机器人走开，然后进入长官室，轻轻关上门。

多诺万转过身来怒气冲冲地对着球弟，喘得上气不接下气。“这已经太离谱了。你要为这出闹剧付出代价。”

“请不要生气。”机器人温和地回答，“无论如何，终究会有这一天的。你看，你们两个已经失去了功能。”

“你说什么？”鲍威尔僵硬地挺直身子，“你什么意思，我们失去了功能？”

“在我被创造出来之前，”球弟回答道，“你们侍奉主。如今这项特权属于我了，你们存在的唯一理由已然消失。这还不明显吗？”

“不大明显。”鲍威尔愤愤地答道，“不过你希望我们现在做什么？”球弟没有立即回答。他保持着沉默，好像在沉思，然后伸出一只手臂搭在鲍威尔的肩膀上，另一只手抓住多诺万的手腕，把他拉近了一些。

“我喜欢你们两个。你们是低等生物，推理能力很差，但我真的有点喜欢你们。你们为主提供了良好的服务，他会奖赏你们的。既然你们的服务已经结束，你们也许不会继续存在很长时间了，但只要你们还在，就将得到食物、衣服和住所，只要你们远离控制室和机舱。”

“他这是要让我们退休，格雷戈！”多诺万喊道，“想点办法。太丢人了！”

“听我说，球弟，我们不能忍受这个。我们是老板。这个站只是人类的造物，像我这样的人类，生活在地球和其他星球上的人类。这只是个能源中继站。你只不过是个——啊，傻瓜！”

球弟严肃地摇摇头。“这得算是强迫症了。你为什么要坚持一个绝对错误的人生观？我承认非机器人缺乏推理能力，但问题是……”

他的声音消失在沉思的寂静中，多诺万低声但强硬地说：“如果你那张脸是有血有肉的，我会把它捣碎的。”

鲍威尔用手指摸着胡子，眯着眼睛。“听着，球弟，如果没有地球这回事，你怎么解释你通过望远镜看到的东西？”

“你说什么？”

地球人笑了。“问住你了，嗯？ 自打被组装起来，你已经做了相当多的望远镜观察，球弟。你有没有注意到，用望远镜看过去的话，外面的一些光点会变成光斑？”

“哦，那个啊！怎么了，显而易见啊。只是简单的放大而已——为了让能量束瞄得更准。”

“那为什么星星不一样放大呢？”

“你的意思是其他光点。嗯，没有能量束指向它们，所以没必要放大。说真的，鲍威尔，就算是你，也应该有能力把这些事情琢磨清楚。”

鲍威尔忧郁地凝视着上方。“但是你通过望远镜能看到更多的星星。它们又是从哪儿来的？木星在上，它们来自哪里？”

球弟生气了。“听着，鲍威尔，你认为我会浪费时间尝试给我们的仪器的每一个光学错觉找个物理解释？从什么时候开始，我们的感官证据能与理性的光芒相提并论了？”

“听着，”多诺万突然从球弟友好但是沉重的金属手臂下扭身出来，叫喊道，“咱们谈一谈问题的核心吧。为什么要有能量束呢？我们能给你一个合情合理的解释。你能给出更合理的解释吗？”

“能量束，”对方冷漠地答道，“是主出于其自身的目的施放的。有些事情——他虔诚地抬起眼睛——不该由我们妄加揣测。在这件事上，我只想提供服务，而不是质疑。”

鲍威尔慢慢地坐下，用颤抖的双手捂住了脸。“出去，球弟。出去，让我想想。”

“我会给你们送吃的。”球弟愉快地说。

俩人仅仅哼了一声，机器人离开了。

“格雷戈，”多诺万哑着嗓子低声说，“这个事情得讲究策略。我们得在他没注意的时候抓住他，把他短路掉。往他的关节里浇点浓硝酸——”

“别犯傻了，迈克。你以为他会让我们拿着酸接近他，或者如果我们得了手，别的机器人不会把我们撕碎？我们只能和他谈，我告诉你。我们必须在四十八小时内说服他，让我们回到控制室里，否则生米就煮成熟饭了。”他因为无能为力而痛苦地来回摇晃着，“谁他妈愿意和机器人争论？这是……这是……”

“屈辱。”多诺万替他说完了。

“何止！”

“对了！”多诺万突然笑起来，“为什么要争辩呢？咱们直接展示给他！咱们在他眼前再造一个机器人。到时候他就只能收回自己的话了。”

鲍威尔脸上慢慢露出了越来越灿烂的笑容。

多诺万继续说："想象一下那个怪胎看到我们那么做的时候脸上会是什么表情！"

星际法律禁止有人居住的行星上存在智能机器人。尽管从社会学角度来讲是必要的，这条法律还是给太阳能站的办公室造成了负担——不小的负担。根据这条法律，机器人必须以零件的形式运送到站上并在那里组装——这是一项熬人的繁复任务。

当那一天，在会议室里，在主的先知 QT 一号的注视下，鲍威尔和多诺万制造一个机器人的时候，两人对这个事实有了前所未有的的深刻领悟。

他们组装的那台机器人，一个简单的 MC 型号，躺在桌子上，几近完工。三小时的工作之后，只剩下头还没有装配好，鲍威尔停下来擦拭自己的额头，没把握地望向球弟。

这一瞥并不令人安心。三个小时里，球弟就那么坐着，不说话，也不动弹，脸上一直没有表情，此刻也绝对看不出任何情绪。

鲍威尔叹了口气。"把脑装进去吧，迈克！"

多诺万打开了一个紧紧密封的容器，从油浴中取出另一个立方体。打开这个立方体之后，他又从其海绵橡胶套里取出一个球体。

他摆弄它的动作很小心，因为那是人类制造过的最复杂的装置。球体那层薄薄的镀铂"皮肤"里面是一个正电子脑，它精巧而不稳定的结构中刻入了计算神经元电路，使每个机器人都获得了相当于胎教的教育水平。它紧密地嵌入了桌子上机器人头颅的空腔里。蓝色金属在它上面关闭，又被细小的原子焰紧紧地焊接起来。他们小心翼翼地接上光电眼睛，拧紧就位，又盖上一层如钢铁般坚硬的透明薄塑料。

现在机器人只等高压电激活了，鲍威尔手放在开关上停了下来。

"看好了，球弟。你给我仔细看好了。"

开关闭合，随之而来一阵噼啪作响的嗡嗡声。两位地球人不安地俯身靠向他们的造物。

一开始有些似有似无的活动——关节的颤抖。然后头抬了起来，双肘撑住，MC 型号笨拙地翻身下了桌。它下盘不稳，两次想要说话，却只发出了不知所云的刺耳噪声。

终于，它含混而犹豫的声音成了形。“我想开始工作。我该去哪里？”

多诺万冲向门口。“下楼，”他说，“会有人告诉你做什么。”

走了，只剩下两个地球人和仍然一动不动的球弟待在一起。

“好了，”鲍威尔咧嘴笑着说，“现在你相信是我们把你制造出来的了吧？”

球弟的回答简略而斩钉截铁。“不信！”他说。

鲍威尔的笑容凝固了，然后慢慢消失。多诺万张大了嘴，便再也没合上。

“你看，”球弟继续轻松地说，“你们只不过是把预先制造好的零件拼在一起。你们做得很好——我想是你们的本能——但是你们并没有真正制造那个机器人。零件是由主制造的。”

“听着，”多诺万气喘吁吁声音嘶哑地说，“那些零件是在地球上制造出来并被运送到这里的。”

“好吧，好吧。”球弟安慰道，“我们不争辩。”

“不，我说的是真的。”地球人冲向前去，抓住了机器人的金属臂。“你如果读一下图书馆里的书，就能从上面找到解释，那就不会再有任何疑问了。”

“书？我读过了——全都读过！它们都很有创意。”

鲍威尔突然插言道：“既然都读过了，那你还有什么好说的？你不能质疑书上的证据。你就是不能！”

球弟的声音里带着怜悯。“拜托了，鲍威尔，我肯定认为它们不是有效的信息来源。它们也是由主创造的——为了你们，而不是为了我。”

“你是怎么得出这个结论的？”鲍威尔质问道。

“因为我，一个理性生物，能够根据先验的条件推断真理。你们，有智力但缺乏理性，需要有人对存在提供解释，而这正是主所做的。毫无疑问，他是出于好意才向你们提供这些遥远的世界和人的可笑想法。你们的头脑可能过于粗陋，无法接受绝对的真相。不过，既然让你们相信书是主的意志，我也就不与你们争辩了。”

离开之际，他转过身来，用亲切的语气说：“但是不要难过。在主的计划中，众生都有自己的位置。你们可怜的人类也有你们的地方，虽然那是个卑微的所在，但是只要你们安分守己，便可得到应有的奖赏。”

他带着主的先知应有的欣悦态度离开了，两名人类都在避免与对方对视。

最后是鲍威尔努力开了口。“我们去睡觉吧，迈克。我放弃了。”

多诺万悄声说：“格雷戈，你不会认为他说得都对，是吧？”他听起来那么自信，我——”

鲍威尔转身对着他。“别犯傻了。等到下周补给船过来，咱们必须回去面对现实的时候，你就能知道地球到底是不是存在了。”

“那么，看在木星的面子上，我们得做点什么。”多诺万眼泪都要流出来了，“他不相信我们，也不相信书，也不相信他自己的眼睛。”

“对，”鲍威尔难过地说，“他是一个会推理的机器人，见鬼。他只相信推理，这有一个麻烦……”他的声音渐渐地消失了。

“什么麻烦？”多诺万追问道。

“你可以通过逻辑推理来证明你想要的任何结论——只要你选对了假设。我们有我们的假设，球弟有他的。”

“那咱们赶快研究一下那些假设吧。风暴明天就到了。”鲍威尔疲倦地叹了口气。“那就是一切崩塌之处。假设基于设想，与信念紧密相关。宇宙中没有什么能动摇它们。我要睡觉了。”

“哦，见鬼！我睡不着！”

“我也睡不着！但我还是要试试——作为一个原则问题。”

十二小时后，睡眠仍然只是一个原则问题，在实践中无法实现。

风暴已经提前到达了，多诺万原本红润的脸庞失去了血色，用一根颤抖的手指指着。鲍威尔下巴上冒着胡茬子，嘴唇发干，一边绝望地拉着小胡子一边盯着舱口外面。

在其他情况下，这可能是一幅美丽的景象。高速电子流撞击到能量束，激发出密集而耀眼的光刺。能量束扩散开，化作熠熠生辉的纤尘，飞舞着黯淡下去，直至化作虚无。

能量轴是稳定的，不过两个地球人都明白裸眼观测能有多大作用。百分之一毫秒弧度的偏差，肉眼看不出来，但也足以让能量束严重失焦，足以把几百平方英里的地球表面轰成炽热的废墟。

而现在控制着能量束的是一个机器人，一个不关心能量束、焦点或地球，只关心他的主的机器人。

几个小时过去了。两个地球人入迷而沉默地观看着。接下来四处猛冲的光点黯淡消失了。风暴结束了。

鲍威尔声音平淡。“结束了。”

多诺万心绪不宁地睡着了，鲍威尔用疲惫的眼睛凝视着他，欣羡不已。信号灯闪了一遍又一遍，地球人却没有在意。一切都不重要了！一切！也许球弟说得对，他只是一个劣等生物，拥有的是定制的记忆和一段已经超出其意义的人生。

他希望那是真的！

球弟站在他面前。“你没有回应信号灯，所以我过来了。”他的声音很小，“你看起来不太好，恐怕你的生存期就要结束了。不过，你想看看今天记录的一些读数吗？”

鲍威尔隐约意识到机器人正在做出一个友好的姿态，也许是为了减轻一点强行夺取人类控制权带来的挥之不去的悔恨。他接过了对方递过来的纸，心不在焉地看着。

球弟似乎很高兴。“当然，为主服务是莫大的荣幸。你千万不要因为我取代了你而过于难过。”

鲍威尔哼了一声，机械性地看了一张又一张，直到目光定格在一条摇摇晃晃穿过格子纸的细红线上。

他盯着——一直盯着。他双手紧紧握着那张纸，站起来，仍然盯着。其他的纸都掉到地板上，他没注意。

“迈克！迈克！”他疯狂地摇着另一位，“他稳住了能量束！”

多诺万醒了。“什么？什——哪儿……”然后他也瞪大了眼睛注视着面前的记录。

球弟插言道：“怎么了？”

“你维持住了焦点，”鲍威尔说，“你知道吗？”

“焦点？什么是焦点？”

“你一直让能量束对着接收站，误差不到万分之一毫秒弧度。”

“什么接收站？”

“地球那边。地球上的接收站。”鲍威尔有点语无伦次，“你一直对着它。”

球弟厌烦地走过来。“就是不能给你们两个好脸。还是那一套幻想！我只是按照主的意愿让所有的读数保持平衡。”

他把散乱的纸张收在一起，生硬地走了出去。多诺万在他离开的时候说：“好吧，我他妈受不了了。”他转向鲍威尔，“我们现在该怎么办？”

鲍威尔感到疲倦，却又很振奋。“什么都不办。他已经证明了，他能完美地运行这个站。我从没见过电子风暴被应对得这么好。”

“但是问题仍然没有得到解决。你听到了，他又说了一通关于主的话。我们不能——”

“你瞧，迈克，他通过读数、仪器和图表听从主的指示。那些东西也是我们一直依从的。”

“当然，但这不是重点。我们不能让他继续什么主这套疯话。”

“为什么不能？”

“因为谁听说过那样的屁话？他都不相信有地球，我们怎么能把站交给他？”

“他能管好这个站吗？”

“能，可是——”

“那你管他相信什么呢！”

鲍威尔脸上挂着淡淡的微笑，张开双臂，向后倒在床上。他睡着了。

鲍威尔一边费劲地穿轻型太空夹克一边说话。

“这将是一项简单的工作，”他说，“你可以一个接一个地引入新的 QT 型，给他们配备在一周内能管用的自动关闭开关，以便让他们有足够的时间来学习……呃……先知本人有关主的训教；然后把他们换到另一个站，重新启动他们。QT 每个站我们可以有两个 QT——”

多诺万打开他的护目镜，皱起了眉头。“闭嘴，咱们出去吧。补给船等着呢，只要我还没亲眼看到地球，感觉到脚下的土地，好确信它确实存在，我是不会舒坦的。”

他说话的工夫，门开了。多诺万含糊地骂了一句，扣上护目镜，气呼呼地转身背对着球弟。

机器人轻轻地走近，声音里充满了哀伤。“二位要走了吗？”

鲍威尔匆忙地点了点头。“会有其他人代替我们的。”

伴着密集的电线之间嗡嗡的风声，球弟叹了口气。“你们的服务期已经结束，拆解的时刻已经到来。我早知有这一天，不过——哎，主的意志总要满足！”

他听天由命的口气让鲍威尔很不自在。“收了你的同情心吧，球弟。我们要去地球，而不是被拆掉。”

“你们这样想是最好的。”球弟又叹了一口气，“我现在明白幻想蕴含的智慧了。我不会尝试动摇你们的信仰，即便我能做到。”他离开了，一副同情的样子。

鲍威尔咆哮着示意多诺万。两人拿着密封的手提箱朝气锁走去。

补给船停靠在外着陆台上，鲍威尔的继任者弗兰兹·穆勒拘谨而礼貌地向他们打招呼。多诺万没有回应，直接进入驾驶室，从山姆·伊文思那里接过了控制台。

鲍威尔逗留了片刻。“地球还好吧？”

这是一个传统的问题，穆勒给出了传统的回答。“还转着呢。”

他浓眉紧锁，正在往手上戴粗笨的太空手套，准备开始在这里的任职期。“那个新机器人表现怎么样？它最好表现不错，否则我绝不会让它碰控制台。”

鲍威尔顿了一下才回答。他上下打量了一番面前这位骄傲的普鲁士人，从直挺挺的脑袋上几乎剃秃了的短发到立正站好的双足，突然之间感觉到一阵狂喜。

“机器人干得相当不错。”他慢慢地说，“控制台的事我觉得你用不着太操心。”

他咧嘴一笑，登上了飞船。穆勒会在这里待几个星期——

（秦鹏　译）

西马克保留地[1]

在科幻的世界里，冲突无处不在——危险和对峙，战争和瘟疫，斗争、危机和灾难。然而，对陌生人的猜忌和对未知事物的恐惧，并非全部科幻的灵感来源。其实，在科幻的世界里，存在那么一个与世隔绝的角落。在这里，人类可以聪明睿智，外星人可以毫无恶意，他们之间的问题可以不必是胜败之争，而是如何跨越沟通和理解上的障碍。这块保留地的创造者就是克利福德·D. 西马克（Clifford D. Simak）。

西马克的第一篇小说《红太阳世界》（“World of the Red Sun”）刊载于 1931 年 12 月的《神奇故事》，此外，他还有另几篇作品发表在 20 世纪 30 年代早期。但是，与很多其他科幻作家一样，西马克在写作事业上的成功，或写作技巧上的成熟，要在很久以后才能到来。无论科幻作家还是任何领域的作家，他们的成长模式主要有两种：一种是甫一出场就登上巅峰，如埃德加·赖斯·巴勒斯和

1. 标题“The Simak Reservation”化用了西马克的长篇小说《哥布林保留地》（*The Goblin Reservation*）。

范·沃格特；另一种是慢慢提高实力，如西奥多·斯特金（Theodore Sturgeon）和弗雷德里克·波尔。处在两个极端之间的，还有海因莱因和阿西莫夫这样的作家，他们很快企及较高的水平，其后也一直不断进步。

除了职业生涯的最后几年，西马克一直是位兼职作家；20世纪30年代时他是一位工作繁忙的报社记者，加入《明尼阿波利斯明星与论坛报》[1]后，他才终于安定下来，有了一份稳定的工作，并于72岁那年以编辑身份退休。他在1931年和1932年发表了五个短篇，之后几乎停笔。接着，《惊异》宣布约翰·坎贝尔就任主编。西马克对妻子说："我可以给坎贝尔写写小说。就凭现在市面上的这些玩意，坎贝尔一定不会满意。他一定想要些新鲜的东西。"

西马克开始经常地把小说卖给《惊异》，1950年起，新创刊的《银河科幻》也成了他投稿的一个选择。他取得的首个重大成功，来自1944年、1946年、1947年及1952年发表的一系列小说。这个系列最初几篇之间联系不多，唯一的共同点是都有狗和机器人出场，但是西马克杜撰出一套历史框架，安排一条狗作为这部历史的作者，从而把各篇合为一卷，并命名为《城市》（*City*）。这本书获得了1953年的国际幻想小说奖。

其他主要作品有《反反复复》（1951）、《日环》（1953）、《星际驿站》、《狼人原理》（1967）、《哥布林保留地》（1968）、《候选诸神》（1972）。但是，他最优秀的作品，很多都短小精悍，例如组成《城市》的各个短篇，包括《有去无回》（"Desertion"）。《宽阔的前院》（"The Big Front Yard"）夺得了1959年的雨果奖，《消失的永

---

1. 这是明尼苏达州当地规模最大的一份报纸，前身是19世纪60至80年代创立的几份报刊，在20世纪几经合并、更名，最终于1982年合为一家，称《明尼阿波利斯明星与论坛报》，后于1987年再次改名《明星论坛报》并沿用至今。西马克加入的，是合并前的《明尼阿波利斯明星报》。

恒》《自造公司》《桦木丛里的圆柱体》《工棚》《房子里的死亡》《河的彼岸，林的尽头》《老年公民》《石中物》《街头散步》被收入了年度最佳作品集中，有的甚至多次入选。1977 年，西马克获得了美国科幻作家协会的第三座大师奖杯。《鹿舞洞》（“Grotto of the Dancing Deer”）获得了 1980 年的星云奖，西马克于 1986 年获美国科幻作家协会大师奖，后来他依然笔耕不辍，继续创作长篇短篇，直到逝世。

西马克的小说以其和风细雨的风格和从不描绘仇恨著称。他偏爱乡村背景，也喜欢刻画乡村居民——通常是无忧无虑的洋基商人[1]，他们常常有狗陪伴，整天拿着把锤子修修补补；他们对外星人毫无敌意，把外星人当作日常经历的一部分，还为了双方的共同利益与外星人讨价还价。这种喜好让西马克拥有了科幻田园作家的名声。《城市》里患广场恐惧症的人类所承受的折磨，以及《有去无回》里要求人类完全改变身体形态的、近乎天堂乐园的木星，可能已经是他笔下最野蛮的场景了。在《城市》里，狗从人类手中继承了地球；西马克把这一点——选狗作继承人——归结于自己二战期间对人性的幻灭。

外星人、不同的生命形态、新的存在的可能性，这些一直是贯穿西马克小说的线索。他的小说告诉我们，没有什么好恐惧的。西马克说，只要相互理解，用心思考，彼此同情，对一切生命报以宽容的态度，人类就能实现他的许诺。

（穆童、憬怡　译）

1. 洋基商人是一个历史用语，指 19 世纪初来自波士顿和其他新英格兰港口的美国商贩。

有去无回

[美国]克利福德·D. 西马克

四个人已经双双进入木星呼啸的大气旋涡，至今还没有回来。

他们走进了凄厉哀号的大风之中——或者毋宁说，他们是大步跑进去的，腹部低贴着地面，淋湿的身体两侧在雨中闪着微光。

因为他们不是以人的形体进去的。

这会儿，第五个人站在木星调查委员会3号穹隆站的头子肯特·福勒的办公桌前面。

在福勒的办公桌下，陶萨老狗抓出一只跳蚤，又渐渐入睡了。

福勒见到哈罗德·艾伦，突然感到一阵心酸。他很年轻——太年轻了。他有着青年人的轻信，那张面孔表现出他从来没有经历过恐惧。这很奇怪，因为在木星穹隆站里的人一定经历过恐惧——恐惧和谦卑。人很难使得弱小的自身适应这颗庞大行星强大的力量。

“你明白，”福勒说，“你用不着干这种事。你明白你可以不去。”

当然，这是客套话。另外四人也听到过这番话，可是他们去了。福勒知道，这第五个人也会照去不误。然而他突然感到心中依稀怀着一线希望，但愿艾伦不去。

“我几时出发？”艾伦问道。

过去有一段时间福勒可能对这种答话暗自感到得意，可是现在不行。他皱皱眉头。

“在这一小时之内。”他说。

艾伦站在那儿等着，默不作声。

“有四个人已经出去了，还没有回来，”福勒说，“当然，你知道这情况。我们要你回来。我们绝不要你长途跋涉，奋勇营救那些人。主要的事、唯一的事是你能回来，你要证明人能够以一种木星人的形体活着。走到第一处观察标桩，一步也不再往前，然后回来。别存任何侥幸心理去冒险。别调查任何东西。就是要回来。”

艾伦点点头。“我都明白了。”

“斯坦利小姐将操作变换器，”福勒接着说，“在这一点上你不用怕。前面几个人通过变换而安然无恙。他们离开变换器的时候显然处于极佳状态。你将被交托给完全胜任的人手中。斯坦利小姐是太阳系最称职的变换器操作员，她在大多数行星上都取得了经验，因此请她到这里来。”

艾伦咧开嘴对那女子笑了笑，福勒见到斯坦利小姐脸上掠过一丝表情——也许是怜悯，也许是盛怒，也许只是一般的恐惧。然而那表情一掠而过，这时她正对站在办公桌前的年轻人报以淡淡的一笑。她笑容拘谨，如同小学老师那么古板，仿佛她恨自己露出笑容。

“我将愉快地盼望着我的变换。”艾伦说。

瞧他说话的那副样子，他完全把这件事当作一种玩笑，一种叫人啼笑皆非的大玩笑。

但这不是闹着玩的。

这是一桩严肃的事，极其严肃的事。福勒知道，木星上人的命运取决于这些试验。假如试验成功了，这颗巨大行星的资源将得到开发。人就会接管木星，如同人类已经接管了较小的行星那样。倘若试验失败了——倘若试验失败了，人就会继续受到可怕的压力、更大的引力和行星上离奇化学的束缚和牵掣。人将继续被关在穹隆站里，不能真正立足在这行星上，不能用裸眼直接看着它，不得不依靠不便的牵引车和电视收发机，不得不使用笨拙的工具和机械或者通过机器人进行工作，而机器人本身也够笨拙的了。

因为人在没有受保护且处于天然形体的情况下将会被木星上每平方英寸一万五千磅的巨大压力所毁灭，与这压力相比，地球海底的压力太小了，简直像个真空。

即便是地球人所能研制的强度最大的金属，在那样的压力下，在压力和永远涤荡着的木星的碱性雨水作用下，也无法存在。这种金属变得松脆而且容易剥落，就像泥土一样碎裂，或者在小溪流和含有氨盐的水坑里漂走。只有提高这种金属的硬度和强度，增加其电子拉力，它才能承受高度几千英里的气体的重量，这些组成行星大气的气体涡动着，令人窒息。即便做到了这一步，每样东西都还必须镀上一层刚硬的石英以便防雨，这种苦雨实际上是液态氨。

福勒坐在那儿听着穹隆站底层发动机的声音——发动机无休无止地运行着，穹隆站从来不得安静。那些发动机必须运行并且一直运行下去，因为发动机一日停止运转，输送到穹隆站金属墙里的电力就会中断，电子拉力就会放松，那么一切就会完蛋。

陶萨在福勒办公桌下醒过来，又扒出一只跳蚤，它的腿砰砰敲着地板。

“还有别的事吗？”艾伦问。

福勒摇摇头。“也许有件事是你要做的，”他说，“也许你——”

他本想说写一封信，但他很高兴艾伦很快领会了他的意思，所以没说。

艾伦看了看表。“我将准时到那儿。”他说着，转过身，向门走去。

福勒知道斯坦利小姐望着他，但他不愿回头与她的目光相遇。

他笨手笨脚地摆弄着面前办公桌上的一摞文件。

“这种事你打算干多久呢？”斯坦利小姐问道，她用恶狠狠的训斥口气咬牙切齿地说出每一个字。

他在椅子里转过身来，面对着她。她的双唇绷成一条细细的直线，头发从前额拢到脑后，似乎比以往更加紧贴着脑壳，这使得她的容貌如同死者的面目一般怪异而令人惊恐。

福勒极力使自己保持冷静平板。“只要有必要，”他说，“只要有一点希望。”

“你打算继续判他们死刑，”她说，“你打算继续迫使他们出去面对木星。你将会舒舒服服坐在这里，安然无恙，却打发他们去死。”

“现在不是多愁善感的时候，斯坦利小姐。”福勒说着，尽力控制住愤怒的声调，“你像我一样知道咱们干这种事的原因何在。你明白人以自己的形体根本不能与木星相抗衡。唯一的出路是把人转变成能跟木星相抗衡的那种东西。咱们在其他行星上已经做到了嘛。

“假如几个人死去而我们最后取得成功，这代价是小的。历代以来，人为了愚蠢的原因，一直把生命丢弃在蠢事上。那么咱们在这种大事上何必为几条人命惋惜呢？”

斯坦利小姐挺起胸膛笔直地坐着，双手抱在一起放在怀里，灯光照耀着她发白的头发。福勒望着她，暗自想象着她可能有何感觉，她可能想着什么。他并不怕她，但是当她在身边的时候他感到不太舒服。那双锐利的蓝眼睛看见的东西太多了，那双手显得太能干了。她应该是某人的姑妈，手拿编织针坐在摇椅里。但她不是那号人，她是太阳系最高级的变换器操作员，她却不喜欢他办事的方式方法。

“准是出什么毛病了，福勒先生。”她断言说。

“正是，”福勒附和说，“所以这回我只派艾伦一人出去。他可能发现毛病出在哪里。”

“假如他发现不了呢？”

“我将改派别人出去。”

她慢慢从椅子里站起来，迈步向门口走去，中途在他的办公桌前停下脚步。

“总有一天，”她说，“你会成为一个大人物。你从来不放过任何机会。眼下这就是你的机会。当这个穹隆站建造起来做试验的时候，你早就知道机会来了。假如你做好了，你将会往上爬一两级。无论多少人可能死去，你将会往上爬一两级。”

“斯坦利小姐，”他说道，话音草率无礼，“小艾伦马上就要出去了。请检查一下你的机器是否——”

“我的机器没有罪过，”她冷酷地告诉他，“它与生物学家们建造的协作机共同运行。”

他弯腰塌背坐在椅子里，听着她的脚步沿着走廊走过去。

当然，她说的是实话。生物学家们建造了那些协作机，但是生物学家也会出差错。只要有一发之差，一丁点儿偏离，变换器就会送出与他们的设计目的不相符合的东西，也许是个突变体，它可能有气无力，奇形怪状，在某些条件下或者在完全意外的环境压力作用下，它可能一下子散架了。

因为人对外面木星上发生的事知之不多。仅仅仪器告诉他们的事在进行着。那些仪器和机械装置所提供的有关事件的取样充其量也只是取样而已，因为木星无比巨大，而穹隆站则寥寥无几。

即便是生物学家们收集有关跳跑人的资料（跳跑人显然是木星上最高形式的生物），其工作也包含了三年多的精心研究以及此后两年的核对以便确认无误。这种工作在地球上本来用一两星期时间就能完成，可是这种研究工作压根儿不能在地球上进行，因为谁也无法把一个木星的生命形体带回地球。木星上的压力在木星之外无法复制出来，跳跑人处在地球的压力和温度条件下将会噗的一声化成一团气而消失得无影无踪。

然而，倘若人希望以跳跑人的生命形体在木星上四处走动，这种研究工作非做不可。

艾伦没有回来。

牵引车搜遍了附近的地面，没有找到他的一丝踪影，除非有个司机报告的一个东躲西藏的东西就是那个具备跳跑人形体而失踪了的地球人。

当福勒提醒说协作器可能有问题时，生物学家们一个个轻蔑地从学术角度发出讥笑。他们细心指出，协作器工作正常。当一个人被置入协作器，开关合上的时候，人就变成了跳跑人。他离开机器，走出去，离开视线，进入雾茫茫的大气。

福勒提醒过，也许是某种扭曲；或许是与跳跑人的实质有某种细微的偏差，某种小缺陷。生物学家们说，假使有缺陷，也得花费几年工夫才能找出毛病。

福勒知道他们说得对。

所以现在有五个人走了而不是四个，哈罗德·艾伦已经到外面进入木星，白白去送死。就消息而言，似乎他从来没有去过。

福勒伸手到办公桌上，拿起人员档案，那是整整齐齐夹在一起的薄薄的一沓纸。这是他惧怕的一件事，却是他非做不可的事。

不管怎么说，这些人莫名其妙地消失了，应该查出原因何在。除了再派人出去之外，别无出路。

他坐着听了一阵子穹隆站顶上呼啸的风声，这种永久的隆隆风声以雷霆万钧之势旋转着扫过行星表面。

那外头有没有什么威胁呢，他问自己，或许是他们不了解的某种危险？或许是某种东西埋伏着，闪电般攫取跳跑人，搞不清是货真价实的跳跑人还是真人变成的跳跑人？当然啦，对于偷袭者来说，两种货色没什么两样。

选择跳跑人，把他们当作最合适于生存在木星表面的那种生物，这也许是一种根本性的错误。福勒知道，跳跑人有明显的智力，这是当时决定选择他们的一个因素。因为，假如人变成的生命体不具备智能的话，人在这样的伪装形态中不能长久维持他们的智力。

是不是生物学家们把这一因素看得太重了，拿这个因素去弥补其他可能不能令人满意的甚至是灾难性的因素？看起来不像是这么回事。虽然这些生物学家犟头倔脑，但是他们对自己所干的行当完全是行家里手。

也许是整个事情压根儿不可能成功，从一开始就注定要失败？

生命形体的变换在其他行星上是成功了，但这未必意味着在木星上也能成功。也许人的智力通过木星人所具备的感觉器官无法正常起作用。也许跳跑人与人截然不同，以致人的知识与木星人的生存观念毫无共同的根据可以互相吻合而共同合作。

或许缺陷在人的一边，是种族所固有的。某种精神失常，加上他们在外面看到了事物，会阻止他们回来。或许不是精神失常，不是在人的感官方面出差错，或许只是人的一种普通的智力特征，这种特征在地球上是司空见惯的，却与木星上的生存条件格格不入，以致这种智力特征摧毁了人的理智。

走廊上传来脚爪的啪嗒啪嗒声。福勒听着，露出惨淡的笑容。

陶萨从厨房里回来了，它到那儿去看他的厨师朋友。

陶萨叼着一根骨头进入办公室。它朝福勒摇摇尾巴，在办公桌旁啪嗒一声坐下来，嘴里咬着骨头。有那么好长一阵子，它那双黏糊糊的老眼睛一直望着他的主人，福勒伸下一只手抚摸着它的一只粗糙的耳朵。

“你还喜欢我吧，陶萨？”福勒问道。陶萨用尾巴咚咚咚拍打着地板。

“我只喜欢你。”福勒说。

他直起身子，转身对着办公桌，伸出手去，拿起那份档案。贝尔特怎么样？安德鲁斯正划算着，一旦赚够了能维持一年的钱，就要回到火星技术学校去。奥尔森呢？奥尔森快到退休年龄了，老是在喋喋不休地告诉小伙子们他要怎样定下心来种玫瑰。

福勒细心地把档案放回桌上。

给人们判死刑，这是斯坦利小姐说的，瞧她说话的那副德行，苍白的双唇在羊皮纸般的面容上简直一动也不动。派人出去送死，而他福勒却舒舒服服坐在这儿安然无恙。

无疑整个穹隆站都在骂他，尤其是因为艾伦未能回来。当然，他们不会当着他的面骂娘。即便是他叫到办公桌前并告诉他们下一次出去的那些人，也不会对他说这些话的。

可是，他从他们的眼神中看见了这种非难。

他又拿起档案。贝内特，安德鲁斯，奥尔森。还有其他人，但是再看下去也白搭。

肯特·福勒知道，他不能再干这种事，不能面对这些人，不能再打发人去送死。

他移身向前，打开内部通信电话的肘节开关。

“喂，我是福勒先生。请斯坦利小姐接电话。”

他等着斯坦利小姐，听着陶萨无心地咀嚼着骨头。陶萨的牙齿正在败坏。

“我是斯坦利小姐。”电话中传来斯坦利小姐的声音。

“斯坦利小姐，我想告诉你，还有两个即将出去，请你做好准备。”

“难道你不担心，”斯坦利小姐问，“你会把人都用光吗？一次派一人出去，时间可以拉长一点，使你感到双倍满意。”

“其中一个是狗，不是人。”福勒说。

“一条狗！”

“是的，就是陶萨。”

他听见一阵冷酷的咬牙切齿的声音。“你自己的狗！这些年来它一直跟着你——”

“问题就在这里，”福勒说，“假如我把陶萨丢下不管，它会不高兴的。”

这可不是他从电视接收机上见到的木星。他预料中的木星可不一样，但也不像这个样子。他本来以为会遇到地狱般的氨雨、臭气和震耳欲聋的风暴呼啸声。他本来以为会见到盘旋纷飞的云、雾和奇形怪状轰鸣不息的闪电。

他没想到倾盆大雨会变成轻飘飘的紫色雾霭，这雾霭如同浮光掠影飘过红紫色的草地。他甚至没有料到蜿蜒曲折的闪电竟会是划破彩色天空的令人心醉神迷的闪光。

福勒等着陶萨，它弯弯身上的肌肉，发现肌肉光泽润滑充满力量，感到大为惊奇。这狗身体相当不错，他心中有数，于是做做怪相，不由想起当他从电视屏幕上窥视跳跑人的时候他是多么可怜他们哪。

因为，你很难想象一种有机体是靠氨和氢而不是靠水和氧活下去的，你很难相信这样一种生命形体能够体验到人类所体验的那种生命的强烈冲动。你很难设想在外面置身木星湿漉漉的大漩流之中的那种生活，当然你不知道，在木星人眼里，那压根儿不是湿漉漉的大漩流。

风如同温柔的手抚摸着他，他突然猛醒，想起照地球的标准来衡量，这种风是呼啸的大风，是时速二百英里充满致命气体的怒号狂风。

沁人肺腑的香气渗入他的体内。然而很难说是香气，因为这不像他记忆中的那种嗅觉。他觉得，仿佛他的整个身心浸透了薰衣草的香气，然而不是薰衣草。这是某种东西，他知道，但他找不到一种言辞来表达，无疑是术语学上许多难解的名词之中的第一个。他认识的言辞是他作为一个地球人的时候让他表达思想符号用的，这种言辞在他作为一个木星人的时候就没有用了。

穹隆站侧面的锁气室打开了，陶萨跌跌撞撞跑了出来——至少他认为那一定是陶萨。

他想要叫那条狗，脑子里拼凑着他想说的话。但他说不出来。

没有办法说话。他没有一种说话的器官。

有那么一阵子，他心中茫然畏惧，头脑发昏，这是一种盲目的畏惧，如同一阵阵小恐慌盘旋着掠过他的大脑。

木星人怎样说话呢？怎样——

突然间，他意识到陶萨，强烈意识到跟他从地球到过许多行星的那只毛蓬蓬、汪汪叫的动物的急切的友谊。似乎陶萨的变换体已经伸出手来，有一阵子还坐在他的大脑里。

从他感觉到的表示欢迎的汪汪叫声中传来了话语。

“嗨呀，好朋友。”

实际上不是话语，但比话语更美好。这是他大脑里的思想符号，是传达出来而含有意义上的细微差别的思想符号，而话语从来不可能有意义上的这种细微区别。

“嗨呀，陶萨。”他说。

“我觉得挺好。”陶萨说，“我好像是只小狗。最近我一直觉得自己身体相当糟。腿僵化了，牙齿也磨损得差不多全没了，用那样的牙齿很难嚼烂骨头。还有，跳蚤叫我吃尽苦头。过去我从来不太注意跳蚤，在早年多两只少两只跳蚤我从来不在乎。”

“可是……可是——”福勒尴尬地醒悟过来，“你在跟我说话哪。”

“没错，”陶萨说，“我过去总是跟你说话，可是你听不见我的话。我想跟你交谈，可是你达不到那种水平。”

“有时候我明白你的话。”福勒说。

“不全明白。”陶萨说，“当我要东西吃的时候，当我要喝点什么的时候，还有当我要出去的时候，你是明白了，可是你能做到的大致也就是这些了。”

“很抱歉。”福勒说。

“别放在心上。”陶萨告诉他，“我要跟你赛跑到悬崖去。”

福勒第一次见到那个悬崖，显然有好几英里远，但是有一种奇异的水晶般的美色在多彩的云荫下闪闪发光。

福勒犹豫不决。“路很远呢——”

“啊，走吧。”陶萨一边说着，一边起步向悬崖跑去。

福勒跟在后头，试试腿力，试试他新的身躯的体力，起初有几分怀疑，继而诧异一阵子，然后满心欢喜一路跑下去，这种愉悦还因为眼前是紫红色的草地，地面上飘荡着烟雾般的雨水。

他跑着的时候意识到音乐之声，这音乐拍击着进入他的身躯，汹涌着传遍他的整个身体，把他提起放在银色的翅膀上。如同钟声一般的音乐可能是从阳光灿烂、春意盎然的山上某个尖塔传来的悬崖趋近的时候，音乐声越发深沉了，给宇宙充满了浪花般的魔音。他知道这音乐来自瀑布，它沿着闪闪发光的悬崖滚滚而下。但他知道，那压根儿不是什么水瀑布，而是一种氨瀑布。悬崖呈白色，因为它是氧，是凝固的氧。

他在陶萨身边停下脚步，在那儿瀑布溅落形成好几百种颜色的艳丽的彩虹。毫不夸张地说，有好几百种颜色，因为他见到这里没有从一种原色到另一种原色的逐渐变化，而是一种鲜明的精选度将光谱分解为最后不能再分解的类别。

“听那音乐。”陶萨说。

“是的。怎么样？”

“那音乐。”陶萨说，“是一种振动，瀑布的振动。”

“可是，陶萨，你可不了解振动啊。”

“不，我了解，”陶萨争辩说，“我脑袋里突然出现这种概念。”

福勒在思想上竭力理解这一说法。“突然出现的！”

刹那间，在他自己的脑袋里，有了一个方案——这是一个金属加工方案，可用于制造能经受木星压力的金属。

他震惊地凝望着瀑布，他的意念捕捉到那许许多多的颜色，并按照光谱的精确次序把它们排列出来。就是那样子。这意念是凭空而来的，无本无源，因为无论是金属还是颜色，他过去都一无所知。

“陶萨。”他叫道，“陶萨，咱正在发生变化哪！”

“是的，我知道。”陶萨说。

“是咱的大脑在变化。”福勒说，“咱正在使用大脑，使用整个大脑，使用到最后隐藏的那个角落。咱正在使用大脑，领悟早就应该懂得的事物呢。也许地球生物的大脑天生迟钝又朦胧。也许咱们就是宇宙里的白痴呢。也许咱们十分固执，所以办事总那么艰难。”

一种十分明晰的新思想似乎支配着他，于是他知道那不仅仅是瀑布的颜色或者是抵御木星压力的金属这一类的问题。他感觉到其他事物，还不太清楚的事物。他感觉到一种模糊的悄悄话暗示着更加伟大的事物，暗示着超越人的思想范围，甚至超越人的想象范围的神秘事物。他感觉到以推理为依据的奥秘、事实和逻辑。这是任何大脑都应该懂得的事物，倘若大脑能够发挥出它全部推理能力的话。

“咱们的德行多半还是属于地球上的那一套，”他说，“咱们只是开始学习一点该懂的事物——一点咱们原先作为地球人无从了解的事物。这些事物之所以无从了解，也许因为咱过去是地球人，因为人体是蹩脚的身体，装备太差而不善于思考，某些感官结构太差而无法了解一个人必须了解的感觉，也许甚至缺乏取得真知所必需的某些器官。”

他回头凝望着穹隆站，因为距离遥远，它变成了一个渺小的黑点。

在那里头生存的是一些见不到木星美色的人，他们以为乱云急雨遮掩了行星的面容。视而不见的人眼哪，可怜的眼睛啊，都是些见不到云彩的美、无法透视风暴的眼睛。那些人体听不到瀑布飞溅所产生的激动人心的音乐。感受不到那份激情。

那些人孤独行走，怀着可怕的寂寞，讲话的时候那条舌头就像童子军摇动着信号旗，没有能够延伸出去互相接触到思想，而他却能够延伸出去接触陶萨的思想。人总是永远把自己的思想囚禁起来，跟其他生物没有任何亲密的私交。

他，福勒，原先料想的是这外头星球表面上有外星人招惹的恐怖，是面对未知生物的威胁而畏缩哆嗦，他早已硬起心肠准备应付地球上见不到的令人厌恶的局面。

然而，他见到了比人见识过的更为伟大的事物。他有着更为敏捷可靠的身体，有着一种振奋感，一种更深刻的生命感，还有着一副更为敏锐的思想。这是一个美好的世界，一个连地球上的梦想家都想象不到的世界。

“咱走吧。”陶萨催促道。

“你想到哪儿去？”

“随便什么地方，”陶萨说，“只要开步走，到哪里算哪里。我有一种感觉……喏，感到——”

“是的，我知道。”福勒说。

因为他有同样的感觉。这是一种时来运转的感觉，是某种尊贵感。他意识到在地平线之外某些地方存在着奇险乐园以及比这更为美好的事物。

前面五个人也有同感。他们感觉到一种内心的冲动，要去经历一番，强烈地意识到这里存在着一种丰富的智性生活。

他知道，这就是他们不回去的原因。

“我不愿意回去。”陶萨说。

“咱可不能让他们失望啊。”福勒说。

福勒朝着穹隆站走回一两步，继而停了下来。

返回穹隆站？回归他已经摆脱掉的那个痛苦的充满毒汁的躯体？以前那躯体似乎并不令人痛苦，可是现在他看穿了。

回归那稀里糊涂的大脑？回归那杂乱无章的思路？回归那摇唇鼓舌的嘴巴，继续发出他人理解的信号？回归那双现在看来比全盲更糟糕的眼睛？回归道德的卑劣，回归仕途的谄媚，回归心灵的无知？

“也许有一天。”他自言自语说。

“咱们有好多事要干，好多地方要看，”陶萨说，“咱有好多东西要学习呢。咱会发现——”

是的，他们能发现新事物。也许是文明，那种文明将会使人类文明相形见绌而显得微不足道。还有美，更重要的是对那种美的心领神悟。还有以前从未体验过的伙伴情谊——以前没有一个人，没有一条狗曾经体验过的伙伴情谊。

还有生命。在似乎昏昏沉沉地生存之后还有生命效率的敏捷。

“我不能回去。”陶萨说。

“我也一样。”福勒说。

“他们会把我变回一条狗。”陶萨说。

“他们会把我变回一个人。”福勒说。

（江亦川　译）

库特纳夫妇[1]

1940 年，两位奇幻作家结为夫妇，一个夫妻档的科幻作家组合从此诞生。这两位作家就是亨利·库特纳（Henry Kuttner）和 C. L. 穆尔（C. L. Moore）。婚前，库特纳的主要作品是发表在《怪谭》（*Weird Tales*）上的奇幻和恐怖小说，以及发表在《惊险神奇故事》（*Thrilling Wonder Stories*）和《惊人故事》（*Startling Stories*）上的幽默科幻；穆尔则主要为《怪谭》创作浪漫奇幻，偶尔也给《惊异》写写科幻。

二人婚后的多数创作都是某种程度上的合作。他们用过的笔名有 17 个之多，其中最重要也是二战期间给《惊异》投稿时所采用的，是刘易斯·帕吉特（Lewis Padgett）和劳伦斯·奥唐内尔（Lawrence O'Donnell）。1942 年初，库特纳和穆尔夫妇共同创作的这些新式小说，开始出现在《惊异》上；在接下来的十年里，他们将

1. 标题“Mimsy Were the Kuttners”化用了库特纳夫妇的短篇小说《全都馍馍碎，那些鸫鹋鸽儿》（“Mimsy Were the Borogoves”）。“Mimsy”是刘易斯·卡罗尔根据“flimsy”和“miserable”自创的词，无实际意义。

有 47 篇小说登上这本杂志，其中发表于 1942 年至 1947 年间的占 41 篇，署名帕吉特和奥唐内尔的各有 33 篇和 9 篇，剩下的则以库特纳和穆尔各自的名义发表。

库特纳与穆尔夫妻二人在风格上的蜕变，一如罗伯特·西尔弗伯格后来以文学家的身份重新登场。这种变化也许是二人天赋结合出的崭新产物，也许是为创造一种新式小说的有意为之，无论如何，库特纳和穆尔开始了他们的联手创作，这些作品内容离奇，常常具有出人意料的文学质量。

大部分出自库特纳之笔的短篇小说，通常署名刘易斯·帕吉特，这些小说包括《怪物》《存钱罐》《全都馍馍碎，那些鹁鹉鸽儿》《枝到折时》《急你所需》《明日来电》《罪眼》；两部中篇《仙灵棋子》（“The Fairy Chessmen”）、《明日复明日》（“Tomorrow and Tomorrow”）、酗酒发明家加拉格尔（Gallagher）系列，以及具有心灵感应能力的变异人“光头仔”（“Baldies”）系列。他以奥唐内尔的名义写了《夜战》（“Clash by Night”）的大部分，还写了长篇小说《怒》（*Fury*）。后来，《奇幻与科幻杂志》以库特纳的名义发表了《两只手的武器》（“Two-Handed Engine”）。

大部分出自穆尔之笔的作品，则以她本人或奥唐内尔的名义发表。这些作品包括《童稚时刻》（“The Children’s Hour”）、《绝代佳人》（“No Woman Born”）、《佳年美季》（“Vintage Season”）。发表于《惊异》1946 年 9 月号上的《佳年美季》和《全都馍馍碎，那些鹁鹉鸽儿》，是库特纳—穆尔创作的最优秀的作品，这两篇小说也双双入选美国科幻作家协会出版的选集《科幻名人堂》（*The Science Fiction Hall of Fame*）。

在科幻领域中，合作创作的情况异常多见。此类合作的形式多种多样，成果也各分优劣。在最好的情形下，合作起来的工作效率与单独工作时相当，甚至更快，而其成果是他们单独工作时产生不了的。有些合作者负责各自独立的部分，然后重新改写对方的文字；有些是其中一位写一份草稿，再给另一位做最终修订。最成功的做法似乎是从头到尾紧密合作，一个人从另一个人停笔之处续写下去。至少，这是弗雷德里克·波尔和西里尔·M. 科恩布鲁斯（Cyril M. Kornbluth）的做法，也是库特纳夫妇的做法。

在平装本《怒》的前言中，穆尔记录了他们的创作方式：

> 我们会讨论很久，把基本概念、背景和角色确定下来，然后，不管是我还是他有了动笔的念头，就坐下来开始写。一个人往下写，另一个人对故事还很陌生，就能看出故事接下来的走向，然后就让他接管过来。我们一边写，一边构想情节。我们一直交替着写，直到最后结束。这样子写起来很快。
>
> 我们接过对方的稿子以后，都会做几处修改，常常是修改一两句话，或者换一种表述，让各自的文风融合。我们从来没有过意见非常不合的时候。在我的记忆里，最严重的意见冲突是这么结束的——我们其中一个人说："好吧，虽然我不同意，不过既然你这么坚定，那就照你的来吧。"

1948 年，库特纳夫妇对《惊异》的贡献已经不多，只发表了几个短篇小说。他们在此之前已经回到了库特纳的出生地洛杉矶，之后，库特纳在这座城市拿到了南加利福尼亚大学的学士学位，差一点就读完了英文系的硕士课程（1958 年，44 岁的他死于心脏病）。穆尔也取得了学士和硕士学位。

二人在这期间的科幻创作大幅减少，一方面是因为忙于学业，另一方面是因为他们创作了7部长篇神秘小说——其中5部创作于1956年到1958年——并向《惊人故事》和《惊险神奇故事》投稿了9部长篇或中篇科学奇幻[1]。库特纳死后，穆尔在南加利福尼亚大学教授小说创作，为华纳兄弟的《独行侠》[2]和《日落大道77号》编写剧本，直到后来再婚。

库特纳夫妇的科幻高产期只有短短的六年，但他们帮助《惊异》度过了那个战争年代——当时，坎贝尔吸引到《惊异》来的那些作者——海因莱因、阿西莫夫、德·坎普、范·沃格特、斯特金，以及一些崭露头角的新人——正忙于其他事务，尤其是为战争出力。库特纳夫妇用他们高超的写作技巧延续了黄金时代的生命，维护了科幻小说的品质。随着他笔名众多的秘密为世人所熟知，1945年，在一次读者投票活动中，库特纳当选为最受欢迎的科幻作家。

更重要的是，他们拓宽了科幻的边界，将文学质量和文化影响方面的考量融入科幻；他们发展了科幻的写作技巧，将普遍存在于主流文学中的技法纳入科幻；他们延伸了科幻的视野，将科幻以外的丰富文化传统归入科幻。在之后的二十多年里，科幻沿着库特纳夫妇二人开拓的道路，继续向前发展。

（穆童、憬怡　译）

1. 通常认为，科学奇幻是科幻和奇幻的混合类型，但它并不存在一个确切的定义。
2. 这部剧集就是NBA球队达拉斯独行侠名字的直接来源。

全都馍馍碎，那些鹁鸪鸽儿

［美国］刘易斯·帕吉特

（亨利·库特纳　C.L. 穆尔）

试图描述安萨豪斯顿或是他周围的环境是没用的，一则是自公元 1942 年算起，已经过去好几百万年了。二则，实际上讲，他并不在尘世。他正在一个相当于实验室的环境中，保持着一种相当于站立的姿态。他正在准备测试他的时间机器。

接通电源后，安萨豪斯顿突然意识到盒子是空的。这样可不成。这个设备需要一个对照物，也就是一个会对另一个时代的环境有所反应的三维固体。否则当机器返回时，他就无法辨别它在何时去过何地。那个盒子中的固体会自动受到那个时代的熵和宇宙射线轰击的影响，因此当时间机器返回时，安萨豪斯顿就可以测量出其变化，定性又定量。然后计算器就可以开始工作，并立刻告诉安萨豪斯顿，这个盒子已经短暂造访过公元 100 万年、公元 1000 年还是公元 1 年（这要视具体情况而定）。

这种事情原本无关紧要，但安萨豪斯顿却不这么认为。他在很多方面都显得孩子气。

没有多少时间可以浪费了。盒子开始发光和颤动。安萨豪斯顿瞪着眼睛，朝四周急切地张望一番，便冲进邻近的杂物间，在一个储存箱里摸索起来。他拿出一包形状奇特的东西。喔喔。是儿子斯诺温丢弃的一堆玩具。它们都是那孩子在掌握了必要的技术之后，在从尘世迁来时带过来的。嗯，斯诺温不再需要这些零头碎脑了。他已经适应了眼下的环境，就把这些孩子的玩物丢到一边了。虽说安萨豪斯顿的妻子出于感情原因还保存着它们，但眼前的实验更为重要。

安萨豪斯顿离开杂物间，把这堆东西都丢进盒子，赶在警告信号闪烁前砰地盖上了盖子。盒子消失了。它离开的方式让安萨豪斯顿的眼睛灼痛了一下。

他等待着。

长时间等待着。

最终他死心了，又造出一台时间机器，但还是同样的结果。斯诺温没有因为失去旧玩具而恼火，斯诺温的母亲也是如此，所以安萨豪斯顿索性彻底清理了存储箱，把儿子剩余的童年纪念品都丢进了第二个时间机器的盒子里。

根据他的推算，这台机器应该会出现在人间，时间是公元 19 世纪后半期。如果真是这样，那么那个装置还留在那里。

安萨豪斯顿感到厌烦，决定不再制造时间机器。但乱子已是既成的事实。共有两个时间机器，我们先来看看第一个的命运吧……

斯科特·帕拉戴恩在从格伦代尔文法学校逃学时发现了它。那天有地理考试，斯科特认为去记那些地名没什么意义——在 1942 年，这是一个相当有见识的看法。再说那天是温暖的春日，微风拂面，略送清凉，男孩舒适地躺在田野里，凝视着偶尔飘过的云朵，昏昏欲睡。去他的地理考试吧！斯科特打起盹儿来。

到了中午，他感到饥饿，就迈着粗壮的小腿来到附近一家商店。他令人敬佩地无视了胃里的翻江倒海，锱铢必较了一番，才花掉了口袋里小小的积蓄。他沿着小溪一边走，一边吃东西。

斯科特吃完奶酪、巧克力和饼干，喝光了那瓶苏打汽水，然后抓到几只蝌蚪，带着几分对于科学的好奇心观察起来。他没能坚持多久。有东西从河岸上滚下来，嘭地落到河边的泥泞地面上，于是斯科特警觉起来，环顾一下四周，急忙跑过去看个究竟。

那是一个盒子。对，正是那个盒子。套在外面的那个小装置对于斯科特来说意义不大，让他感到好奇的是：为什么它熔化和烧焦得如此严重？他开始琢磨起来。他掏出大折刀撬来挖去，舌头从嘴角探出来——嗯哼。周围没有人。盒子是从哪里来的呢？一定是有人把它留在这儿，滑动的泥土把它从那个不稳固的位置冲下来了。

“这是个螺旋体。”斯科特断言。这可就大错特错了。它是螺旋形的不假，但它并不是螺旋体，因为里面包含着一种扭曲的空间维度。如果这东西是一架模型飞机，不管怎样复杂，在斯科特看来也不会有这么神秘。事实上，疑问出现了。斯科特意识到，这个装置要比他上星期五熟练拆解掉的那个弹簧汽车玩具要复杂得多。

但除非自己被别人强行拖走，不然，没有哪个男孩会让一个盒子就那么关着。斯科特更深地抠挖起来。这东西的角度可真好玩。有可能是短路了吧？这就是为什么……哎哟——刀子打滑了。斯科特吮吸着拇指，嘴里蹦出了几句粗话。

也许是个八音盒。

斯科特不应该感到沮丧。这个小玩意儿准会叫爱因斯坦急得挠头，也会让斯泰因梅茨[1]气得发疯的。当然，问题在于，这盒子还未

1. 德裔美籍电机工程师和发明家，促成了交流电技术的发展。

完全进入斯科特所在的时空连续统一体，因此它是无法打开的。无论如何，在斯科特用一块趁手的石头将这个螺旋形非螺旋体盒子敲进一个更趁手的位置之前，这个盒子始终打不开。

事实上，他是从盒子与第四维度的接触点敲击的，释放出它一直保持的时空扭矩。传来一记尖厉的断裂声。盒子轻轻震颤了一下，就一动不动了，它不再只是部分存在着。这样一来，斯科特很容易就把它打开了。

那只柔软的编织头盔首先进入眼帘，他没有多少兴趣，便丢在一边。那只是一顶帽子罢了。接着，他举起一块方方正正的透明水晶块，它小到足以握在手掌里。它真的是太小了，怎么居然容纳得下它内部那个迷宫似的装置呢？斯科特立刻解决了这个问题。水晶本身是一种放大镜，所以才显著放大了里面的东西。那些东西也很奇怪。例如，那些微型小人——

它们居然在动。像发条钟表里的自动小人，不过动作要自然得多。就像是在看一场戏似的。斯科特对它们的服装很感兴趣，但它们的行为更让他着迷。小人们在灵巧地建造一座房子。斯科特很盼着它着火，这样他就能看到它们灭火的场面了。

那个还未竣工的房子熊熊燃烧起来。那些机械小人动用大量奇怪的装置熄灭了火焰。

斯科特很快就明白了是怎么回事，但他有点儿不安。这些假人会听从他的想法。他发现这一点的时候吓了一跳，就把那块水晶扔掉了。

他朝河岸走到一半，考虑了一下，又原路返回来。水晶部分浸在水里，在阳光下闪闪发亮。这是一个玩具——斯科特以孩子准确无误的本能意识到这一点。但他没有立刻把它捡起来。他返回到盒子那里，查看里面的其他东西。

他发现了一些非常棒的小玩意儿。这个下午过得太快了。最后，斯科特把玩具一概放回盒子里，气喘吁吁地把它拖回家。他到厨房门口时，已经脸色通红了。

他把这些东西藏在楼上自己房间的壁橱后部。他把那块水晶丢进衣服口袋里，鼓囊囊的口袋里已经装满了各种东西：绳线，一卷铁丝，两便士硬币，一沓锡箔纸，一张脏兮兮的国防邮票[1]和一块长石[2]。艾玛——斯科特两岁大的妹妹，摇摇晃晃地从门厅走进来，说了声“哈啰”。

“哈啰，懒虫。”斯科特点点头，俨然是一个七岁零几个月大的哥哥。他会竭力摆出当哥哥的派头来，但后者可不觉得有什么不同。矮胖的艾玛眼睛睁得大大的，扑通一声坐到地毯上，愁眉苦脸地盯着自己的鞋子。

“斯科特，系鞋带带，好吗？”

“你这小笨蛋，”斯科特口气温和地说，给她系好了鞋带，“要吃晚饭了吗？”

艾玛点点头。

“让哥哥看看你的手。”说来也怪，它们还算是相当干净的，虽然可能说不上无菌。斯科特若有所思地看着自己的那双小爪子，做了做鬼脸，就去了洗手间，潦草地洗漱了一下——蝌蚪们在那上面留下了痕迹。

晚餐前，丹尼斯·帕拉戴恩和妻子简在楼下客厅喝着鸡尾酒。他是一个还显年轻的中年男子，有着一头灰白发和一张略显瘦削的面孔，嘴角总是露出一本正经的神情。他在大学教哲学。简身材娇

1. 一战到二战期间美国财政部发行的特殊邮票，用于帮助募集军费。
2. 一种含有钙、钠、钾的铝硅酸盐矿物。

小匀称，肤色较黑，容貌漂亮。她一边喝着马提尼酒，一边说：

“这是新鞋子。喜欢吗？”

“为犯罪干杯，”帕拉戴恩心不在焉地咕哝着，“啊？鞋子？先不说这个。等干了这杯再说吧。今天真是很糟糕。”

“因为考试吗？”

“是的。那些狂热的年轻人个个都想在我跟前充大人。我恨不能他们都死掉算了，而且不得好死。因沙安拉！”

“我要橄榄。”简请求道。

“我知道，”帕拉戴恩沮丧地说，“我自己都有几年没尝过了。我是说喝马提尼的时候。就算我在你的酒里放上六颗橄榄，你也还是不满意。”

“我就是想要你的。歃血兄弟情——象征性符号嘛。就是这么回事。”

帕拉戴恩狠狠注视着妻子，交叉起他的长腿。“你说话的口气就像我的一个学生。”

“也许像贝蒂·道森那个贱人吧？”简扯扯指甲，“她还用那可恶的骚眼睛挑逗你吗？”

“是的。那孩子就是心理有问题。还好她不是我的孩子。如果她是……”帕拉戴恩意味深长地点点头，“性意识强，看了太多电影。我觉得，她还以为只要冲我露出大腿，考试就能及格呢。对了，那双腿真是皮包骨头。”

简带着自负的神情扯了一下裙子。帕拉戴恩分开双腿，又倒了一杯马提尼酒。“说实话，我真不知道教那些猴崽子哲学有什么意义。他们过了那个年龄。他们习惯的模式，他们的思维方法，都已经定型了。他们非常保守，却还不肯承认。能够理解哲学的，只有成熟的成年人，或者像艾玛和斯科特这样的小孩子。”

“哦，可别让斯科特去上你的课，”简请求说，“他当哲学博士还早着哩。我可不赞成培养什么神童，尤其是对于我的儿子。”

“斯科特可能比贝蒂·道森更适合学哲学呢。”帕拉戴恩嘴里咕哝着说。

“他在5岁时就挂了，就像是个衰弱的老傻瓜。[1]”简梦呓似的引用了一句诗，“我想要你的橄榄。”

“给你。对了，我喜欢你这双鞋子。”

“谢谢啦。罗莎莉过来了。吃晚饭吗？”

“都准备好了，帕拉戴恩抬抬（太太），”罗莎莉踌躇地说，“我这就去叫艾玛小姐跟斯科特先僧（先生）。”

“我来叫。”帕拉戴恩把头伸进隔壁房间大吼一声，“孩子们！快点儿过来！”

一双小脚匆促地跑下楼梯。斯科特冲进大人的眼帘，看上去干净而闪亮，额前翘起的一绺头发桀骜不驯地指向上方。艾玛紧随其后，小心翼翼地抬脚走下楼梯。她本想挺直身体走下来，但中途胆怯地转过身来，像猴子那样倒退着爬完剩下的楼梯，小屁股配合着双手的移动忙个不停。帕拉戴恩入神地注视着这一情景，直到被冲过来的儿了猛然撞了一下。

“喂，爸爸！”斯科特尖叫一声。

帕拉戴恩回过神来，做出威严的姿态看着斯科特。“嗨，小子。你得搀着我去吃饭了。你至少把我的一个髋关节撞脱臼了。”

但斯科特已经冲进隔壁房间，他喜不自胜，结果踩到了简的新鞋子。他随口说了声抱歉，就冲到一边，找到他在餐桌前的位置。帕拉戴恩皱着眉头跟在后面，艾玛胖乎乎的小手紧紧抓着他的食指。

1. 引自英国诗人和剧作家威廉·施文克·吉尔伯特的作品《责任的奴隶》。

“不知道那小鬼都在鼓捣什么？”

“恐怕不是什么好事，”简叹了口气，“嗨，宝贝儿。让咱们来看看你的耳朵。”

“它们都很赶京（干净）。米基舔过了。”

“嗯，艾尔达犬[1]的舌头也比你的耳朵干净多了，”简想了想，还是匆促地检查了一下，“要是你还能听到声音，就说明脏东西都在表面。”

“饱面？”

“就是只有一点点了。”简把女儿拉到桌前，将她的双腿塞进一把高椅子里。直到最近，艾玛才获得了和家人共同进餐的资格，但正如帕拉戴恩所说，她因此变得骄傲自大了。大人早就提醒过艾玛：只有婴儿才会吃饭掉东西。结果，她把勺子送到嘴边总是那样小心翼翼的，帕拉戴恩每次看见，都感到心神不宁。

“艾玛需要一条传送带，”他建议说，并为简拖出一把椅子，“每隔一会儿，就将一小桶菠菜送到她嘴巴跟前。”

晚餐吃得很平静，直到帕拉戴恩瞥了一眼斯科特的盘子。“嗨，小子。病了吗？中午不是挺能吃的吗？”

斯科特若有所思地望着面前吃剩的食物。他解释说：“爸爸，我不用再吃了。”

“你向来都是肚皮能装多少就吃多少，就是这样还打不住呢。”帕拉戴恩说，“我知道男孩长身体期间一天需要很多食物，但你今晚却低于标准了。你感觉还正常？”

“哦嗯。真的，我不用再吃了。”

“吃饱了？”

1. 一种大型猎犬，腿长、毛硬直、皮毛呈带黑斑的棕色。

“对。我每样饭菜都吃一点儿。”

“老师教过这个？”简追问道。

斯科特一本正经地摇摇头。

“没人教过。我自己想到的。我还用过口水。”

“再说一次，”帕拉戴恩说，“你用错字眼了。”

“哦……唾……唾液。唔？”

“哦嗯。唾液里有更多的胃蛋白酶？简，唾液里有胃蛋白酶吗？我不记得了。”

“我的唾液里有毒药，”简说，“罗莎莉捣的土豆泥里又有整块的。”

但帕拉戴恩对刚才的话题很感兴趣。“你的意思是，你是尽可能从食物中吸收营养，一点儿也不浪费，所以才吃得少？”

斯科特想了一会儿。“我想是这样。不只是口……唾液。我会大致估算一次放入嘴里多少食物，要搭配哪些东西。我也不知道为什么。反正我就是这么做的。”

“嗯嗯，”帕拉戴恩说着，记下这些话，以备日后复查，“一个相当有突破性的想法。”孩子们经常会有一些古怪的想法，但这个可能并不那么离谱。他噘起嘴唇。“说到底，我想每个人的饮食都很不一样，我指的是他们吃饭的方式，还有东西。我是说他们吃的东西。简，咱们的儿子表现出天才的迹象了。”

“哦？”

“他刚才说出了一个很好的营养学观点。是你自己想出来的吗，斯科特？”

“当然啦。”男孩说，连他自己也真的相信这一点了。

“你是怎么想出来的？”

“哦，我——”斯科特扭动身子，“我不知道。我想这没什么大不了的。”

帕拉戴恩大为失望。“但是，那肯定——”

“口……口水！”艾玛尖叫起来，突然产生的不适感让她难以自控。“口水！”她想演示一下，结果只是让口水淌到了围兜上。

简露出无可奈何的表情，帮女儿擦干净口水，又数落了她，而帕拉戴恩仍在好奇而困惑地望着斯科特。直到晚饭过后，回到客厅，事情才有了新的进展。

“有家庭作业吗？”

“没，没有。”斯科特惭愧地红着脸说。为了掩饰窘迫感，他从口袋里掏出他在那个盒子里找到的一个小玩意儿，开始打开它。那东西就像一个用珠子穿成的立方体四维模型。帕拉戴恩起初没有看到，但艾玛看到了。她想要过来玩。

“不行。一边儿去，懒虫，”斯科特命令道，“你可以看我玩。”他摸着珠子，发出柔和有趣的声音。艾玛伸出肥嘟嘟的食指，嚷叫起来。

“斯科特。”帕拉戴恩警告说。

“我又没惹她。”

“咬我了……那个东西。”艾玛委屈地说。

帕拉戴恩抬起头来。他皱起眉头，瞪着眼睛。那是什么——

“是算盘吗？”他问，“给我看看好吗？”

斯科特有点儿不情愿地拿着那个小玩意儿，走到他父亲的椅子跟前。帕拉戴恩眨了眨眼睛。这个“算盘”展开后超过一平方英尺，由又硬又细并在各处交叉的金属丝构成。那些金属丝上穿着些彩色珠子。它们可以来回滑动，从一个支撑点滑到另一个支撑点，甚至可以滑过连接点。但是，穿在上头的珠子不可能穿过交叉的金属丝……

所以很显然，它们不是被穿在上面的。帕拉戴恩更仔细地端详着。每个小珠子都被外边的一条深槽环绕着，这样它可以一边旋转，一边沿着金属丝滑动。帕拉戴恩试图拉出一颗珠子。它像磁铁一样吸附在上面。是铁做的？看上去更像塑料。

那个框架本身——帕拉戴恩并不是数学家。但这些金属丝形成的角度多少有些令人惊愕，因为它们显得很荒谬，不符合欧几里得逻辑。它们是一个迷宫。也许这小玩意儿是一种智力玩具。

“你从哪儿弄来的？”

“哈里舅舅给我的，”斯科特下意识地脱口而出，“上个礼拜天，他过来的时候。”哈里舅舅出城了，斯科特很清楚这一情况。男孩到了7岁很快就会知道，成年人的反复无常也有定规可循，他们对礼物的赠予者总是表现得大惊小怪。而且，哈里舅舅几周内都不会再来。对斯科特来说，这段时间简直漫长得难以想象，至少可以说，他的谎言最终会被发现这一事实，和允许他先保住这个玩具的好处相比，就不算什么事儿了。

当帕拉戴恩试图摆弄珠子时，他开始有些迷惑。那些角度奇怪得不合逻辑。它就像是一个智力玩具。这颗红色珠子，如果沿着“这条”金属丝滑到“那个”连接点，就应该到达“那里”才对，但它偏偏没有。一个迷宫，非常奇特，但无疑有益于智力开发。帕拉戴恩有十足的把握认为，他自己可没耐心去摆弄这个东西。

但斯科特却很有耐心，他待在一个角落里，来回滑动珠子，手指不断摸索着，嘴里嘟哝着。当斯科特选错珠子，或者试图朝错误方向滑动时，珠子就会有点儿“扎”手。最终，他喜不自胜地叫起来。

“我成功了，爸爸！”

“唔？什么？让我看看。”在帕拉戴恩看来，这个装置和之前没什么不同，但斯科特却一脸喜色地指点着。

“我让它消失了。”

“它还在那儿啊。”

“我说的是那颗蓝珠子。它现在不见了。”

帕拉戴恩不相信，所以他只是不屑一顾地哼了一声。斯科特再次琢磨起这个框架来。他做了试验。这一次没有任何冲击感，连轻微的感觉都没有。那个算盘已经向他展示了正确的方法。现在该由他自己来玩了。不知何故，那些金属丝原本怪异的角度，现在似乎不那么令人困惑了。

这是一个非常益智的玩具。

斯科特心想，它的玩法很像那个水晶块。他想起那个小玩意儿，便从口袋里掏了出来，并把算盘让给艾玛玩，艾玛喜出望外。她开始滑动珠子，这次没有对那种冲击感提出抱怨——其实震动很轻微。她擅长模仿，于是成功地几乎跟斯科特同样快地使珠子消失了。蓝色珠子再次出现了——但斯科特没有注意到。他早就有意退到长沙发一角，坐在旁边那把带软垫的椅子上，自得其乐地玩着水晶块。

这个东西里头有小人，是那种被晶体放大了很多倍的微型假人，而且它们在走动——千真万确。它们建造了一座房屋。房子着了火，火焰看起来就和真的没什么两样，等着有人把它扑灭。斯科特急切地喘了一口气。“把火灭掉！”

可是毫无动静。之前出现过的那辆带有旋转长臂的古怪消防车，怎么不见了呢？嘿，它开过来了。它平稳地开进起火现场，停了下来。斯科特催促它赶快灭火。

这真的好有趣。就像上演一出戏，只不过更真实。小人们照斯科特的意思去做，他脑子里想什么，它们就干什么。如果他想错了，它们就等到他找到正确方法。它们甚至为他提出了新问题。

那个水晶块也是一个非常益智的玩具。它在教斯科特怎么操作，速度惊人，而且整个过程其乐无穷，但它尚未教给斯科特真正的新知识。他还没有准备好。慢慢来，不着急。

艾玛玩腻了那个算盘，就起身去找斯科特。她找不到哥哥，在他的房间里也找不到，但壁橱里的东西曾经让她感到好奇。于是她发现了那个盒子。里面装着一个宝贝：一个洋娃娃，斯科特已经注意到了，但却不屑地把它丢在那里。艾玛尖叫着把洋娃娃带到楼下，蹲在地板中央，开始动手把它拆开。

“亲爱的！那是什么？”

“熊先生！”

显然不是熊先生，熊先生是瞎子，没有耳朵，可它柔软肥胖的身体摸起来很舒服。所有的洋娃娃一概被艾玛叫作熊先生。

简·帕拉戴恩踌躇了一下。“你是从哪个别的小女孩那儿拿来的吧？”

“不是。是我的。”

斯科特从藏身处走出来，把那个水晶块塞进口袋里。“呃，那是哈里舅舅给的。”

“是哈里舅舅给你的吗，艾玛？”

“他交给我，让我送给艾玛的，”斯科特匆忙插言，又给自己的欺骗行为添加了一句谎话，“就在上个星期天。”

“你会把它弄散架的，亲爱的。”

艾玛把洋娃娃拿给她的母亲看。“瞧，她散开了！”

“哦？这……喔唷！”简倒吸了一口气。帕拉戴恩迅速地抬起头来。

“怎么啦？”

她带着洋娃娃走到他跟前，迟疑了一下，意味深长地看了帕拉戴恩一眼，然后走进餐室。他跟过去，关上了门。简已经把洋娃娃放在收拾好的桌子上了。

“这东西可不怎么好，对吗，丹尼？”

“哦……嗯嗯。”乍看上去，那东西相当令人厌恶。人们可能会以为那是一家医学院的人体解剖模型，但作为孩子的洋娃娃……

这东西的各个部分都被拆卸开来，皮肤、肌肉、器官，就帕拉戴恩看到的而言，它们尺寸微小，但非常精美。他很感兴趣。“我不知道。这种东西对孩子来说，含义可不一样。”

“看看那个肝脏。那是肝脏对吗？”

“对。唔，要我说……这东西很滑稽。”

“什么？”

“从解剖学上说，它还是不完善。”帕拉戴恩拉过一把椅子，“消化道太短。没有大肠。也没有阑尾。”

“艾玛应该玩这种东西吗？”

“我自己倒是不介意有这个东西，”帕拉戴恩说，“哈里到底是从哪儿弄来的呢？不，我看不出它有什么害处。成年人见到内脏自然会感到不舒服。小孩子不会。他们以为那里面都是固态的，就像土豆一样。艾玛可以从这个娃娃身上学到可靠的生理学知识。”

“可那些东西是什么呢？是神经吗？”

“不，这个才是神经。动脉在这儿；这里是静脉。主动脉有点儿怪啊……”帕拉戴恩一脸困惑，“这个是……网络这个词用拉丁语怎么说？好像是……嗯？*Rita? Rata?*”

“*Rales*[1]。”简随口说了一个词。

“这是一种呼吸系统，”帕拉戴恩言之凿凿地说，“我搞不懂这种发亮的网络一样的东西是什么。它遍布全身，就像神经系统一样。”

“血液。”

1.“网络”的拉丁语其实是“rete”。

“不是。不是循环系统，也不是神经系统——真奇怪！它似乎是与肺脏连在一起的。”

他们全神贯注，开始对这个奇怪的洋娃娃苦思冥想起来。它构造的各个细节都十分完备，如此一来，那些背离常规的生理变异在它上面出现就也很奇怪了。“等一下，我去拿解剖学图谱，”帕拉戴恩说着，马上把洋娃娃和解剖学图谱进行比较。他没看出多少端倪，反而变得更加困惑了。

但它比拼板游戏有趣多了。

与此同时，在隔壁房间，艾玛正在来回滑动算盘的珠子。现在，那些珠子的移动似乎并不那么怪异了。哪怕是珠子消失不见的时候。她基本上可以跟上任何新的方向——只是基本上。

斯科特吐着粗气紧盯着水晶块，在大脑里指挥建造一所房子——虽然一开始在指挥上出了很多差错。在构造上，这所房子比先前被火烧毁的那所还要复杂些。他也在学习，在适应新东西。

从一个完全的上帝视角来看的话，帕拉戴恩的错误是，他没有马上把玩具处理掉。他没有意识到它们的重要性，等到他发觉的时候，情况已经进展到难以逆转的地步了。哈里舅舅还在城外，帕拉戴恩无法向他了解情况。同时，期中考试到了，这意味着艰苦的脑力劳动和夜间的精疲力竭；简得了一场小病，持续了一周左右。艾玛和斯科特没了约束，自由自在地操纵着玩具。

“爸爸，”一天晚上，斯科特问他的父亲，“‘wabe’[1]这个词是什么意思？”

“你是说‘wave’吗？”

1. “wabe”就是后文那首怪诞的诗歌中出现的“日晷儿”一词。

他犹豫了一下。“我……我觉得不是。有‘wabe’这个词吗？”

“‘Wab’是苏格兰语中是网络的意思——你说的是这个吗？”

“我也弄不懂。”斯科特一边喃喃自语，一边皱着眉头走开了，自娱自乐地操纵着算盘。他现在已经能够灵巧地摆弄它了。但是，出于孩子避免干扰的本能，他和艾玛经常私下里玩那些玩具。当然没有做得很明显——但他们从不当着大人的面去做那些更复杂的试验。

斯科特学得很快。他现在从水晶块中看到的东西，和原来那些简单的问题没有什么关系，但它们涉及的技术非常迷人。假如斯科特意识到他的学习过程是受到引导和监督的——哪怕只是机械地引导和监督——他都可能会失去兴趣。事实上，他的主动性从来不曾受过打击。

算盘、水晶块、洋娃娃……还有孩子们在盒子里发现的其他玩具。

无论是帕拉戴恩还是简，都没有想到时间机器里面的东西对孩子们有多大的影响。他们怎么可能想到呢？孩子是天生的戏剧家，目的是自我保护。他们还没有适应成人世界的种种要求。对他们而言，那些要求有点儿匪夷所思。而且，他们的生活也被人类的可变因素弄得复杂化了。一个成人会告诉他们说，在泥地里玩耍是可以的，但在挖土时不可以拔除花或小树。另一个成人却禁止他们接触泥地。这里的十诫[1]没有被刻在石头上；它们有各种解释，而孩子们只能被动地顺从于那些生养他们并给他们衣食的人，顺从于他们的任性恣睢，他们的颐指气使。幼小的动物并不会怨恨那种仁慈的专制，这是大自然必不可少的组成部分。然而，孩子是一个自由个体，会通过巧妙和消极的抗争来保护个人领地的完整。

1. 上帝在西奈山对摩西下达的十条指令，作为摩西律法的基础。

孩子会在大人的眼皮底下发生改变。就像舞台上的演员，当他想到该怎么做时，他会努力取悦别人，并吸引他们的关注。这种做法成年人并非不熟悉。但成年人却不会表现得那么明显——针对其他成年人。

不能说孩子们缺乏心机。孩子和成熟的动物不同，因为他们用另一种方式思考。我们或多或少可以看破他们的小伎俩，但他们也能看破我们的做作。孩子甚至可以不留情面地戳穿成年人的伪装。他们天生擅长打破某些习气。

例如浮夸和矫饰。那种还没有夸张到近乎荒谬的社交礼仪。譬如评价某个贵妇的专职男伴——

“这么圆滑老练的社交风格！这么一丝不苟地讲究礼节！”年长的贵妇人和金发碧眼的年轻女人往往令人印象深刻。成年人很少会发表不那么令人愉快的评论。但孩子会一语道破天机。

“你们都傻里傻气的！”

一个未成熟的人如何理解社交关系的复杂体系呢？他不可能理解。对他而言，夸张的自然礼仪就是傻里傻气的。以他的生活方式中功能结构的角度来看，这是过度的矫饰。孩子是一个以自我为中心的小动物，他不能站在他人的角度看待自己——当然也不能从成年人的角度。孩子是一个自给自足、近乎完善的自然单位，他的需要由他人满足，就像一个漂浮在血流中的单细胞生物，由他人带来营养物质，运走废物……

从逻辑角度来看，孩子近乎完美。婴儿甚至可能更完美，但这种完美与成年人所理解的完美差别太大，因而只适用于肤浅的比较标准。婴儿的思维过程完全是难以想象的。但婴儿会思考，甚至在出生前就会思考。他们在子宫里活动和睡觉，并非完全出于本能。一个发育基本正常的胚胎或许会思考——对于这一概念，我们往往会做出相当独特的反应。我们会感到诧异或者震惊，或者一笑置之，或者十分反感。人性都是如此。

但婴儿是不通人性的。胚胎更是不通人性。

也许正因如此，艾玛从玩具中学到的东西比斯科特多。当然，斯科特可以表达自己的想法。艾玛却不能——除非使用含义隐秘的信息碎片。例如涂鸦。

给小孩子铅笔和纸，他会画出一些他和成年人有着不同理解的东西。对于婴儿来说，荒诞的涂鸦与消防车几乎没有多少相似之处。也许他的涂鸦甚至是三维的。婴儿的思维方式和眼中所见都和成年人不同。

一天傍晚，帕拉戴恩忧闷地思考着这些问题，他一边读报纸，一边看着艾玛和斯科特交流。斯科特在问妹妹问题。有时候使用英语问。更多的时候是使用莫名其妙的话和手语。艾玛试图回答，但障碍太大了。

最后斯科特拿来了铅笔和纸。艾玛喜欢这种方式。她舌头顶着面颊，费力地写了些什么。斯科特拿起那张纸，细看了一番，皱起了眉头。

“这不对啊，艾玛。”他说。

艾玛用力点了点头。她抓起铅笔，又添加了更多潦草的字迹。斯科特困惑了一会儿，最后迟疑地笑了笑，站了起来。他消失在门厅里。艾玛又去玩那个算盘了。

帕拉戴恩站起身，瞥了一眼那张纸，脑海里冒出一个怪异的念头：艾玛可能突然掌握了书法。但她没有。纸上全是毫无意义的乱写乱涂，那是任何父母都熟悉的涂鸦。帕拉戴恩噘起嘴唇。

这可能是一张图形，显示一只躁狂抑郁症的蟑螂的心理变化，但也可能不是。但毫无疑问，这对艾玛来说是有意义的。也许这张涂鸦代表了熊先生。

斯科特回来了，看上去喜滋滋的。他的目光与艾玛相遇，对她点了点头。帕拉戴恩感到一阵好奇。

“是秘密吗？”

“不是。艾玛……唔……让我为她做点儿事。”

“哦。”帕拉戴恩想起有的婴儿会含糊不清地说些莫名其妙的话，并让语言学家感到困惑，就有意把孩子用完的那张纸塞进口袋里。第二天，他在大学里给埃尔金斯看了那些潦草的字迹。埃尔金斯熟练掌握许多似是而非的语言，但艾玛的文学处女作让他忍俊不禁。

“我大致给你翻译一下吧，丹尼斯。引用原话：我不知道这是什么意思，但是我用它把我老爸耍得团团转。原话结束。”

两个男人大笑起来，于是分头去上课了。但后来帕拉戴恩又想起这件事，尤其是在他遇见霍洛威之后。但那是几个月之后的事。在此之前，情况进一步朝着高潮发展。

也许帕拉戴恩和简对玩具表现出太多关注。艾玛和斯科特开始把它们藏起来，只是私下里拿出来玩。他们从不公开地玩，但玩的时候会不动声色地保持着警觉。简尤其对此略感不安。

一天晚上，她和帕拉戴恩谈起此事。“哈里给艾玛的那个洋娃娃。”

“怎么了？”

“我今天去市中心了，想弄清它是从哪儿买的。没找到。”

“哈里也许是在纽约买的。”

简并不相信。“我也向他们打听了其他东西。他们让我看了库存——约翰逊公司是一家大商店，你是知道的。那里根本没有艾玛玩的那种算盘。”

“嗯嗯。”帕拉戴恩对此并不是很感兴趣。他们当晚有一场演出的票，而且时间不早了。所以这个话题被暂时搁置了。后来一个邻居打电话给简，于是这个话题又跳出来了。

“斯科特以前可从来不那样，丹尼。伯恩斯太太说，他把她家的弗兰西斯吓坏了。”

“弗朗西斯？那个胖嘟嘟的、老是欺软怕硬的小流氓，对不对？就跟他爹一个样。上大二那会儿，就因为他，我有一次还打破了伯恩斯的鼻子。”

“别吹了，听我说，”简一边说，一边搅拌着一杯苏打威士忌，“斯科特给弗兰西斯看了什么东西，结果吓到他了。你难道不应该——”

“我想是这样的。”帕拉戴恩竖起耳朵。隔壁房间的噪声泄露了他儿子的行踪。“斯科特！”

“过瘾！”斯科特说，他面带微笑地出现了，“我把它们都干掉了。太空海盗。你找我吗，爸爸？”

“是的。如果你不急着马上埋掉那些太空海盗的话。你对弗朗西斯·伯恩斯做了什么？”

斯科特的蓝眼睛流露出十足的坦诚。“啊？”

“好好想想。我相信你会想起来的。”

“哦。哦，那个呀。我没不做什么。”

“没做什么。”简心不在焉地纠正道。

“没做什么。我没说谎。我只是让他看看我的电视机，然后……他就吓着了。”

“电视机？”

斯科特拿出了那个水晶块。“其实不是。瞧！”

帕拉戴恩仔细查看了那个小玩意儿，被它的放大效果吓了一跳。不过，他所能看到的只是一堆毫无意义的彩色图案。

“哈里舅舅……”

帕拉戴恩伸手去抓电话机。斯科特开始深呼吸。“哈里舅舅回……回城了？”

“是的。”

“哦，我得去洗个澡了。”斯科特朝门口走去。帕拉戴恩与简目光相遇，会意地点点头。

哈里在家，但他说他根本不知道有关那些古怪玩具的事。帕拉戴恩脸色阴沉，要求斯科特将他房间里的所有玩具都拿到楼下。最后，它们在桌子上摆成了一排：水晶块、算盘、洋娃娃、头盔式的帽子，还有其他一些神秘兮兮的小东西。斯科特遭到盘问。他顽强地撒了一会儿谎，最后还是崩溃了，于是痛哭流涕，抽抽噎噎地供认了实情。

“把这些东西都放进盒子里，”帕拉戴恩命令道，“然后睡觉去。”

“您会……唔……惩罚我吗，爸爸？”

“逃学加上撒谎，会的。你知道规则。两周不能看任何演出，也不能喝汽水。”

斯科特开始喘粗气。“您会没收我的东西吗？”

“我还没想好。”

“哦……晚安，爸爸。晚安，妈妈。”

那个小家伙上楼后，帕拉戴恩把一把椅子拖到桌旁，仔细检查了那个盒子。他若有所思地拨弄着那个熔化了的小玩意儿。简在一旁看着。

“那都是什么，丹尼？”

“不知道。谁会把一盒玩具丢在河边呢？”

“可能是从汽车上掉下来的。

“在那个地点不可能。公路在铁路高架桥北侧，并不挨着小河。那里都是空地，别的什么都没有。”帕拉戴恩点燃了一支香烟，“整点儿酒好吗，亲爱的？”

“我这就去弄。”简去配酒了，眼神悒郁。她给帕拉戴恩端来一杯酒，站在他身后，用手指抚弄着他的头发。“有什么不对劲吗？”

“当然没有。只是……这些玩具是从哪儿来的呢？”

“约翰逊商场那边的人也不知道，他们都是从纽约进货的。”

“我也一直在调查，”帕拉戴恩承认，“这个洋娃娃，”他戳了它一下，“真叫我头大。也许都是定制的东西，但愿我能知道是谁制作的。”

“心理学家？算盘——他们不是用这类东西给人们做测试的吗？”

帕拉戴恩打了个响指。“对啊！我说呢！下周有个家伙要来大学演讲，他叫霍洛威，是个儿童心理学家。他是个大人物，很有名气。他可能知道点儿什么。”

“霍洛威？我没……”

“雷克斯·霍洛威。他是……唔唔！他住得离这儿不远。你认为这些东西会不会是他自己做的呢？”

简在检查算盘。她做了一个鬼脸，退回来。“要真是他做的，我可不喜欢他。不过你应该想办法查清楚，丹尼。”

帕拉戴恩点点头。“我会的。”

他喝着苏打威士忌，皱着眉头。他隐约感到担忧。但他并不恐慌——目前是这样。

雷克斯·霍洛威是一个胖胖的、满面红光的人，秃顶，戴着深度眼镜，眼镜上方那浓黑的眉毛就像两条刺棱棱的毛毛虫。一周后的一天，帕拉戴恩带他回家吃晚饭。霍洛威似乎没在观察孩子，但他们的一言一行都没有逃过他的眼睛。他那双灰眼睛敏锐而明亮，几乎什么也不会错过。

那些玩具使他入迷。在客厅里，三个成年人围坐在桌前。桌子上摆放着那些玩物。霍洛威一边仔细研究着它们，一边听着简和帕拉戴恩讲述。最后他终于开口了。

“我很高兴今晚过来。但也没高兴到哪里去。你们知道吗，这很令人不安。”

“唔？”帕拉戴恩盯着他，简的脸上露出惊愕的神色。霍洛威接下来的话并未使他们镇定下来。

“我们面对的情况可以说是疯狂的。”

他对他们露出的震惊表情报以一笑，“从成人的观点来看，所有的孩子都是疯狂的。读过休斯的《牙买加的劲风》[1]吗？”

“我有这本书。”帕拉戴恩从架子上取下那本小书。霍洛威伸手接过，翻动书页，找到了他想要找的那页。他大声读起来：

“婴儿当然不通人性——他们是动物，具有一种非常古老而复杂文化，就像猫、鱼甚至蛇一样；婴儿和它们属于同一种类，但要复杂和生动得多，因为婴儿毕竟是低等脊椎动物中最发达的一种。简单地说，就思维模式而言，婴儿有自己的措辞和范畴，无法转换成平常人的措辞和范畴。”

简试图坦然接受这一点，但却做不到。“难道你的意思是，艾玛……”

“你能像令媛那样思考吗？”霍洛威问，“听着：就算你能像蜜蜂那样思考，也不可能像婴儿那样思考。”

帕拉戴恩调制着鸡尾酒。他扭过头来说：“你是否有点儿太过玄虚了呢？我明白了，你是说婴儿有自己的文化，甚至是一种高水平的智力活动。”

“那倒未必。你知道，根本没有什么衡量标准。我所说的就是，

---

1. 英国作家理查德·阿瑟·沃伦·休斯创作于 1929 年的儿童文学作品。

婴儿的思维方式和我们不一样。倒不一定比我们更好——这是一个相对价值的问题。但通过使用一种不同的外延方式……”他一边搜索字眼，一边做做鬼脸。

“荒诞！”帕拉戴恩相当粗鲁地说，不过他是因艾玛的事而恼火，“婴儿的感官和我们没什么不同。”

“谁说他们的感官和我们不一样了？”霍洛威反问道，“他们只是思维方式和我们不一样，仅此而已。但这已经够了！”

“我在努力去理解，”简慢吞吞地说，“我唯一能联想到的就是我的搅拌机。它可以搅打面糊糊和土豆，但它也能榨橘子汁。”

“差不多吧。大脑是一种胶体，一个非常复杂的机器。我们对它的潜能知之甚少。我们甚至不知道它能掌握多少知识。但我们已经知道的是，随着人这种动物变得成熟，思维也就定型了。它遵循人人熟悉的某些定理，而且此后所有思想基本都建立在想当然的模式上。看看这个，”霍洛威摸了摸算盘，“你们认真地摆弄过它吗？”

“一点点。”帕拉戴恩说。

“但是不多。对吗？”

“这个嘛……”

“为什么不多试试呢？”

“毫无意义，”帕拉戴恩抱怨道，“就算是个谜语，也必定该有某种逻辑。可是那些怪里怪气的角度——”

“你的头脑已经适应了欧几里得[1]。”霍洛威说，“所以这个……东西……叫我们厌烦，似乎毫无道理。但孩子对欧几里得一无所知。一种不同于我们熟知的几何学，不会让孩子感觉不合逻辑。孩子相信他亲眼看到的东西。”

1. 古希腊数学家，被称为“几何之父”。

“你是想告诉我，这玩意儿有第四维的外延性吗？”帕拉戴恩问道。

“反正靠眼睛是看不出来的，”霍洛威解释说，“我的意思是，我们的思维早已适应了欧几里得的理论，所以除了一团不合逻辑的金属丝，别的我们什么也看不到。但是孩子——尤其是婴儿——可能会看到更多的东西。不是从一开始就能看到。这东西当然是一个谜。只有孩子才不会被太多先入之见干扰。”

“思想动脉硬化了。”简插嘴说。

帕拉戴恩没有被说服。“那么婴儿计算微积分会强于爱因斯坦了？不，我不是那个意思。我可以理解你的观点。多少清楚一点儿了。只不过……”

“这样吧，听我说，我们假设有两种几何——为了举例说明，我们限制在两种。我们这一种是欧几里得几何学，另一类，我们姑且称之为X几何学。X几何学与欧几里得几何学关系不大，它是以不同的定理为依据的。在这种几何中，二加二不必等于四；可能等于那里的八[1]，也可能根本不等于啥。婴儿的思维还没有定型，顶多会受到遗传和环境等可疑因素的影响而已。从一开始就给婴儿灌输欧几里得定理……”

“可怜的孩子。”简说。

霍洛威迅速瞥了她一眼。“欧几里得基础理论。字母方块。还有数学、几何学、代数——这些科目要晚得多。我们都熟悉这个教育进程。另一方面，从一开始就给婴儿灌输X逻辑的基本理论。”

“方块？什么类型的方块？”

霍洛威看着算盘。“这对我们而言没有多大意义。我们已经习惯

1. 原文为y8，其中字母y是旧式英语的缩写字母写法，相当于定冠词“the”。这种写法和本文标题同样来自《爱丽丝镜中奇遇记》里那首荒诞诗。

了欧几里得。”

帕拉戴恩喝了一口烈性威士忌。“这太可怕了。你说的范围还不局限于数学。”

“对！我不局限于任何东西。我怎么可能那么做呢？但我不可能适应X逻辑。”

“这就是答案所在，”简叹了口气，说道，“谁能适应它呢？一定是适应它的人做出了这种玩具——你显然认为它们都是玩具。”

霍洛威点点头，眼睛在厚镜片后面眨巴着。“这样的人可能是存在的。”

“在哪儿？”

“他们可能更愿意隐藏起来。”

“是超人吗？”

“但愿我知道。你看，阿德林，我们又有了衡量尺度的问题。根据我们的标准，这些人在某些方面可能是超级天才，在其他方面又可能像是白痴。这不是量的差异，而是质的差异。他们的思维跟我们不同。我肯定我们能做某些他们做不了的事情。

“也许他们不愿意做呢。”简说。

帕拉戴恩轻轻敲着盒子上熔化的小物件：“这是怎么回事？它意味着——”

“一个目的，毫无疑问。”

“是传输吗？”

“任何人都会首先想到这个。如果真是这样，盒子可能来自任何地方。”

“那个地方……情况会和我们这里……不一样？”帕拉戴恩慢吞吞地问。

“正是。空间甚至是时间都不一样。我不知道；我只是心理学家。不幸的是，我也习惯了欧几里得。”

“一定是个怪异的地方，”简说，“丹尼，把那些玩具扔掉吧。”

“我就是这么打算的。”

霍洛威拿起水晶块。“你们有好好问过孩子吗？”

帕拉戴恩说：“是的。斯科特说他第一次看水晶块时里面有人。我问过他现在里面有什么。”

“他是怎么说的？”心理学家的眼睛睁大了。

“他说他们在建一个地方。他的原话。我问他是谁——那些人？但他说不出来。”

“是的，我觉得他没法解释，”霍洛威喃喃地说，“那东西一定是有进展性的。孩子们玩这些玩具有多久了？

“我想，大概三个月吧。”

“时间够长了。你们要知道，这个精致的玩具既有益智作用，又是机械构造。它一定具有什么能力，既能让孩子感兴趣，也能潜移默化地教会他们什么。起初是教简单的问题。然后教……”

“X 逻辑。”简说，她脸色苍白。

帕拉戴恩低声骂了一句。“艾玛和斯科特完全正常！”

“你知道他们思考问题的方式吗——现在？”

霍洛威没有说下去。他抚摸着洋娃娃。“了解这些东西来源地的情况会很有趣。归纳法在这里没多大用处。缺少的因素太多了。我们不能想象一个基于 X 因素的世界——那里的环境适用于用 X 模式思考的头脑。看看这个洋娃娃内部的发光网络。没法知道它到底是什么。它可能存在于我们体内，虽然我们还没有发现它。当我们发现适当的痕迹——”他耸耸肩，“你们觉得它是什么？”

那是一个直径两英寸的深红色球体，表面有一个突出的旋钮。

“谁能认出这是什么。”

“那斯科特呢？艾玛呢？”

“大概三个星期前，我才头一回看见它。后来艾玛开始玩。”帕拉戴恩咬了咬嘴唇，“这之后，斯科特也迷上它了。”

“他们是怎么玩的？”

“在面前端着并来回滑动。没有特别的移动模式。”

“没有什么欧几里得模式，”霍洛威纠正道，“起初他们不能理解这个玩具的目的。他们必须受到训练才能理解。”

“这太可怕了。”简说。

“对于他们而言并不可怕。艾玛理解 X 逻辑可能比斯科特更快，因为她的头脑还没有适应我们这种环境。”

帕拉戴恩说：“但我还能记得小时候做的很多事，甚至是婴儿时候的事。”

“所以呢？”

“我那时候是不是也……疯……了呢？”

“你现在已经不记得的，就是你判断疯狂的标准，”霍洛威反驳说，“我用‘疯狂’这个词，纯粹是作为一种方便的符号，代表与已知的人类标准不同的变异标准，也就是理智的任意标准。”

简放下酒杯。“你说过用归纳法很难，霍洛威先生。但在我看来，你从很少的东西中得到了很多结论。无论怎样，这些玩具……”

“我只是个心理学家，专门研究儿童心理。这方面我不是门外汉。这些玩具对我来说大有文章，主要是因为它们看上去似乎一无所用。”

“你也可能判断错了。”

“哦，我倒希望我判断错了。我想检查一下两个孩子。”

简有些不快。“怎么检查？”

霍洛威解释之后，她点了点头，但仍旧有点儿踌躇。“好吧，可以。但他们不是豚鼠哟。”

心理学家轻轻挥了挥胖嘟嘟的手。“我亲爱的女士！我又不是什么弗兰肯斯坦[1]。对我来说，个体是首要因素——这是自然而然的，因为我是研究思想的。万一小家伙出了什么问题，我想治好他们。”

帕拉戴恩放下香烟，慢慢地看着蓝色烟雾缓缓地盘旋上升，在感觉不到的气流中飘荡着。“你能对问题做出诊断吗？”

“我会尽力的。我只能这么说。如果未开发的思维已经转入X通道，那就有必要把它们转回来。我不能说这是最明智的做法，但这可能符合我们的标准。毕竟，艾玛和斯科特总归要生活在这个世界上。”

“是的。是的。我无法相信问题很大。他们看起来没什么特别，完全正常。”

“从表面上看，他们可能是这样。他们也没有理由表现得不正常，对吗？再说，你怎么知道他们的思维是不是和我们不同呢？”

“我这就去叫他们。”帕拉戴恩说。

“那就随意点儿。我不想让他们有戒备心。”

简示意地朝玩具点了点头。霍洛威说：“先不动这些东西吧，好吗？”

艾玛和斯科特被叫来后，心理学家没有立即直接询问他们什么。他不动声色地引导斯科特随意说话，不时加上几句关键的问话，但完全不像字词联想测验[2]那么明显——合作是必要的。

最有趣的进展，出现在霍洛威拿起算盘的时候。“可以告诉我这东西是怎么玩的吗？”

斯科特踌躇了一下。“好的，先生。像这样——”他灵巧地滑动

1. 英国小说家玛丽·雪莱创作的长篇小说《弗兰肯斯坦》中的人物，是一个疯狂的科学家。后来成为罔顾伦理的“科学怪人”的代名词。

2. 一种人格和心理功能测试，要求受试者以脑海中首先浮现的词语，或用指定类别的词语，响应一系列给定词语。

一颗珠子穿过迷宫，走的是一个复杂路径，速度很快，没有人很确定它最终是否消失了。这可能只是一个戏法。然后，霍洛威也试了一次。斯科特看着，皱了皱鼻子。

“这样对吗？”

“哦嗯。应该往那儿滑动……”

“这儿？为什么？”

“哦，只有这样才行得通。”

但霍洛威习惯了欧几里得。珠子为什么要从这条特定的金属丝滑到另一条？没有明显的理由啊。看起来像是一个随机因素。霍洛威还突然注意到，当斯科特演示如何解决那个谜时，这不是珠子之前经过的路径，至少他能辨别出这一点。

“你再做一遍给我看看好吗？”

斯科特照做了，按他的要求又演示了两遍。霍洛威透过眼镜眨眨眼。没错，都是随机的，也是可变的。斯科特每次都沿不同路径滑动珠子。

不知怎么回事，大人们都看不出珠子是否消失不见了。假如他们期待看到它消失，他们的反应可能就会不同。

最后什么问题也没解决。霍洛威道晚安时，似乎很不自在。

“我可以再来吗？”

“当然，”简告诉他，“欢迎随时过来。你还是认为……”

他点点头。“孩子的大脑反应不是那种正常情况。他们一点儿也不笨，但我有一种极不寻常的感觉，就是他们得出结论的方式是我们难以理解的。好像他们使用的是代数，而我们使用的是几何。结论相同，但得出结论的方法却不一样。”

“那些玩具怎么处理？”帕拉戴恩突然问。

“把它们收起来吧。如果可以的话，我想借用一下……”

那天晚上，帕拉戴恩辗转反侧，难以入睡。霍洛威选择的类比真不讨人喜欢。它得出的推论令人心烦意乱。那个X因素——孩子们使用的推理方法等同于代数，而成年人却在使用几何。

看起来有道理。只是——

代数能够给你的一些答案，是几何无法给予的，因为某些术语和符号不能用几何方式表达。假设X逻辑显示的结论，对于成年人的思维而言是无法理解的呢？

“他妈的！”帕拉戴恩低声骂了一句。在旁边的简微微动了一下。

“亲爱的，你也睡不着吗？”

“睡不着。”他起身走进隔壁房间。艾玛安详地睡着，像一个小天使，丰腴的手臂搂抱着熊先生。透过敞开的房门，帕拉戴恩看到斯科特黑黢黢的头部在枕头上安然不动。

简走到他旁边。他伸出一只胳膊搂住她。

“可怜的孩子，”她喃喃地说，“霍洛威居然说他们疯了。我想我们才是疯子呢，丹尼斯。”

“哦嗯。我们真的太紧张了。”

斯科特在睡梦中翻了翻身。他并未醒来，显然是问了一句什么，但似乎也没有使用什么特别的语言。艾玛发出一阵轻微的呜咽，音调变化幅度很大。

她也没有醒来。两个孩子都一动不动地继续躺着。

但是帕拉戴恩突然感觉胃里作呕，他认为，那很像是斯科特问了艾玛什么事，而艾玛回答了。

假如他们的思维改变了，那么就连睡眠也发生变化了吗？

他抛开这个念头。“你会着凉的。咱们回屋吧。想喝点儿什么吗？”

“我想喝点儿。”简看着艾玛说。她茫然地向孩子那边伸出手来，又把它收回来。“走吧。别把孩子吵醒了。”

他们一起喝了点儿白兰地，但什么话也没说。简后来在睡梦中哭了。

斯科特还没有醒来，但他的头脑在缓慢而谨慎地运转着。他使用的语言是这样的——

“他们会把玩具拿走的。那个胖子……也许有些危险。但是格里克方向不会显示……首先撤离……没有……它们。全程超越……明亮，发光。艾玛。她现在……更加可普拉尼克……高了。我还是不知道如何……萨瓦拉尔利克西里……蒸馏……”

斯科特的一点点想法还可以听懂。但艾玛对X逻辑的适应要快得多。

她也在思考。

不像大人或小孩，甚至不像人那样思考。也许只是像对于人这个种属而言毫不熟悉的一类人那样思考。

有时斯科特自己也很难跟上她的思路。

要不是因为霍洛威的话，生活可能已经基本恢复到常规。玩具不再是多么值得关注的东西。艾玛仍然喜欢玩她的洋娃娃和沙堆，这些都是理所当然的乐趣。斯科特满足于摆弄棒球和他的化学装置。他们做着其他孩子所做的一切，但很少显露出任何反常迹象。但霍洛威似乎仍在小题大做，杞人忧天。

他正在测试那些玩具，结果莫名其妙。他绘制了数不清的图表和示意图，与数学家、工程师和其他心理学联系，暗自疯狂地进行研究，试图寻找到构建出这些小玩意儿的手段和理由。从盒子本身还有它神秘的机件，看不出任何名堂。这东西大部分已经熔化成了矿渣。可是那些玩具……

正是那种随机因素阻碍了调查。甚至就连这个都是语义学的问题。因为霍洛威确信，这并不是真正随机的。只是没有足够的已知因素罢了。例如，没有哪个成年人能操纵那个算盘。而且霍洛威刻意不让孩子去碰那玩意儿。

水晶块也同样神秘。它具有一种离奇的颜色模式，色彩有时还会移动。在这一点上，它就像一个万花筒。但是平衡的改变和重力对它并无影响。又是随机因素。

更确切地说，是那种未知逻辑。X 模式。最后，帕拉戴恩和简又恢复了那种近乎自得的情绪，他们觉得孩子们思维异常的问题已经痊愈了，因为致病的因素已经被消除了。艾玛和斯科特的某些行为，使他们有理由不再担心。

因为两个孩子喜欢游泳、远足、看电影和玩游戏，也爱玩同龄孩子玩的那些具有正常功能的玩具。的确，他们还不晓得如何操作某些令人迷惑、涉及运算的机械设备。

比如，帕拉戴恩偶尔弄到的一个三维拼接游戏球。可是连他自己都觉得很难。

偶尔也会有异常情况。一个星期六下午，斯科特跟父亲一起徒步旅行，两人在一处山顶上歇息。在他们下面，是一片秀美的山谷。

“很美，是吧？”帕拉戴恩说。

斯科特一脸庄重地审视着那种景象。“一团糟。”他说。

“唔？”

“我不知道。”

“怎么一团糟了？”

“啊呀……”斯科特困惑地停顿了一下，“我不知道。”

孩子们思念他们的玩具，但时间不长。艾玛首先恢复过来，但斯科特还是无精打采。他和妹妹说着旁人难以理解的话，琢磨着后者在他提供的纸上画出的毫无意义的凌乱线条。这很像是他在咨询妹妹什么问题，而且是那种超出他理解能力的难题。

如果说艾玛是了解得比较多的，那斯科特则具备更强的智力和操纵技能。他用他那套钢件结构玩具搭建起一个小装置，但并不满意。他不满意的原因，也是帕拉戴恩看到那个装置后突然感到一阵轻松的原因。那就是一个正常男孩会做出的东西，让人隐约联想到立体派艺术家描绘的一艘船只。

它就是有点儿太正常了，让斯科特高兴不起来。他又问了艾玛一些问题，不过都是私下问的。她思索了一会儿，然后笨拙地握住一支铅笔，又制造出一些潦草难辨的笔迹。

“你能看懂那些东西吗？”一天早上，简问儿子。

“其实不是看的。我能理解她的意思。不是全部，但大多数都能理解。”

“那是文字吗？”

“啊不。它的意思不像它看上去那样。”

“象征性符号。”帕拉戴恩一边喝着咖啡，一边说。

简看着他，睁大了眼睛。“丹尼——”

他眨眨眼，摇了摇头。后来，当他们单独在一起时，他说：“不要让霍洛威影响你的心情。我并不是暗示两个孩子是在用一种未知的语言交流。如果艾玛画了一条歪歪扭扭的曲线，说它是一朵花，那就是一种主观化的规则，但斯科特就会记住。下次艾玛画出同样类型的曲线，或者努力去画……呐！”

“没错，”简满怀疑窦地问，“你注意到斯科特最近一直在看书吗？”

“我注意到了。不过没什么不寻常的。他既没读康德的书，也没读斯宾诺莎的书。”

“他就是浏览，仅此而已。”

“嗯，我当初在他这个年龄也是这样。”帕拉戴恩说，然后出门去教上午的课了。他与霍洛威共进午餐——这正在成为一种日常习惯，并谈到了艾玛在文学方面的努力。

“我说的象征性符号是对的吧，雷克斯？”

心理学家点了点头。“很对。现在我们自己的语言只不过是一种主观化的象征性符号而已。至少在它的应用方面是这样。看这儿。”他在餐巾上画了一个细长的椭圆。“这是什么？”

“你的意思是它代表什么？”

“是的。它会让你联想到什么？它大致上可能代表……什么？”

“很多东西吧，”帕拉戴恩说，“玻璃杯的边儿。煎鸡蛋。法式面包。雪茄。”

霍洛威在他的画上加了一个小三角形，顶点与椭圆的一端相连。他抬头看着帕拉戴恩。

“一条鱼。”后者马上说。

“这是鱼的符号，我们都很熟悉。即使不画鱼鳍、眼睛或嘴，我们也认得出来，因为我们已经习惯了用脑海中鱼的形象来识别这个特定的形状。这是猜画谜[1]的基本原理。对我们来说，一个符号隐含的内容，比我们在纸上所看到的更多。当你看这个草图时，你会想起什么？”

“啊……就是一条鱼啊。”

“再想想。你脑海里出现了什么——随便什么都可以！”

“鱼鳞，”帕拉戴恩茫然地望着前面，慢慢地说，“水。泡沫。一只鱼眼睛。鱼鳍。体色。”

“因此，这个符号远远不止代表‘鱼’这个抽象概念。要注意这是一个名词的含义，而不是一个动词的含义。你知道，用象征性符号来

1. 用画或符号的形式来代表字词，常在谜语中出现。

表达动作是很困难的。不管怎么说，我们颠倒一下这个过程吧。假设你想为某个具体名词画个象征性符号，比如‘小鸟’。把它画出来吧。”

帕拉戴恩画出两条向下凹陷的相连弧线。

“这是大多数人都能理解的线条。”霍洛威点点头，“象征性符号的自然倾向，就是简化。特别是当孩子第一次看到某种东西，而脑子里缺乏比较标准的时候。他会尝试用他已经熟悉的东西来识别那种新事物。你有没有注意过孩子是如何画海洋的？”他不等对方回答，就接着说，

“一系列高高低低的点的连线。就像记录地震波振幅的曲线图一样。我第一次看到太平洋时，大约是3岁。我记得很清楚。它看起来是……倾斜的。一个大平面，按一定角度倾斜。波浪是规则三角形，顶点向上。现在我不会把波浪视为三角形，但后来当我想到波浪时，我只能去找某种熟悉的比较标准。这是获得全新事物概念的唯一途径。普通孩子都想画出这些规则的三角形，但由于协调性差，结果画出的就像是地震波曲线图。”

“这一切意味着什么呢？”

“一个孩子看到大海，他会使它具有某种风格。他画出某种明确的图案，图案对他来说象征着大海。艾玛画的东西也可能是象征性符号。我不是说这个世界在她看起来会有所不同——也许更明亮，轮廓更清晰，更生动，因为可能在她的视平线以上，对外界的感知力有些松弛。我想说的是，她的思维过程是和我们不同的，她会把她所看到的转化成异常的符号。”

“你还是认为……”

“是的，我是那么认为的。她的思维经历了不同寻常的适应过程。也许她把她看到的东西分解成简单明显的模式，并且知晓那些我们无法理解的模式的意义。就比如那个算盘。她从中发现了一个

模式，但我们却觉得那完全是随机的。”

帕拉戴恩突然决定，以后要减少与霍洛威一起吃午餐这种事。这家伙真是危言耸听。他的理论越来越离谱了，只要有什么东西能支持他的理论，不管是否适用，他都会拿来当作谈资。

他带着颇为挖苦的口气说：“你是说艾玛在用一种未知的语言和斯科特交流思想吗？”

“用她的语言难以表述的符号交流思想。我相信斯科特能理解很多——那些涂鸦式的笔迹。对他来说，等腰三角形可以代表任何一个因素，虽然这个因素可能是一个具体名词。一个对代数一无所知的人会明白 H_2O 的意思吗？他会意识到，这个符号能让人联想到海洋吗？”

帕拉戴恩没有回答。不过他对霍洛威提到了斯科特说过的那句奇怪的话：从山上看去，那种景象一团糟。过了一会儿，他就后悔自己的冲动了，因为这位心理学家又开始信口开河了。

“斯科特的思维模式正在从量变积累到质变，和这个世界越来越不相容。也许他潜意识中希望看到产生那些玩具的世界。”

帕拉戴恩不再听下去了。已经听够了。孩子们都很正常，仅存的干扰因素就是霍洛威本人。然而就在那天晚上，斯科特对鳗鲡表现出了一种事后看来非常值得注意的兴趣。

这对于了解博物学并无坏处。帕拉戴恩解释了鳗鲡的情况。

“它们在哪里产卵呢？它们会产卵吗？”

“这仍然是个谜。没人知道它们的产卵地。也许是在马尾藻海[1]或者是在深海，那里的压力可以帮助它们将后代排出身体。”

“真有趣。”斯科特沉思着说。

---

1. 位于北大西洋环流中心的美国东部海区，约有 2 000 海里长，1 000 海里宽。海上大量漂浮的植物主要是由马尾藻组成。

“鲑鱼差不多也是这么做的。它们会游到河的上游去产卵。”帕拉戴恩开始详细描述。斯科特听得着了迷。

“但这么做是正确的，爸爸。它们出生在河里，等它们学会了游泳就游向大海了。然后它们会游回来产卵，对吧？”

“是的。”

“万一它们不回来呢，”斯科特沉思着说，“它们可以只把卵送到……”

“那就需要一个很长很长的产卵器了。”帕拉戴恩说，并用适当的措辞解释了卵生现象。

他的儿子并不完全信服。他争辩说，花儿就会把种子送到很远的地方。

“花儿不会亲自护送种子。很多种子都找不到肥沃的土壤。”

“可是花儿没有大脑呀。爸爸，为什么人们要住在这里？”

“你是说我们格伦代尔市？”

“不——这里。整个地方。我敢打赌，这并不是整个地方。”

“你是说其他行星吗？”

斯科特踌躇了一下。“这只是……一个大地方的一部分。就像鲑鱼洄游的河流。为什么人们长大后不顺着河去海洋呢？”

帕拉戴恩意识到，斯科特是在用比喻的方式说话。他感到一阵寒意。海洋？

那个物种的幼仔不适应它们父母的那个完整世界。等到充分发育之后，它们才进入那个世界。后来它们开始繁殖后代。受精卵埋在河上游的沙子里，然后在那里孵化。

接着幼崽们开始学习。仅仅依靠本能是极为缓慢的。尤其对于一个特殊物种而言，它们甚至无法应付这个世界，无法进食、饮水和生存，除非有人高瞻远瞩地满足了它们的这些需求。

幼鱼要想生存下去，就离不开喂养和照顾。这就需要孵化器和自动仪器。这样它们就会幸存下来，但不知道如何向下游游去，游到更广阔的海洋世界。

所以它们必须接受教育。它们必须在许多方面受到训练和调整。

这是一个轻松、微妙而自然的过程。孩子们都酷爱活动类玩具——如果那些玩具同时……

19 世纪后半叶，一个英国人坐在溪边的草地上。一个小女孩躺在他身边，眼睛凝视着天空。她丢弃了她一直在玩的一个奇怪的玩具，现在正低声哼唱着一支小曲，那人心不在焉地听着。

“你哼唱的是什么，亲爱的？”他终于问道。

“就是我编的东西，查尔斯叔叔。”

“再来一遍吧。”他拿出一个笔记本。

女孩照做了。

“这有什么含义吗？”

她点点头。“嗯，是的。就像我跟你讲过的那些故事一样，你知道的。”

“那些故事很棒，亲爱的。”

“有一天你会把它们写进书里的，对吗？”

“是的，但我必须做很多改动，否则没有人能懂。但是，我想我不会改动你这首小歌的。”

“是的，你不可以改。如果改了，就没什么意义了。”

“我一句也不会改的，”他答应道，“不过，这个小曲到底在说什么呢？”

“是说离开的路吧，我觉得，”女孩迟疑地说，“我还不太确定。我的魔法玩具是这么告诉我的。”

"我要是知道哪家伦敦商店出售那些神奇的玩具就好了！"

"是妈妈给我买的。她死了。爸爸才不管呢。"

她撒了谎。有一天，她在泰晤士河边玩耍时，在一个盒子里发现了那些玩具。它们确实很神奇。

她的那支小曲——查尔斯叔叔认为它没有什么意义。（查尔斯其实不是她的叔叔，她只是那么叫他而已。但他为人很好。）实际上，那支小曲意味深长。它本身指引了出路。目前，她会按照歌曲所说的去做，将来……

但她的年龄已经太大了。她从未找到那条路。

帕拉戴恩不再联系霍洛威。简很不喜欢他，这很容易理解，因为她最需要的就是化解内心的恐惧。既然斯科特和艾玛现在表现得都很正常，简就感到很满足了。这某种程度上只是一厢情愿，帕拉戴恩不能完全赞同。

斯科特不断给艾玛带来小玩意儿，让她过目。通常她都摇摇头。有时她会露出怀疑的表情。她偶尔会表示同意。然后她就会忙碌一个小时，在信纸纸片上大肆涂写一通，斯科特在研究了那些符号之后，就反反复复地来回摆列他的石头、机器零件、蜡烛头和各种各样的小物件。每天女佣都把它们收拾干净，每天斯科特都照常摆列出来。

他屈尊向困惑不已的父亲稍作解释，后者从这个游戏中看不出任何门道。

"为什么这块卵石要摆在这儿？"

"它又硬又圆，爸爸，它就属于那儿。"

"那么这一个呢，它也又硬又圆。"

"喏，那上面有凡士林。当你明白这一点时，你看到的就不是个又圆又硬的东西。”

“接下来放什么？这根蜡烛吗？”

斯科特露出不屑的神色。“那个朝着尽头。下一个是铁环。”

帕拉戴恩心想，这就像是童子军在树林里的侦察小径，一个迷宫里的识路标记。但这里又有随机因素。在斯科特摆列他那些破烂货时，逻辑——熟悉的逻辑——在他的动机面前消失了。

帕拉戴恩走了出去。他扭头看到斯科特从口袋里掏出一张皱巴巴的纸和一支铅笔，朝着蹲在角落里思考着什么的艾玛走去。

简和哈里舅舅一起外出吃午餐了，在这个炎热的星期日下午，除了看报，几乎没什么事可做。帕拉戴恩找到一个最舒适的位置坐下来，拿着一杯冰镇果子酒，入迷地看着报纸上的漫画。

一个小时后，楼上嗒嗒的脚步声把他从瞌睡中吵醒了。斯科特兴奋地喊叫着：“就是这儿，懒虫！快点儿——”

帕拉戴恩迅速站起身，皱起眉头。当他走进大厅时，电话铃响了。简说过会往家里打电话的……

他的手刚放在听筒上，就隐约听到艾玛兴奋而低弱的尖叫声。帕拉戴恩做做怪相。他们到底在楼上折腾什么？

斯科特尖声喊道：“当心！往这边走！”

还在通话的帕拉戴恩神经变得出奇地紧张，他忘了电话，冲上楼去。斯科特房间的门开着。

两个孩子正在渐渐消失。

他们俨然成了碎片，像风中的浓烟，像哈哈镜里的影像。他们手拉手，走向帕拉戴恩无法理解的方向。他在门槛那里眨了一下眼睛，他俩就不见了。

“艾玛！”他叫道，嗓子发干，“斯科特！”

地毯上放着那些破烂货——标志物、卵石和一个铁环——拼成的图案。一个随机图案。一张皱巴巴的纸飞向帕拉戴恩。

他下意识地把它捡起来。

“孩子们，你们在哪里？不要躲着……”

“艾玛！斯科特！”

楼下刺耳而单调的电话铃声停止了。帕拉戴恩看着他手里拿的那张纸。

那是从一本书里撕下来的一页纸。每行字之间有各种线条，页边还有一些符号，都是艾玛那些毫无意义的涂鸦。上面的一首诗被下画线和涂鸦弄到几乎无法辨认，但帕拉戴恩非常熟悉《爱丽丝镜中奇遇记》。他还记得那首诗——

> 有天逡黑儿[1]，油塄塄的螺蜥獾在日艮儿旋迬和钻迵，
> 全都僙僙碎，那些鹁鹉鸽儿，
> 于是离厢里的獋彐呲噶呲噶。

他呆呆地想着：汉普迪·邓普迪[2]解释过。日艮儿是日晷周围的一块草地。日晷。时间……它应该与时间有关。很久以前，斯科特问过我日艮儿是指什么。这是一种符号体系。

> 有天逡黑儿——

这是一个完美的数学公式，所有条件都用符号体系列出来了，

1. 意指“天擦黑”，天快黑了的意思，这里是暗指“下午”。
2. 著名儿歌《鹅妈妈童谣》中的一个蛋形矮胖子，也是刘易斯·卡罗尔的《爱丽丝镜中奇遇记》中的一个角色，在书中向爱丽丝解释了这首荒诞诗开头部分那些单词的意思。

孩子们终于弄懂了它们。地板上那些零头碎脑的东西。“螺蜥獾[1]”必须弄得“油塄塄”的——凡士林？各种东西必须建立起特定的关联，这样它们就能“旋[illegible]和钻迥”。

这太疯狂了！

但对于艾玛和斯科特而言，这并不是疯狂。他们的思维方式不同。他们使用的是 X 逻辑。艾玛在纸上做的那些笔记……她是把卡罗尔的诗翻译成了她和斯科特都能理解的符号。

那种随机因素对孩子们来说是有意义的。

他们已经满足了时空方程式的条件。于是离厢里的埭彐呲噶呲噶——

帕拉戴恩喉咙里发出一种相当低沉而可怖的惊叫。他看着地毯上那种疯狂的图案。如果他也能像孩子们那样看懂的话……但他看不懂。那种图案看上去毫无意义。随机因素击败了他。他习惯了欧几里得。

就算是他疯了，他还是无法看懂。这疯狂的种类不对。

现在，他的头脑已经麻木了。但不一会儿，那种极端的恐惧就会过去——帕拉戴恩的手指将那页纸揉成一团。

“艾玛，斯科特。”他用一种呆板的声音叫喊道，似乎预料到不会有任何反应似的。

阳光透过敞开的窗户斜射进来，照亮了熊先生的金色皮毛。楼下又响起阵阵电话铃声。

（于海生　译）

1.《爱丽丝镜中奇遇记》中的一种动物，像螺丝，又像蜥蜴，又像獾。

布拉德伯里编年史[1]

雷·布拉德伯里（Ray Bradbury）的出现，使科幻小说第一次符合了外界对它的预期。布拉德伯里的作品刊发在通俗杂志上，入选教科书，甚至再版于中小学校刊上。许多读者对科幻的了解仅限布拉德伯里，直到今天，这个群体依旧这么认为：构成科幻小说的元素不外乎彩色玻璃窗、堆满世纪初遗物的阁楼、发射时有如烟花燃放的火箭、银色蝗虫，以及火星城市的废墟。

科幻对创作者的吸引力一直很不稳定。在科幻史的多数时间里，科幻创作给予作家的回报都低于其他类型文学，这种现象直到近来才有所改观。科幻作家常常转投其他领域：神秘小说、影视剧、漫画书，还有其他专业性的写作活动。只是凭着对所读所写的科幻的热爱，他们才没有彻底放弃科幻，通常他们会不时回到科幻写作中来，即使只是以游客的身份。

布拉德伯里就是一个很好的例子。他的科幻作家之路走得很艰

1. 标题“Bradbury Chronicles”化用了布拉德伯里的短篇小说集《火星编年史》（*The Martian Chronicles*）。

辛。在写过几十篇乏人问津的小说后，他才终于获得杂志的青睐。他的恐怖小说登上了《怪谭》，他的科幻小说卖给了《超科学故事》（*Super Science Stories*）和《行星故事》（*Planet Stories*）。最终，在1945年和1946年，他将怀旧和感伤熔于一炉，形成了自己的独特风格；结合独具感染力的文字魔法，他的作品出现在了光面纸杂志上：先是《美国水星》、《科利尔》、《时尚淑女》和《魅力》，接着有《纽约客》、《哈泼斯》、《时尚先生》、《麦考尔》、《十七》、《麦克林》和《星期六晚邮报》。其中一些入选了玛莎·弗利的《短篇小说年选》。

大约同一时间，布拉德伯里的《百万年野餐》发表在了《行星故事》1946年夏季号上。这是后来一系列作品的开篇，这个系列在1950年结集成册，以《火星编年史》（*The Martian Chronicles*）为名出版。第二年，另一本叫作《图案人》（*The Illustrated Man*）的选集出版。在此之前，阿卡姆书屋在1947年发行过一本他的恐怖小说集，名为《黑暗嘉年华》（*Dark Carnival*）。

克里斯托弗·伊舍伍德（Christopher Isherwood）从科幻的贫民窟里“发掘”出了布拉德伯里，向世界宣告了他的过人天资。不久，布拉德伯里离开科幻，转而投向了回报更高的事业。他写了电影剧本：《宇宙访客》（*It Came from Outer Space*）、《原子怪兽》（*The Beast from 20,000 Fathoms*）以及约翰·休斯顿执导的《白鲸》（*Moby Dick*）。1966年，他的小说《华氏451》（*Fahrenheit 451*）被弗朗索瓦·特吕弗改编成了电影；1969年，《图案人》也被搬上了大银幕。布拉德伯里也创作过戏剧和诗歌。他的《布拉德伯里的世界》（*The World of Ray Bradbury*）和《美妙的冰激凌服》（*The Wonderful Ice Cream Suit*）在洛杉矶成功上演，后者还曾短暂地登上外百老汇的舞台。他还写过其他剧本，包括一部改编版的《白鲸》[1]，

1. 此处是指BBC三台的一部广播剧《利维坦99》。

剧中莫比·迪克变身为一颗巨大的白色彗星。1980年,《火星编年史》被改编为一部令人大失所望的迷你剧，相较而言,《必有恶人来》(*Something Wicked This Way Comes*)在1983年的改编电影或许更能让观众满意。20世纪80年代，布拉德伯里重回犯罪小说领域，创作长篇的神秘小说；他还制作了一档有线电视节目《布拉德伯里剧场》，亲自担任主持人，内容改编自他的系列小说。

布拉德伯里是一个科幻界常见现象的代表——专写短篇的作家；他也能代表另一个更为罕见的群体——从未创作一部长篇、却依然大获成功的短篇作家，哈伦·埃利森就属于这个群体。《华氏451》由一部中篇小说扩写而来；《蒲公英酒》(*Dandelion Wine*，1957)是围绕同一个主人公创作的系列短篇小说；《必有恶人来》(1962)也是一部扩充版短篇小说。布拉德伯里靠短篇小说和小说集确立了自己的声望，这些小说集的辑录标准有时是共同的主题(火星)，有时是共同的来源(马戏团畸形秀演员的文身上展示的未来图景)。

虽然布拉德伯里常常被单独挑出，冠以“唯一的优秀科幻作家”之名，但是，他被人欣赏的原因可能更多在于这样一个事实：他的作品基本上属于奇幻。即使是那些带有科幻元素的小说，也并没有反映出多少现实，反而更多是布拉德伯里头脑中的想象。布赖恩·W.奥尔迪斯(Brian W. Aldiss)称他为“我们最杰出的梦想家之一”，并作如此评价——布拉德伯里“是把写科幻的那套伎俩全部带上，当作高度自我化的表达工具，用在他那多少有点‘泰迪熊式’的宇宙观里的第一人”。罗伯特·斯科尔斯和埃里克·拉布金说，布拉德伯里“借用科幻的外衣伪装他那魔法般的先入之见，并且让这些成见更有说服力”。

奥尔迪斯说，布拉德伯里的世界是“前青春期式的”，他笔下角色的动机确实有着儿童般的纯洁，无论这种动机是善还是恶。但是，如果说他笔下的成年人有着儿童式的行事风格——向火星运河里掷啤酒瓶，在废弃的火星城市里用枪射击房屋的窗户——那么，他笔下的儿童却像成年人那样心思细密、不择手段。比如，在《大草原》（“The Veldt”）里，孩子设下陷阱困住父母；《决战时刻》（“Zero Hour”）里，孩子背叛了父母；《小刺客》（“Small Assassin”）里，婴儿甚至杀死了自己父母。虽然他的小说展现出一种反对技术的偏见，但在布拉德伯里自己身上，却依然保有许多青少年时期的科幻热情；比如，他曾对人类的首次登月行动感到欢欣鼓舞。

布拉德伯里笔下的火星明显是有悖于现实的，即使以1946年人们对火星的认知来看也是如此。斯科尔斯和拉布金认为布拉德伯里有意如此，目的就是让人把他的故事当成寓言。然而，与其说布拉德伯里在创造寓言，不如说他是站在与现实相隔甚远的位置，来应对现实生活中的经验：在很多作品里，他给予读者的不是重建现实的尝试，也不是现实的形象，而是符号组成的经验。布拉德伯里有过很多偶像——林肯、惠特曼、萧伯纳、爱伦·坡、海明威、伍尔夫等等——他写过致敬这些作家的小说，将他们像先祖的魂灵一样唤起；读者没有得到他们的经验，只有他们作为言辞的使用者和书籍的写作者的形象。在《华氏451》中，困扰布拉德伯里的不是烧书的行为，而是“书籍”——抽象意义上的书籍——遭到焚毁的结果。将投入火中的书的名字一一读出像是一场祈祷，就连诵读它们目录的行为也变成了一种仪式。

奇幻作家关心的并非现实，而是困扰人们睡眠的符号和本就具有魔力的文字。布拉德伯里是一位沉醉于文字的作者，他用这些有魔力的文字，为读者编织出比现实更瑰丽的梦。

（穆童、憬怡　译）

百万年野餐

[美国]雷·布拉德伯里

不知道为什么，妈妈向大家提议，叫全家人一起出发去钓鱼。这肯定不是妈妈的主意，蒂莫西心里很清楚。这是爸爸的想法，妈妈只是替他说了出来。

爸爸在火星石堆里来回挪动着脚，应声表示同意。一阵骚动吵嚷过后，整座营地就已收拾妥当，塞满了一个个大大小小的行囊。妈妈穿上旅行衣和衬衫。爸爸双手颤抖着，用烟草填满烟斗，眼睛却注视着火星的天空。三个孩子吵吵闹闹地拥入了摩托艇，谁也没有留心爸爸妈妈有什么不对劲。除了蒂莫西。

爸爸发动了引擎，轰鸣声划破天际。水波起伏着向后扩散，小船直冲向前，大家齐声高呼："耶！"

蒂莫西陪爸爸坐在船尾，细小的手指落在爸爸长着汗毛的指背上。他看着运河蜿蜒向前，把七零八落的登陆营地抛在了身后。他们一家是乘坐小型的家用火箭从地球一路赶来的。蒂莫西想起了离开地球的那天晚上，大家行色匆匆，登上了爸爸不知从哪找来的火箭，说是要去火星度假。这目的地可真够远的。但是，因为两个弟弟的缘故，蒂莫西什么都没说。于是，他们来到了火星，现在刚刚着陆，就马上要去钓鱼。不知道是真是假，反正他们是这么说的。

小船逆流而上，爸爸露出了奇怪的眼神。蒂莫西无法读懂。他目光灼灼，还隐约有些如释重负。沟壑纵横的脸上因此不再显得忧虑和悲伤，反而染上了一丝笑意。

就这样，小船驶过一个河湾，余温尚存的火箭消失在视野里。“咱们这趟要走多远？”罗伯特把手插入水中，溅起水花，如同一只小蟹跃入了紫红色的河水。

爸爸呼出一口气。“一百万年。”

“天哪。”罗伯特说。

“快看，孩子们。”妈妈用柔软修长的手臂指向前方，“一座死城。”

他们现出热切的目光，死城却回报给他们一片死寂。时值盛夏，整座城市都沉浸在酷暑的寂静中，就像有位火星气象员特意改变了火星的天气。

这种死寂似乎让爸爸感到快慰。

隆起的沙丘上散落着不起眼的粉色石头，几根倾倒的柱子，一座孤独的神庙，接着又是绵延的沙漠。方圆几英里内都是这般景象。白色沙漠铺开在运河两岸，蓝色沙漠笼罩在运河上方。

突然，一只小鸟向天空飞去。像是划过蓝色池塘的一颗石子，击中水面，沉了下去，消失不见。

爸爸看上去吓得不轻。“我还以为是火箭呢。”

蒂莫西望向深沉如海的蓝天，想要在天空中找到地球，找到那场战争、那些毁掉的城市，以及人类之间的手足相残——这世界自打他出生以来就一直战火不断。但他什么都没有看到。战争已经远在天边，毫不起眼，就像高耸雄伟、寂静空灵的教堂里，两只苍蝇在拱门上纠缠不休。那么的无关紧要。

威廉·扎马斯抹了一把额头，他感到儿子的手激动不安地握在他的胳膊上，像只幼小的捕鸟蛛。他对儿子展露笑颜。“怎么了，蒂米？”

“没事，爸爸。”

蒂莫西搞不明白，在身边这尊巨大的成年机体内部，到底是什么东西在嘀嘀嗒嗒不停运转？这个男人长着硕大的鹰钩鼻，鼻子上的皮肤晒得发红，有些干燥剥脱。炽热的蓝眼睛好像玻璃弹珠，那是地球老家的小孩子夏天放学后的娱乐。两条壮硕的长腿像柱子一样杵在松垮的马裤里。

“爸爸，您在看什么呀，看得那么用力？”

“我想找到属于地球的逻辑、常理、良政、和平和责任。”

“这些东西都在那边吗？”

“不。我没有找到。已经不在那儿了，很可能再也不会出现。也许根本就没有存在过，只不过我们一直在自欺欺人。”

“快看，那儿有条鱼。”爸爸用手指着说。

三个男孩像女高音那样尖叫起来，探出细嫩的脖子仔细观察，船身也随之摇晃。他们发出”哇”和”喔”的惊叹。一条银色的环鱼漂浮在船侧，随水波上下翻腾，它包裹起一些食物微粒，接着像瞳孔一样突然闭合，将食物吞噬。

爸爸看着鱼，用低沉的声音轻轻开口述说。

“战争就像这条鱼。它游过来，见到食物，马上收缩。转瞬之间——地球没了。”

“威廉。”妈妈提醒道。

“对不起。”爸爸道歉。

他们安静地坐着，感受着凉爽、迅疾又清澈的水流。唯一的声响只有嗡嗡的引擎、汩汩的河水，以及空气在阳光下受热膨胀的声音。

“我们什么时候才能见到火星人？”迈克尔叫喊着。

“别着急。”爸爸说，“说不定就在今晚。”

“火星人明明已经灭绝了。”妈妈说。

“不，并没有。等我找几个火星人给你看看。”爸爸马上反驳。

蒂莫西对爸爸的说辞很不满意，但他一言未发。样样都是怪事。不论是度假、钓鱼，还是大家相互交换的眼神。

两个弟弟却早就心不在焉，他们用小手搭起凉棚，向运河两岸七英尺高的石堤望去，等待火星人现身。

“火星人长什么样子？”迈克尔向爸爸发问。

“等你见了就知道了。”爸爸似笑非笑，蒂莫西看到爸爸脸上的血管一起一伏，好像在打着节拍。

妈妈的身躯纤细柔软，金丝般的头发盘成了发辫，用头冠固定着。她眼睛的颜色好像运河深处冷冽的河水，流淌在阴影中，几乎呈紫色，其间点缀着琥珀色的斑点。你能看到她的思绪在眼底游弋，像鱼一样——有的明亮，有的黯淡，有的游得很快、一闪而过，有的不紧不慢、从容自在。偶尔她会把头抬起，寻找地球的位置，这种时候那双眸子就会褪去杂质，只剩纯净的色彩。她端坐船头，一只手扶在船边，另一只手放在大腿深蓝色的马裤上，柔嫩颈项上的一道晒痕，衬出上衣领口盛开如一朵白花。

她不停向前眺望，想要知道前面到底有些什么。但她看不清楚。于是，她回头面向自己的丈夫，从丈夫眼中的映像里，她找到了答案；那双眼睛不仅反映着外界，还透露出丈夫内心的决绝。女人的脸因此舒展开来，她接纳了那份决绝，转过身去，突然之间明白了自己的目标。

蒂莫西也在张望。但他只看到一条紫红色的运河画出笔直的线条，穿过宽阔的浅谷，掠过山谷两旁饱受风雨侵蚀的矮丘，直到消失在天空的尽头。这条运河不停流淌，沿途经过一座座无人的空城，要是你把城市拿在手中摇晃两下，准会听到里面传来咔嗒的响声，如同蜷居干枯颅骨中的甲虫。一两百座这样的城市，在燥热的夏日和凉爽的夏夜里长眠不醒……

他们不远百万英里来此远游垂钓，却不忘在火箭上备一杆枪。明明只是一场度假，可带来的食物却足够大家年复一年地生存下去。还有，爸爸为什么要把食物藏在火箭附近？度假。在这“度假”的面纱后面，绝不是一张喜气洋洋的笑脸，而是一副颇为坚硬、锐利甚至可怕的面孔。蒂莫西没有能力揭开这层面纱，两个弟弟也不行，他们一个 8 岁、一个 10 岁，还在忙着享受属于这个年纪的快乐。

“还是没有火星人。哼。”罗伯特用手捧起他的尖尖的下巴，愤愤地望着运河。

爸爸的手腕上绑着一台原子收音机。它的使用方法相当传统：只要贴近耳朵、抵在头骨上，不管远方的人是在说话还是唱歌，声音都会通过振动传入脑海。爸爸抬起手腕开始聆听。他的脸像是那些沉沦的火星城市，皮肤下陷，干瘪，几乎毫无生气。

接着，他把收音机递给妈妈。妈妈一脸错愕。

“怎么——”蒂莫西的问题没能问得出口。

因为就在此时，远方发生了两次爆炸，巨大的冲击从头到脚传遍全身，深入骨髓。接着又是几次小规模的震荡。

爸爸扬起头，立即加大油门。小船腾空而起，砸在水面上。这下，罗伯特的愁绪一扫而空，迈克尔也禁不住发出惊恐但愉悦的叫喊，紧紧抱住妈妈的腿，眼看水柱从他的鼻尖倾泻下来。

爸爸掉转船头，急忙减速，压低船身驶入一条细小的支流，在一座古旧的石头码头下停靠。码头破败不堪，闻起来还有一股蟹肉的味道。小船狠狠地撞向码头，大家差点扑倒向前，所幸没人受伤。父亲转身看向运河，想要知道水面上的波纹会不会暴露他们的藏身路线。波纹越过河面，拍打着石块，然后折返回去，与其他水波交汇，停息，接受日光斑驳的投影。一切归于平静。

爸爸静静听着。其他人也竖起了耳朵。

爸爸的呼吸声回荡在空气中，好像拳头击打在码头冰冷潮湿的石砖上。在阴影中，妈妈的眼睛如猫般锐利，她注视着爸爸的一举一动，希望从中了解到接下来会发生什么。

爸爸放松下来，长舒了一口气，嘲笑着自己刚刚的行为。

“是我们的火箭，我怎么没想到呢。我紧张过头了。明明就是那艘火箭啊。”

迈克尔问：“怎么回事，爸爸，发生什么事了？”

“没什么，不过是炸掉了自己的火箭。”蒂莫西努力表现得若无其事，“我熟悉火箭爆炸的声音，我以前听过。我们的火箭刚刚爆炸了。”

“为什么我们要炸掉自己的火箭呢？”迈克尔问道，“为什么，爸爸？”

“因为我们在玩游戏啊，傻瓜！”蒂莫西说。

“游戏！”这个词迈克尔和罗伯特最喜欢了。

“爸爸故意让它炸掉，这样别人就找不到我们的着陆点，也没法知道我们的去向！以防有人跟踪我们，明白了吗？”

“原来是这样，是个秘密！”

“被自己的火箭吓了一跳。”爸爸向妈妈坦白，“我太紧张了。竟然认为还会有别的火箭飞来，真是可笑。就算有也只有一种可能，那就是爱德华兹家的那艘，前提是他和妻子能顺利抵达。”

他再次把收音机贴近耳朵。两分钟后，他的手垂了下去，就像是在丢弃一块破布。

“终于还是结束了。”他对妈妈说，“收音机已经接收不到原子束信号了。其他世界电台全部消失了。过去几年里，电台早已所剩无儿，现在空中更是完全安静了。这样的情形可能会一直持续下去。”

“一直是多久？”罗伯特问道。

“也许要等你的曾孙出生以后，才有可能打破这种宁静。”爸爸说。他坐在那儿，身边的三个孩子陪他一起，感受着他的敬畏、失落、无奈和妥协。

终于，他把小船再次开进运河，一家人继续沿原先的路线前进。

天色渐晚，太阳已经西沉，前方还有一连串的死城在等着他们。

爸爸和风细雨地同儿子们聊天。过去，他对几个儿子常常态度冷酷，语气疏远。而今他用手拍着儿子们的头顶，只用三言两语就让儿子体会到了他的爱意。

“迈克，挑一座吧。”

“挑什么呀，爸爸？”

“挑一座城市，儿子。我们马上要路过几座城市，就从这里面挑吧。”

“好。”迈克尔说，“我该怎么挑呢？”

“喜欢哪个就挑哪个。罗伯特和蒂莫西，你俩也一样。挑一座你们最喜欢的城市。”

“我想要一座有火星人住的城市。”迈克尔说。

“你会有的。”爸爸说，“我向你保证。”他对着儿子说话，眼睛却看着妈妈。

短短二十分钟内，他们就路过了六座城市。爸爸没有再提一句爆炸的事情；他的兴趣转移到了孩子们身上，和孩子们嬉戏打闹、享受快乐，似乎变得比什么都重要。

迈克尔看中了他们经过的第一座城市，但大家信不过这种急促的第一印象，否定了他的选择。没人喜欢第二座城市，因为这是一处地球人的定居点，木制建筑早已腐烂成了片片木屑。蒂莫西选中了第三座，因为它规模宏大。第四和第五座城市太小了。第六座城市得到了妈妈在内的一致认同，他们惊呼“好棒！”“好美！”“快看那边！”

城中有五六十幢依然矗立的建筑，路面略有尘土但铺砌平整，甚至一两座古老的离心泉仍然在广场里喷吐水汽。晚霞中涌出的清泉，是城中仅存的一线生气。

“就是这儿了。”大家都这么说。

把船停靠在码头后，爸爸跳下了船。

“我们终于到了。这座城市属于我们了。从现在开始，这里就是我们的新家！”

“从现在开始？”迈克尔表示难以置信。他站起来，望望四周，然后面朝原先火箭的方向眨了眨眼。“不要火箭了吗？不回明尼苏达了吗？”

“过来。”爸爸说。

他把小收音机贴在迈克尔铺满金发的头顶。“听。”

迈克尔听着。

“什么都听不到呀。”他说。

“没错。什么都没了。再也不会有了。明尼阿波利斯，火箭，地球，都没了。”

得知这一真相的迈克尔震惊不已，开始抽噎起来。

“等一下。”爸爸马上打断他，“我为你准备了许多别的东西，足够补偿你的损失，迈克！”

“什么东西？”迈克尔噙住眼泪，好奇地企盼着爸爸接下来要说的话。如果这次的故事还是一样糟糕，那么他随时准备继续哭下去。

“我要把这座城市交给你，迈克。它属于你了。”

“属于我？”

“属于你、罗伯特、蒂莫西，属于你们三个。”

蒂莫西从船上跳了起来。“看啊，大家伙儿，这些都是我们的！全都归我们了！”他在和爸爸玩一场游戏，现在正兴致勃勃，挥洒自如。等一切尘埃落定后，他可以找个角落，偷偷地哭上十分钟。但是现在，游戏还在继续，这场“家庭出游”还没结束，不能扫了两个弟弟的兴致。

迈克尔和罗伯特一起跳了下来，然后搀扶妈妈下船。

“你们要留心自己的姐妹。”爸爸说。当时大家全都一头雾水，直到后来才明白他的意思。

他们急忙踏入这座用粉色石头砌筑的宏伟城市，其间不停低声交谈。死城的气氛让人不敢提高声音，只想观赏日落的美景。

“差不多再过五天，”爸爸平静地说，”我就会返回火箭那里，找到藏在废墟里的食物，把它们带回：我还会去寻找伯特·爱德华兹和他的妻女。”

“女儿？”蒂莫西问道，“几个？”

“四个。”

“以后肯定是个麻烦。”妈妈慢慢点头。

“女孩。”迈克尔模仿古代火星石像的样子扮起鬼脸，“女孩。”

“他们也是坐火箭来的吗？”

“是的。如果他们能顺利抵达的话。家用火箭原本的用途是月球旅行，没法飞来火星。我们能安全登陆已经很幸运了。”

“您的火箭是从哪里得来的？”蒂莫西趁两个弟弟向前奔跑的时候，低声发问。

“是我保存下来的。保存了二十年，蒂姆。我把它藏得远远的，暗自祈求最好永远不要派上用场。我想，也许我早就应该把它交给政府，用作战争，但我一直忘不了火星……”

“还有野餐！”

“对。这是你我之间的秘密。当我看到地球行将毁灭，等到最后一刻，我就带上大家出发了。伯特·爱德华兹也藏了一艘火箭，本来打算一同出发，但后来我们觉得分头行动比较安全，以防有人想要击落我们。”

“所以您为什么要炸掉火箭啊，爸爸？”

“因为炸掉火箭，我们就再也回不去了。还有，就算有坏人来了火星，他们也没法知道我们在这儿。”

“所以您才一直抬头看天吗？”

“是啊，我太傻了。他们不会追上我们的。我们没有给他们留下任何追踪的线索。我就是太小心了。”

迈克尔跑了过来。“这座城市真的属于我们吗，爸爸？”

“这颗星球全部属于我们了，孩子们。整颗星球都是。”

他们站在那里，主宰着天地，支配着万物，统治着所有已勘测的土地，成了不容置疑的国王和总统。他们想要明白，拥有整个世界的意义是什么，这个世界又有多大。

夜晚很快降临在稀薄的大气中，爸爸把家人留在了广场的喷泉旁，独自前去小船，然后捧着一沓文件走了回来。

他把纸张堆在一座老旧的庭院当中，放火点燃。为了取暖，他们蜷缩在火焰周围，开怀大笑。蒂莫西看到，当火焰触及、吞没纸张时，上面的文字就像受惊的小动物一样一跃而起。纸张犹如老人的皮肤那样褶皱着，数不清的文字被焚烧殆尽：

“国债券；1999 年度业绩图表；试论宗教偏见；物流科学；泛美联盟的几项问题；1998 年 7 月 3 日股市报告；战事简讯……”

这些文件是在爸爸的要求下带来火星焚烧的。他坐在那里，心满意足地把一张张纸投入火焰，向他的孩子诉说着这么做的意义。

“现在我该告诉你们一些事情了。对你们隐瞒这么多的事实，我认为不太公平。我不知道你们能不能理解，但我必须说出来，即便你们只能领会其中的某些部分。”

他把一页纸投入了火焰。

“我烧掉的这种生活方式，此刻也正在地球上遭受战火的摧残。原谅我的口气像个政客。毕竟，我曾经是个州长，为人诚实却遭人嫉恨。地球生命从没能安定下来，做出什么非常有益的成就。科学发展得太快，超越了我们的理解能力，人们迷失在机械的荒野中，就像儿童那样不停翻新着漂亮的物件、小玩意儿、直升机和火箭；只注重那些错误的物品和机械本身，而忽略了机械的运用方式。战争的规模越来越大，最终吞噬了地球。这就是我把无声的收音机拿给你听的意义。这就是我们要逃避的东西。

“我们很幸运。世界上已经没有其他的火箭了。现在你们应该知道了，这趟旅行不是来钓鱼的。我一直拖到现在才告诉你们。地球已经完蛋了。星际旅行至少要在几个世纪以后才会再次出现，甚至就这么永远消失也说不定。结果最终证明，那种生活方式是错误的，是它亲手扼杀了自己。你们还很年轻。我会日复一日地向你们讲述这个故事，直到把它刻进你们的脑海。”

他停顿了一下，又把一沓纸扔进了火堆。

“现在只剩我们和另外几个人了，他们过几天会来到这里。我们人不多，但是足够重新开始。足够远离地球上的一切，重新建立一种生活方式——”

火舌从火堆中蹿出，好像在烘托他的语气。纸快要烧光了，现在只剩一张。地球的一切律法和信仰，都化为温热的灰烬，很快就会随风飘散。

蒂莫西注视着爸爸投入火中的最后一样东西。那是一幅世界地图，它受热扭曲变形——啪——像只温暖的黑蝴蝶那样飞走了。蒂莫西把脸转向别处。

“跟我去见见火星人吧。”爸爸说，“快来，你们一起。来吧，爱丽丝。”他牵起了妈妈的手。

迈克尔大声哭泣，爸爸举起他抱在怀里，他们穿过废墟，向着运河走去。

运河。明天或者后天，那些女孩就会沿着这条运河，和她们的爸爸妈妈乘坐小船抵达，她们将会成为男孩们未来的妻子。

夜幕降临在他们周围，四周繁星点点。但是蒂莫西找不到地球。地球早已落在了地平线以下。这值得他思考一番。

一只夜莺在废墟中啼鸣。爸爸说：“妈妈和我会想办法教育你们。我们也许会失败。我希望不会。我们有很多东西需要见识，有许多知识需要学习。多年以前我们就开始计划这次旅行了，那时你们还没出生。我想，即使没有发生战争，我们也会搬来火星，在火星上生活，建立我们自己的生活标准。假如后来没有发生如今的事情，火星可能还要再等一个世纪，才会被地球文明所毒害。当然了，现在——”

他们来到了河边。长长的运河笔直地流淌着，清凉的河水湿润着周围的空气，夜光下水平如镜。

“我一直想见见火星人的样子。”迈克尔说，“火星人在哪呢，爸爸？您答应要带我去看的。”

“就在那儿。”爸爸说。他把迈克尔扛在肩头，另一只手直直地指向下方。

火星人就在那儿。蒂莫西开始发抖。

火星人就在那儿——在那条运河里——倒映在河水中。蒂莫西，迈克尔，罗伯特，妈妈，爸爸。

波光粼粼的河水中，火星人沉默不语，长久地注视着他们……

（穆童　译）

不只是科幻[1]

投向广岛和长崎的两颗原子弹造成了惨烈的毁灭，终结了第二次世界大战；这场灾难也告诉我们，科幻并非浪漫幻想，而是与现实密切相关，在这以后，原子弹被一步步逐出了科幻的创意库。

批评者们从 1926 年起就一直对科幻嗤之以鼻，因为科幻只会摆弄一些荒诞不经的概念，比如原子弹和火箭。事实上，当时的人们一听到这两个词，就会不屑一顾地说："不过是科幻罢了。"广岛事件与后来的美国航天计划，分别证明原子弹和火箭并不仅仅是科幻。1949 年，急于追赶时髦的出版商，也竖起了科幻的大旗。以原子弹为题材的小说无法发表，这条禁令延续下来；杂志潮却在 20 世纪 50 年代的后半段逐渐消退。

从这项技术实现的那一刻起，科幻杂志就对原子弹的创意关上了大门。自 H. G. 威尔斯起，许多作家都曾对原子弹进行过推想。1940 年，海因莱因在《不妥善方案》（"Solution Unsatisfactory"）里

1. 标题"More Than SF"化用了斯特金的长篇小说《超人类》（*More Than Human*）。

讨论了核武器的政治问题；1944 年初，在发表于《惊异》的小说《最后期限》（“Deadline”）中，克里夫·卡特米尔（Cleve Cartmill）准确阐述了制造原子弹的过程。

1945 年后，原子弹的制造永久丧失了成为科幻题材的资格，因此，有一段时间，作家们开始对爆发一场全面核战的可能性展开设想。其中最有成效的思考结果，是西奥多·斯特金发表在《惊异》1947 年 11 月号上的《惊雷与玫瑰》（“Thunder and Roses”）。几年后，主流市场的核末日小说就达饱和，科幻杂志因其不再新鲜，而放弃了这个题材。

如果要用小说的形式讨论美国突遭核偷袭的问题，斯特金可能是不二人选。斯特金曾经在海上做过三年引擎舱清洁工，后来开始为坎贝尔的《未知》（*Unknown*）和《惊异》创作小说。1939 年，两本杂志都刊登了他的作品。早期发表在《未知》上的作品，如《穿梭者》、《它》、《奇瓶妙罐》和《利己的极致》，为他赢得了奇幻作家的声誉，但是随着《微宇宙的上帝》、《铬制头盔》、《杀人推土机》和《喵呜的飞机》的发表，他的科幻创作开始占据上风。

20 世纪 50 年代初，他为《银河科幻》创作的作品有：《宝宝三岁大》、《孤独飞碟》、《英雄科斯特洛先生》、《不织毛衣的奶奶》和《娶美杜莎为妻》。同一时期，他也在《奇幻与科幻杂志》及其附刊《历险》上发表小说：《银丝燕》、《亚 16 型贝塔突触》、《绿毛猴之恋》、《姑娘有胆子》、《奇遇》和《失去大海的人》。通过这些小说，斯特金找到了自己创作的主题——爱；形成了独特的写作技巧——游走在诗意与狂热之间的、经过精心编排的文字。

与布拉德伯里一样，斯特金成为短篇小说家是天性使然，也是兴趣所致。他用了十年时间才终于写完第一部长篇小说《睡梦中的宝石》（*The Dreaming Jewels*），而他最有名的书《超人类》，是在短篇《宝宝三岁大》的前后各扩写出一部短篇，然后作为三个章节拼合而来。这本书获得了当年的国际幻想小说奖。

短篇作家处境艰难：短篇小说换不到太多报酬，除非卖给光面纸杂志。（即使在战后，科幻杂志给出的稿费最多也只有每单词两美分，直到 1950 年《银河科幻》将单价提高到三至四美分。）长篇作家的日子更加惬意，他们不费什么力气就能获取名声和追随者，出版书籍也很容易。

斯特金设法坚持，尽管他也曾受到诱惑，投入其他工作。他创作过其他类型的书籍，例如署名弗雷德里克·R. 尤因（Frederick R. Ewing）的《我，浪子》[1]（*I, Libertine*）。他还将《海底之旅》[2]（*Voyage to the Bottom of the Sea*）改写为小说。不过，他的短篇小说被大量地收入选集，汇集成册出版：《巫术欠奉》（1948）、《独一的独角兽》（1953）、《回家路》（1955）、《鱼子酱》[3]（1955）和《奇遇》（1958）等等。他还创作了《宇宙强暴》（1958）、《X 加维纳斯》（1960）、《你得流点血》（1961）。

20 世纪的 60 和 80 年代，他前往好莱坞工作，为《星际迷航》原初版写了两集反响不错的剧本，《杀戮时刻》（"Amok Time"）和《上岸休假》（"Shore Leave"）。这期间偶尔重拾科幻的他，也获得了应有的回报——《慢塑》（"Slow Sculpture"）赢得了 1971 年的雨果奖和星云奖，短篇小说集《斯特金还健在》（*Sturgeon is Alive and Well*）得到出版。在他去世后的第三年，中篇小说《神的身躯》

---

1. 这是电台说书人吉恩·谢泼德发起的一场文学骗局。因不满 20 世纪 50 年代中期畅销书榜将新书的期待程度计入销量的做法，谢泼德杜撰了作者、书名和情节，号召听众向书店请求购进一本不存在的书。这本书就这样登上了《纽约时报》的畅销书榜。最终，书店和读者的兴趣越来越大，于是巴兰坦图书公司邀请斯特金代笔，写出了《我，浪子》。
2. 欧文·艾伦执导的电影，上映于 1961 年。在影片上映前几个月，斯特金根据电影剧本创作了同名小说；后来它又被改编为电视剧。
3. 鱼子酱多由鲟鱼卵制成，而作家斯特金的英文名"Sturgeon"正有"鲟鱼"的意思。

（*Godbody*）出版。

与其他的文学样式相同，科幻如此看重自己的类型特性，很大程度上是出于出版和分类的目的（既是为书商考虑，也是为读者考虑）。真正重要的价值，在于作者为自己小说增添的独特属性，以及作者自己所关心的、让作品超脱科幻类型限制的那些特性。

斯特金对科幻最重要的贡献是他对风格的关注。其次，则是他一直坚持的主题——爱才是人类唯一的救赎。这一点他已经在小说中以各种方式讨论过。1953 年，他为一本粉丝杂志《天钩》（*Skyhook*）写了一篇文章，题为《为什么这么多“Syzygy”？》[1]（“Why So Much Syzygy?”）——这篇文章后来重新发表在达蒙·奈特的《转折点》（*Turning Points*）上。“Syzygy”意为“聚集”、“结合”[2]，斯特金写道：“这些年来我所一直努力的，就是搞明白‘爱’这档子事，无论是有性的，还是无性的。我研究的方式就是写作，因为……只有把一件事告诉别人，我才能想明白它到底是怎么回事。”

在《超人类》中，一群流放者组合成一个系统，将各自的才能结合，形成具有神奇力量的单一生物。但在这个系统能够运转起来之前，单个的人类部件必须学会互相信赖，彼此相爱。斯特金贯穿其作品的主题似乎是：不会爱的人无法成为真正的人类。

或者，换句话说：只要能够学会去爱，我们就能超越人类。

（穆童、憬怡　译）

1. 斯特金写过很多以“Syzygy”为主题的小说。1953 年，《天钩》上的一篇文章抱怨斯特金“两年来一直在写‘Syzygy’这件事”，斯特金向编辑写信解释，于是就有了这篇文章。

2. “Syzygy”这个词在不同的学科里有不同的含义：在生物学上指一些原生动物性融合前配子的接合，或减数分裂中染色体的配对；在天文学上指朔望。

惊雷与玫瑰

［美国］西奥多·斯特金

看到那场演出的消息，皮特·莫瑟转身离开总司令部的公告栏。他摸摸自己的长下巴，决心要把脸刮干净，即便演出只是视频转播，而且他会在自己的营房里观看。他有一个半小时的时间准备。生活又有了目标，这感觉真好——即便只是在八点前刮脸这样的小事。周二晚上八点，跟从前一样。周三早上人人都在讨论：“昨晚上星儿那首《微风与我》唱得怎么样？”

那是前阵子的事情了，在所有那些人死去之前，在这个国家死去之前。星儿·安辛，家喻户晓，就像克罗斯比[1]，就像杜塞[2]，就像詹妮·林德[3]，就像自由女神像。（自由女神是首批受到攻击的，她的青铜胴体化为粉末，带上放射性，至今仍被呼啸不定的风裹挟着，播撒在大地上……）

皮特·莫瑟咕哝了一声，强迫自己不再去想被摧毁的自由女神，不再去想她那些随风飘散的有毒碎片。仇恨第一。仇恨无所不在，

1. 即宾·克罗斯比，美国歌手和演员，多个畅销记录保持者。
2. 即埃莱奥诺拉·杜塞，意大利戏剧演员，以演技出神入化而闻名。
3. 瑞典著名女高音歌唱家，有“瑞典夜莺”之称。

就像夜色里逐渐加重的蓝色幽光，就像笼罩着基地的紧张气氛。

右边远处有零星枪响，声音越来越近。皮特走到街道上，冲向一辆停着的卡车。一名陆军妇女队员正坐在驾驶室外的踏脚板上。

街角，一个粗壮的身影倒退着走上十字路口。那人怀里端着一把汤普森冲锋枪，他来回摇摆着手里的枪，那样子就像一枚轻轻摇曳的风向标。他跌跌撞撞向他们走来，枪口乱晃。有人从某栋建筑里开枪了，男人原地转身，对着声源的方向疯狂扫射。

“他——眼睛瞎了。”皮特·莫瑟说道。他看着那张伤痕累累的面孔，又补充了一句：“应该是瞎了。”

尖厉的警笛声响起。一辆装甲吉普冲进街道。一架点五零口径机枪发出洪亮的轰鸣，结束了整件事，迅速而骇人。

“可怜的疯小子，”皮特轻柔地说，“这是我今天看见的第四个了。”他低头看向那个女兵。她在微笑。“嘿！”

“你好，中士。”她一定是之前就认出他了，因为此刻她并没有抬头，话语中也没有询问的语气。“出什么事情了？”

“你知道出什么事情了。没仗可打也无处可逃，有些小伙子厌倦了。你又是怎么了？”

“不，”她说，“我不是问那个。”她终于抬头看向他，“我问的是这一切。我好像不记得了。”

“你——好吧，这可不容易忘记。我们被袭击了。同一时间到处都遭受了袭击。所有的大城市都没了。东西两侧同时受袭。遭了太多罪。空气变得有放射性。我们都——”他抑制住自己的情绪。她不知道。她忘了。外界无处可逃，而她逃进了自己脑中，身体还在这里。为什么要告诉她呢？为什么要告诉她所有人都会死去呢？为什么要告诉她另一件可耻的事情：我们至今仍未还击呢？

可她并没在听，她还在看着他。她的眼神有些散漫，一只眼睛与他对视，另一只略有些偏移，似乎看向他的太阳穴。她又微笑起来。他的话音逐渐变弱，而她并不催促他继续说下去。他慢慢走开，她却没转头，而是依旧盯着他刚才所在的位置，嘴角挂着一丝笑。他转身离去，脚步急切，想要逃跑。

一个人能坚持多久？当你身在军队，他们就想让你变得和其他人一样。可周围每个人都精神崩溃了，你又该怎么办呢？

他脑中浮现一幅画面：自己成了仅剩的、唯一的神志清醒之人。他赶紧挥走了这念头。他之前也曾顺着继续往下想，结果总是得到同一个结论：与其这样，还不如做第一批崩溃的人。可他还没准备好放弃。接着，他把这个念头也挥走了。每次他对自己说“我还没准备好放弃”，脑中就会有一个声音问他“为什么不呢？”，而他似乎一直都没有答案。

一个人能坚持多久？

他爬上军需中心的台阶，走了进去。前台接线总机旁一个人都没有。这没关系。传递消息都靠吉普车或者摩托车。基地司令部现在并不要求任何人坚守文职岗位。每当一个开吉普的或是连灵魂都在冒汗的士兵崩溃，相应地都有十名办公桌边的文职人员要崩溃。皮特决定明天去班上活动活动筋骨。这对他有好处。只希望这次副官不会在练兵场的正中间突然哭起来。你可以只想着兵器教范，心无旁骛，直到被这类事情打断。

他在营房的走廊里碰到了梭尼·韦泽弗罗因德。这位技术军士的圆脸上一如既往地洋溢着欢欣。他身体赤裸，红光满面，一条毛巾搭在肩膀上。

“嘿，梭尼。热水够吗？”

“怎么会不够呢？”梭尼咧嘴笑着。皮特也报以一个大大的笑容，暗忖有谁能在聊任何事情时不提起这话茬儿吗？当然有热水。军需营房里的热水够三百个人用。而现在只剩三十多个人了。有的人死了，有的跑进了山里，有的把自己锁在屋里所以他们就不会——

“星儿·安辛今晚上要表演。”

“不是开玩笑，”皮特赶紧插嘴，“她在这儿——就在咱们基地。”

梭尼满脸喜悦。“老天。”他把毛巾从肩膀上扯下来，围在腰间，“星儿·安辛在这儿！他们打算把演出场地安排在哪里？”

“总司令部吧，我猜。咱们只能看视频转播。你知道关于公共集会的规定。”

“是啊，而且这也是好事，”梭尼说，“肯定有人会崩溃的。我可不希望她看到这样的事情。她怎么会来这里呢，皮特？”

“她乘着一架快完蛋的海军直升机流落到了这里。”

“好吧，可是为什么呢？”

“我哪里知道。有这种好事你就别没完没了啦。”

他笑着走进公共浴室，并为自己依旧能笑出来而高兴。他脱下衣服，叠得整整齐齐，放在一把长椅上。墙边有一张肥皂包装纸和一支瘪瘪的牙膏管，他把它们捡起来，扔进了杂物箱。他又拿起靠在隔间墙上的拖把，把梭尼刮脸后溅了一地的水拖干净。得有人把东西收拾整齐。要是其他人，他可能会有点儿担心，可那是梭尼。梭尼并没有精神崩溃。梭尼从前就这样。看那儿，他又把剃刀落下了。

皮特开始冲澡，一丝不苟地调整水龙头，直到水压和温度完全适合他。这些天他做任何事情都不马虎。现在有那么多东西要去感受、品尝、观察。水流对皮肤的冲击、肥皂的香气、灯光、热度，还有站立时脚底板承受的重量。他茫然地思索，随着氮原子转变为碳 14，空气的放射性缓慢升高，如果他小心翼翼地千方百计保持健康，放射性对他会产生什么影响呢？第一项症状会是什么？失去视力吗？没准是头疼？也许会没食欲？或者一直觉得很累。

为什么不去查查呢？

话说回来，何必费这心？只有很小比例的人会死于放射性中毒。有太多东西能更快地杀死人，反正也都是一个死。比如说，那把剃刀。它就躺在一束日光中，熠熠生辉，那弧线在黄色的光线中显得很干净。据梭尼说，他的父亲和祖父都用过它，那把剃刀是他的骄傲和喜悦。

皮特转身背对剃刀，然后往腋窝里打肥皂，专心感受肥皂泡破裂时带来的微微轻抚。他时常想到死亡，这让他对自己感到恶心。当这种恶心再次袭来时，他意识到了一个惊人的事实。他想到此类事情并不是因为病态，不是！带来死亡念头的正是事物的熟悉感。要么是“我再也不应该这么干了”，要么是“这是我最后一次这么干了”。你可以全身心地投入到变着花样做事的事业中，他不着边际地想。你这次可以在地板上匍匐爬行，下次改成倒立用手行走。你今晚可以略过晚饭，改在凌晨两点吃零食，然后嚼草当早点。

但是你必须呼吸。你的心脏必须跳动。你会出汗，你会颤抖，一如既往。你无法摆脱这些。它们无时无刻不在提醒你。你的心跳声不再是“扑通、扑通”了。它说的是“跳一下少一下、跳一下少一下”，直到这声音冲你高喊，在你耳中哀号，直到你不得不设法令它停下。

那把剃刀磨得多闪亮啊。

还有，你的呼吸也会继续，一如既往。你可以侧身悄悄穿过这扇门，倒退走出下一扇和再下一扇，但你的呼吸始终从鼻孔里轻轻进出，就像一把剃刀在胡子之间穿梭，发出磨刀时的声音。

梭尼走了进来。皮特往头发上打肥皂。梭尼捡起剃刀，站在那儿看着它。皮特观察着战友，肥皂水流进了眼睛里，他咒骂起来，梭尼吓了一跳。

“你看什么呢，梭尼？以前没见过这把剃刀？”

“噢，当然见过。见过。我只是——”他合上剃刀，又打开。刀刃晃动，明晃晃的反光。他又再次合上。“这玩意儿我用够了，皮特。我要把它处理了。你想要吗？”

想要吗？或许会收在他的床脚箱里吧。藏在枕头下面。“不想，谢了，梭尼。我用不上。”

“我喜欢安全剃刀，”梭尼喃喃说道，“电动的更好。那咱们拿它怎么办？”

“扔到那里头……不行。”皮特想象那把剃刀半张着，在空中一圈一圈旋转，闪着微光落入杂物箱的魔口之中。“扔到外头——”不行。一道弧线飞向茂密的草坪。他也许想得到它。他也许会借着月光在地上爬来爬去寻找它。他也许能找到。

“要不我把它折断吧。”

“不行，”皮特说道，“那些碎片——”小小的尖利的碎片。微微内凹的断刃。“我来想办法。等我把衣服穿上。”

他快速冲完澡，擦干身体，而梭尼在一旁看着剃刀。它现在是一把利刃，如果折断了，它就会变成许多晶晶亮的碎片，仍和刀刃一样锋利。如果把刀刃塞进砂轮下磨钝，还是有人会发现它，给它换上新的刀刃，因为它显然仍是剃刀的模样，一把优质的钢剃刀，割开东西时那么地——

“我知道了。去实验室。我们可以把它处理掉。”皮特信心十足地说道。

他穿上衣服，和梭尼一起走向实验室所在的翼楼。那儿安静极了，他们说话时还有回声。

“一个烤炉就搞定了。”皮特说道，伸手拿剃刀。

“烘焙用的烤炉？你疯了吧！”

皮特轻笑。“你不了解这个地方吧？和基地的所有东西一样，这里面学问大着呢，而大多数人都不太清楚。他们一直管这儿叫烘焙作坊。因为啊，这里以前是研发高营养面粉的研究总部。但是这里还有很多其他活动。我们测试厨具，设计蔬菜削皮器，我们干各种类似的事情。那里有一个电烤炉可以——”他推开一扇门。

两人穿过一个安静而杂乱的狭长房间，来到那台高温设备前。“在这儿我们什么都能干，烧制玻璃，给瓷砖上釉，测试煎锅的熔点。”他试着按下一个开关。一盏指示灯亮了起来。他猛地拉开一扇沉重的小门，把剃刀放了进去。“跟它说再见吧。二十分钟后就是一摊铁水了。”

“我想看看那一幕，”梭尼说，“我可以在周围转转，等它熔化吗？”

“为什么不呢？”

他们在一间间实验室里游荡。这些屋子都装备得漂漂亮亮的，但是太安静了。他们还遇到了一位少校，正坐在长椅上弯腰研究一台复杂的电子连接装置。少校盯着一个闪烁的琥珀色光点，都没回应他们的敬礼。他们蹑手蹑脚地从他身边走过，对他的全神贯注之态充满敬畏，甚至有些嫉妒。他们还看到了自动揉面机的模型、维生素添加器、遥控恒温器，还有各种定时器、控制器等等。

“那里是什么？”

“我不知道。咱们已经走出我熟悉的区域了。我觉得这个部门已经没人了。以前主要是机修师和电子理论家。嘿！”

梭尼顺着他手指的方向看去。“怎么了？”

“你看那段墙板，松了。难道……哎，谁知道呢？”

墙板稍稍有些歪，他推了推，发现后面黑洞洞的。

“那里头是什么？”

“什么都没有吧，或者是什么半公开的秘密项目。这些人以前连谋杀都能脱罪。”

梭尼以少有的讽刺语气说道：“那不正是陆军理论家的专长吗？”

他们谨慎地往里张望，然后走了进去。

“这是……嘿！门！”

那扇门悄无声息地迅速合上了。弹簧锁发出轻柔的“咔嗒”声，屋里瞬间灯火通明。

房间很小，而且没有窗户。这里摆放着不少机械装置——一台涓流充电器、一堆蓄电池、一台电磁铁发电机、两辆自启动燃气照明机，还有一台柴油内燃机，配有密封的压缩空气启动气缸。角落里是一座继电器架，面板螺栓用点焊焊死了。架子上伸出来一个控制杆，把手顶端是红色的。

两人看着这些设备好一会儿说不出话来，接着梭尼终于开口：“这是给什么东西供电用的，某人要确保万无一失。”

“现在我有点儿好奇那个——”皮特走到继电器架前面。他仔细观察控制杆，却不伸手触碰。控制装置通着电，把手后面的电线上有一个折叠着的小标签。他小心翼翼地展开。“若无指挥官特别指令，不得擅用。”

“扳下来试试，看看会发生什么。”

身后有什么东西“咔嗒”一下。两人转过身去。“那是什么？”

“好像是门旁边那个装置发出来的。”

他们警惕地走过去。那儿有一个弹簧承力的螺线管，连接在一根杆子上，杆子上有合页，可以落进暗门的内部，插入面板上的钢质轴销里。

那东西又“咔嗒”了一下。“这是个盖格计数器。”皮特厌恶地说道。

“这就奇怪了，”梭尼若有所思，“他们为什么要设计这么一扇门呢？平时一直都锁着，只有在环境中的辐射强度超过某个阈值之后才会打开。这扇门就是这么回事。看见那些继电器了吗？还有那儿的过载开关，还有这个。”

“还有一个手动锁。”皮特补充道。计数器又响了一下。“咱们出去吧。最近这些日子，我脑子里就建了一台这玩意儿。”

暗门很容易打开。他们走了出去，从身后把门关上。钥匙孔就巧妙地隐藏在两块面板的缝隙之间。

他们返回军需实验室，一路上两人都很安静。违反规定带来的刺激感已经消失，至少皮特感觉如此。

回到烤炉旁边，皮特瞥了一眼温度指示盘，然后踢了踢弹簧控制钮。指示灯熄灭，门开了。他们眨眨眼，被烤炉中的滚滚热浪逼得往后退了两步，然后弯腰向内窥视。剃刀不见了。内胆的底盘上是一摊耀眼的光辉。

“没剩下多少。大部分已经氧化消失了。”皮特嘟哝。

两人一起站了一会儿，两张面孔被那一小摊晶莹的残渣映亮。后来，在他们返回营房的路上，梭尼以一声叹息打破了长久的静默。“搞定了，我很高兴，皮特。咱们做到了，我真的很高兴。”

7 点 45 分，他们几个守在营房的组合控制台前面。除了皮特、梭尼和邦兹——一位头发粗硬、身材矮壮的下士，其他所有官兵都选择在食堂的大屏幕前面看演出。那里的信号当然更好，但是，正如邦兹所说：“像那么大的地方，你又不能凑到屏幕跟前。”

“希望她还是老样子。”梭尼说道，半是自言自语。

为什么她就应该是老样子？皮特不乐意地暗想。他打开电视，看着屏幕开始变亮。最近两周信号变差了，屏幕上的雪花多了许多。怎么还会是老样子呢，一切都再也回不去了。

他突然有种冲动，想把电视机踢成碎片。这台机器，还有星儿·安辛，都是已逝之物的一部分。这个国家死了，它曾经是一个有血有肉的国家——欣欣向荣，不断发展，欢声笑语，干劲十足，不停成长变化，虽然某些方面的贫困和不公如麻风病一般，但它总体上足够健康，能战胜一切疾病。他好奇那些杀人犯想拿它怎么样。现在他们已不再被拒之门外了。无处可逃。无仗可打。现在这已成为现实，对于地球上的每一个人而言。

“你希望她还是老样子。”他低声说道。

“我是说演出的时候，”梭尼温和地回应，“我就想好好在这儿坐着看演出，就像……就像——”

噢，皮特朦胧地想。噢——那个。有个可逃避的地方，哪怕就几分钟。就是如此。“我知道。”他说，话音里的责备之意完全不见了。

随着转播信号切入，音频中的噪声消失了。屏幕上光斑乱转，逐渐稳定成菱形格纹。皮特调整了焦距、色差平衡和饱和度。“把灯关了，邦兹。除了星儿·安辛我什么都不想看见。”

刚开始一切都是老样子。星儿·安辛从来不使用同时代艺人的常见技巧，没有大张旗鼓的宣传，没有淡入淡出效果，也没有那些色彩和喧嚣。屏幕上一片漆黑，然后“咔”一下，就是一片灿烂的金黄。她就在那儿，对焦精准，异常清晰，没有丝毫过渡。相反，观众需要调整眼睛才能接受这画面。她登台之后，有好几秒钟一动不动；她就在那儿，面容宁静，颈项白皙，犹如一幅肖像画。她的眼睛圆睁，却如沉睡一般。她的面孔鲜活又安然。

她的眼睛看似莹绿，其实是蓝中缀着金斑。接着，那双眼睛中似有意识凝聚，它们逐渐苏醒了。直到这一刻你才会注意到她朱唇轻启。那双眼睛里有什么东西使她的嘴唇能被人看见，尽管屏幕上的一切都纹丝未动。直到她慢慢低下头，眼中的金斑仿佛被吸进了那金色的双眉中。然后，那双眼睛并没有看向观众，它们望向了我，看着我，注视着我。

“嘿，你好啊。”她说道。她如梦幻一般，那口牙稍有些不整齐，像谁家的小妹妹似的。邦兹哆嗦了一下。他身下的小床开始不停地吱吱嘎嘎。梭尼不耐烦地动了动身体。皮特在黑暗中伸出手抓住了小床的床腿。吱嘎声平息了。

“我唱首歌好吗？”星儿问道。接着，极微弱的乐声响起。“这是一首老歌，也是最棒的歌曲之一。这首歌很简单，也很深刻。它来自人类男男女女的心中，来自没有贪婪，没有仇恨，没有恐惧的那一部分。这首歌唱的是欢乐和力量。它是——我最爱的歌。你们难道不爱这首歌吗？”

音乐声变得高昂起来。皮特听了前奏的两个音符就认出了这首歌，他暗暗咒骂。这不对。这首歌唱的不是时候……它代表的是——

梭尼全神贯注地坐着。邦兹一动不动地躺着。

星儿·安辛开始演唱。她的嗓音深沉有力，却又十分柔软，在每一句的结尾处带有一丝颤音。歌曲从她身上流淌出来，毫不费力，似乎来自她的面孔、长发和眼距较宽的双眸。她的嗓音就和她的面庞一样，被阴影笼罩，却干净、圆润，带着蓝色、绿色，但最主要的还是金色。

当你把心交付给我，你给了我这个世界。
你给了我夜晚与白昼，
惊雷与玫瑰，还有甜美的青草。
海洋，以及柔软湿润的黏土。

我从金盏中啜取黎明，
用银盏，我汲饮夜晚。
我驾驭的骏马是狂野的西风，
我的歌声是溪水和百灵。

音乐螺旋上升，和唱，滑入六度音和九度音低缓、渴望而阴郁的哭泣；再次扬起，爆发，然后戛然而止，只留下她孤独而饱满的声音：

我用惊雷击败世间的邪恶，
我用玫瑰赢来正义。
我用海洋荡涤，用黏土建造，
世界终成光明之地！

最后一个音符结束，那张面孔再次完美地平静下来，神态没有一丝起伏。那张面孔在沉睡却又充满活力，而音乐如弧线般减弱消失，归于其止息处，不再可闻。

星儿微笑起来。

“这很容易，”她说道，“也很简单。人性中所有鲜活的、纯净的、强大的东西都在这首歌里。我认为对于人性，这就是我们需要关注的一切。”她倾身向前，“你们明白吗？”

微笑渐渐隐去，取而代之的是略显惊讶的表情。她眉头微蹙，迅速将前倾的身体收回。“今晚我似乎不能跟你们好好聊了，”她小声说道，“你们怀着仇恨。”

仇恨的形状是一朵巨大的蘑菇云。仇恨是视频里随机出现的雪花点。

“发生在我们身上的事情，也很简单。”星儿突然说道，似乎事不关己，“那是谁干的并不重要——你们不明白吗？这并不重要。我们被袭击了。我们在东海岸受到了攻击，西海岸也是。大多是炸弹和原子弹——有冲击弹也有放射尘弹。我们总共被大约五百三十枚核弹击中，我们被毁灭了。”

她停顿了片刻。

梭尼一拳砸在另一只手的掌心里。邦兹瞪大眼睛躺着，异常安静。皮特咬紧牙关，咬得下颌骨发疼。

“我们拥有的导弹比这两方加起来还要多。我们确实拥有。我们不会动用这些导弹。听我说完！”她突然举起双手，好像能看透每个人的面孔。他们重重地坐回去，肌肉紧绷。

“大气里已经充满了碳 14，浓度之高会令这个半球的所有人都死去。不要因害怕而不敢说，不要因害怕而不敢想。这是事实，我们必须面对。随着嬗变效应从我们城市的废墟中蔓延开，空气的放射性会越来越强，那时我们一定会死去。几个月之后，一年之后，这种效应在海外也会变强。那里的大部分人也都会死。没人能彻底躲开。他们还会面临更可怕的情况，比他们带给我们的任何打击都更可怕，那就是潮水般的恐惧和疯狂。我们不可能有这种问题，我们面临的仅仅是死亡。他们会活着，忍受灼烧与病痛，连同他们孕育的后代——”她摇摇头，下唇显得越发饱满。能看出她正在振作精神。

“五百三十枚核弹——我觉得发动袭击的两方都不知道另一方有多强。曾有那么多机密。”她声音悲伤，微微耸肩，“他们杀死了我们，也毁灭了他们自己。而我们——我们也并不是毫无过错。我们也不是无力做任何事情——至少目前不是。但是，我们必须要做的事情很困难。我们必须死去——并且不做反击。”

她从屏幕上依次短暂地注视着每个人。“我们不能反击。人类即将落入一个由我们自己制造的地狱。我们可以以牙还牙——如果你们愿意，也可以称之为大发慈悲——把我们拥有的数百枚核弹都发射出去。这会令地球彻底变成不毛之地，就连一个微生物、一片草叶都不能逃脱，并且再不会有新的生命诞生。我们会把地球变成一个光秃秃的东西，毫无生气，死气沉沉。

“不——这样是不对的。我们不能这么做。

“记得刚才那首歌吗？那就是人性。它在所有人的身上。某种疾病使得另一些人变成了我们的敌人。可这是暂时的，随着世代更替，敌人会变成朋友，朋友也会变成敌人。那些杀死我们的人，他们的敌意在漫长的历史中是一件多么微不足道、转瞬即逝的事情！”

她的声音变得低沉。“让我们死去吧，临死前确信我们已经完成了留给我们的最后一件高尚之事。人性的星火能在这个行星上继续燃烧、延续。它会承受风吹雨淋和各种磨难，但它不会熄灭。它能继续燃烧，只要那首歌是真诚的。它能继续燃烧，只要我们有足够的人性，能接受这一事实——这星火将交由我们暂时的敌人来看护。他们的后代中有一些——只是少数——能继续生存下去，而新的人类将逐渐从丛林和荒野中出现，这两者将融合在一起。也许会有一万年的野蛮时代，但也许人类能重建文明，只要他们还保存着从前的废墟。”

她仰起头，声音如钟鸣一般。“况且即便这就是人类的终点，我们也不能夺走其他生命形式的生存机会，它们或许能在我们跌倒的地方爬起来。如果我们报复了敌人，就再没有一条狗、一匹鹿、一头猿、一只鸟，或是一条鱼或是一头蜥蜴能传递演化的火炬。以正义之名，如果我们必须责难并毁灭自己，让我们不要祸及其他生灵！人类的原罪已经足够沉重，如果我们必须毁灭什么，让我们止于毁灭自己吧！”

似有乐声摇曳，如呼出的微风一般吹动她的秀发。她笑了。

“我说完了。”她轻声说。然后，对着每一个聆听的人，她道了一声“晚安”。

屏幕黑了。转播信号毫无征兆地切断，雪花点再次席卷屏幕，无处不在。

皮特站起身，打开灯。邦兹和梭尼还是没有动静。几分钟之后，梭尼猛地坐直，像小狗一般甩动身体。随着他的动作，寂静和其他什么东西一同被撕裂。

他柔声说：“他们不允许你与任何人战斗，不允许你逃避，也不允许你活下去。而现在，你甚至都不能仇恨敌人了，就因为星儿说不行。”

话音里有一丝苦涩，空气里也有一丝苦味。

皮特·莫瑟吸了一下鼻子，这动作与气味并无关系。可他僵住了，又吸了一次。“这是什么味儿啊，梭尼？”

梭尼也仔细闻了闻。“我不知道——闻起来很熟悉。香草？不对……不是。”

“是杏仁。苦味儿——邦兹！”

邦兹静静地躺着，眼睛圆睁，咧着嘴像在笑。他下颚的肌肉绷得紧紧的，他们几乎能看见所有牙齿。他全身都湿透了。

“邦兹！”

“就是在星儿登台说‘嘿，你好啊’的时候，记得吗？”皮特低声说，“哎，这可怜的孩子。难怪他要在这儿看演出而不是去食堂。”

“走的时候还看着她，”梭尼翕动苍白的嘴唇说道，“我不想责怪他。不知道他从哪儿搞来的那东西。”

“别管这些了。”皮特的声音有些刺耳，“咱们赶紧离开这儿吧。”

他们走到外面给救护部门打电话。邦兹躺着，散发出苦杏仁的味道，那双没有生气的眼睛依旧看着控制台。

皮特没有意识到自己正往哪儿走，也不知道自己究竟为什么要往那儿走。等他醒悟过来时，发现自己走到了总司令部旁边一条昏暗的街道上，通信棚也在附近。他在想，不论何时，只要自己想，就能听见星儿唱歌，能看见她的脸，那该是多美好的事情。也许这场演出没有任何录像，可她的伴奏音乐是录好的，通信部门有可能把演出也录下来了。

他站在司令部大楼外面，有些犹豫。正门外面堵了一群人。皮特笑了，虽然只是一瞬间。不管是下雨、下雪、下冰雹还是昏暗的夜色，都无法浇灭这些追星族的热情。

他沿着小巷走到了大楼后侧的送货坡道上。平台上的两扇门就是通信部门的后出口。

通信棚里亮着一盏灯。他正要伸手拉开纱门时，注意到有人站在门边的阴影里。光线洒在她头发和面孔的边缘，一片娇美的金色。

他停下脚步。“星儿·安辛！”

“你好，士兵。中士。”

他像青春期的少年一般涨红了脸。“我——”嗓音有些飘忽。他吞咽下口水，伸手要摘下军帽。可他没戴帽子。“我看了演出。”他说道，觉得自己笨口拙舌。周围很黑，但他异常清楚地注意到自己的礼服鞋擦得不够亮。

她朝他走来，走进灯光下。她太漂亮了，他不得不闭上眼睛。“你叫什么名字？”

“莫瑟。皮特·莫瑟。”

“喜欢今天的演出吗？”

他并不直视她，倔强地回答：“不喜欢。”

“哦？”

“我是说……有的部分我喜欢。那首歌。”

“我……我想我明白了。”

“我想问问，我能不能保存一份录像。”

“我觉得没问题，”她说，“你用什么介质播放？”

“音像碟。”

“那一张碟片就行。可以，我们灌了一些。等着，我给你拿一张。”

她走回室内，动作缓慢。皮特出神地看着她。她像一张剪影，顶着冠冕和光晕；她又像一幅装裱好的照片，生动而泛着金光。他等待着，饥渴地注视着灯光。她返回时拿着一个巨大的信封，与室内的某人道晚安，然后走到了平台上。“给你，皮特·莫瑟。”

“非常感——”他含糊地说，然后舔舔嘴唇，“你真是太好了。”

“谈不上啦。这张碟片可以多借给其他人看看，看的人越多越好。”她突然大笑起来，“只是随便说说。最近我并不在乎新的宣传机会。”

那股倔强劲儿又回来了。“如果这场演出放在正常时期，我也不觉得你能得到宣传机会。”

她的眉毛挑起来。“呀！”她笑着说，“看来我给你们带来的刺激不小啊。”

“对不起，”他诚挚地说，“我不该这么说。这些天里，我所说所想的一切都有些过于激烈了。”

“我明白你的意思。”她看看周围，“这里的情况怎么样？”

“还行。我以前很讨厌这些保密措施，还被埋在远离文明的地方。”他苦笑了一声，“结果倒是走了运了。”

“听起来像《大同或毁灭》[1]的第一章。”

---

1. 出版于 1946 年的杂文集，原名为 *One World or None: A Report to the Public on the Full Meaning of the Atomic Bomb*，汇集了玻尔、爱因斯坦、奥本海默等著名科学家的随笔，向公众传达了他们对原子能时代的忧虑。

他迅速抬起头。“你都是参照什么书单找书看的啊？政府钦定的禁书目录？”

她笑了起来。“得啦，哪有那么糟糕。那本书从来没有被禁过。它只是——”

“不合潮流。”他接口道。

“是啊，真可惜。如果40年代人们能多给那本书一些关注，也许这一切都不会发生了。”

顺着她的目光，他望向昏暗的、搏动的夜空。“你要在这里待多久？”

“一直待到……只要……我不走了。”

“你不走了？”

“我已经演完了。”她坦率地说道，“我走遍了所有能去的地方。我去过了每一个……人们所知的幸存点。”

“做这场表演？”

她点点头。“并传递那条特别信息。”

他沉默地思索。她转身朝门走去，而他伸手挽留，却并没有碰触到她。“请问——”

“我想……我是说，如果你不介意的话，我不是经常有机会跟——你想在周围转转，然后再进去吗？”

“谢谢你，皮特·莫瑟中士。我累了，不想走动。”她的声音确实很疲惫，“回头见吧。”

他注视着她，脑中突然闪过一道灵光。“我知道那东西在哪儿。有个把手，顶上是红色的，还有一个标签，上面说需要指挥官的命令。隐藏得非常好。”

她沉默了好久，他甚至以为她没听见自己说话。而后，她说道：“我决定在周围转转。”

他们一起走下坡道，转弯走向漆黑的练兵场。

“你是怎么知道的？”她静静地问。

“不太难猜。你带来的那条‘信息’；你走遍了全国散布它；最重要的是，有人觉得有必要劝说我们不反击。你是替谁干活的？”他直截了当地问。她一脸惊讶，大笑起来。

“你笑什么？”

“刚才你还满脸通红，局促得直晃身子呢。”

他的声音有些粗暴。“我刚才不是在跟一个人对话，我是在跟一千首我听过的歌对话，是在跟十万张我见过的金发女郎招贴画对话。你最好告诉我这到底是怎么回事。”

她停下脚步。“咱们去楼上找上校吧。”

他拉住她的胳膊肘。“不。我只是个中士，而他是高级军官，不过现在我跟他没什么不同了。你是人类一员，我也是，就此而论，我本应该尊重你的权利。可我不在乎。你最好把事情给我讲清楚。”

“好吧。”她说道，那种疲惫的顺从态度令他心中有些害怕，“不过你似乎是猜对了。就是这么回事。有几个控制发射场的主发射按钮。我们已经找到并且拆卸了大部分的，还剩下两处。其中之一很可能已经在袭击中汽化了。而另一个——找不到了。”

“找不到了？”

“不用我跟你解释什么叫‘保密性’吧，”她嫌恶地说，“你知道国与国之间如何互相欺瞒。你肯定也知道同样的情况存在于州和联邦之间，存在于部门与部门之间，办公室与办公室之间。只有三个或者四个人知道所有控制钮的地点。五角大楼被炸毁的时候，其中三个人就在里面。那是第三枚冲击弹，你知道的。如果还有一个人知道的话，就只可能是参议员范内库克，而他三周前就死了，什么也没说。”

“一个自动无线电控制钮，嗯？”

“是的。中士，咱们必须一直走吗？我真的好累……”

“对不起。”他脱口而出。他们走向阅兵台，坐在那些无人问津的长椅上。“发射架全都是隐藏的，而且解除保险了？”

“大部分都解除了保险，这就够了。有一种计时机制，会在一年之后再把保险锁上，但是现在，它们可以随时发射，并且瞄准了目标。”

“瞄准了哪里？”

“这无所谓。”

“我想我明白了。投弹数的最优统计值是多少来着？”

“大约六百四十枚，可能有一些偏差。目前至少已经投下了五百三十枚。精确数字我们也不知道。”

“‘我们’是谁？”他愤怒地问。

“谁？谁？”她无力地笑着，“我可以说是‘政府’，也许吧。如果总统死了，副总统会接手，然后是国务卿，等等。这哪儿说得完？皮特·莫瑟，你现在还没意识到出了什么事吗？”

“我不明白你是什么意思。”

“你觉得这个国家还剩下多少人口？”

“我不清楚。只剩几百万了吧，我猜。”

“这里有多少人？”

“大概九百个。”

“那么据我所知，这里就是幸存下来的最大城市了。”

他跳了起来。“不！”这个音节咆哮着离开他，用力将自己掷向黑洞洞空荡荡的建筑，又化作一串低沉的回声返回他身边：不不不不……不——不——不……

星儿开始平静却迅速地说话：“人们散布在田野中、道路上。他们坐在阳光中，然后死去。他们成群地奔跑，互相撕扯。他们祈祷、挨饿、自戕，死在火焰里。火焰——到处都是火焰，建筑不是已经倒塌，就是正在燃烧。现在是夏天，而伯克夏的树叶全都落了，青草被烧成了褐色。你能看出来那些草是被空气毒死的，死亡从光秃秃的地方蔓延开来，面积越来越大。惊雷和玫瑰……我看见了玫瑰，新开的，从一间温室的破碎花盆里长了出来。棕色的花瓣，还活着，但已经病了，那些棘刺朝自己弯曲，扎进了花茎里，正在杀死花朵。费尔德曼今晚死了。”

他任由她安静了一阵子。然后问：

“费尔德曼是谁？”

“我的飞行员。”她用双手掩着嘴，嗓音空洞，“已经好几周了，他一直处在死亡边缘。他一直都在强打精神。我觉得他当时身体里已经没有多少血了。他低飞掠过你们的司令部大楼，冲上了起降跑道。来的时候发动机已经坏了，螺旋桨是靠气流在转，跟自旋翼机似的。起落架撞烂了，他也死了。为了偷点儿汽油，他在芝加哥杀了一个人。那个人并不想要汽油。只是油泵旁边有一具女孩的尸体，他不想让我们靠近。我哪儿也不去了，我就留在这里。我累了。”

最后，她哭了起来。

皮特把她留在原地，自己走向练兵场的中央，回望露天看台上蜷成一团的微光。他的脑中闪现出晚间的演出，还有她站在冰冷的话筒前唱歌的样子。“嘿，你好啊。”“如果我们必须毁灭什么，让我们止于毁灭自己吧！”

黯淡的人类的星火——这对她有什么意义呢？怎么能这么重要呢？

“惊雷与玫瑰。”扭曲的、病态的、无法存活的玫瑰，用自己的棘刺杀死自己。

"世界终成光明之地！"蓝色的幽光，在已被污染的空气中闪耀。

敌人。红头的控制杆。邦兹。"他们祈祷、挨饿、自戕，死在火焰里。"

这些是什么样的生物啊，这些腐化的、暴力的、自相残杀的人？他们有什么权利获得再来一次的机会？他们身上有什么美好之处？

星儿很美好。星儿在哭泣。只有人类能那样哭泣。星儿也是人类的一员。

所谓人性中会掺有一丝星儿·安辛的成分吗？

星儿也是人类的一员。

黑暗中，他看向自己的双手。对于一个人来说，没有哪颗行星、哪个宇宙比他的自我，比他的自省意识更重要。这双手也是历史长河中所有人的手，与全人类的手一样，它们微小的动作可以创造历史，也可以终结历史。无论这种力量来自十亿双手，还是凝聚在他的两只手中——相对于此刻将他吞没的永世，这突然变得不重要了。

他把代表着人类的双手深深插入口袋里，然后慢慢走回看台。

"星儿。"

她应了一声，像是睡眼惺忪的孩子带着疑问的呜咽。

"他们会有机会的，星儿。我不会去碰那个控制钮。"

她坐直了身子，站起来，微笑着走向他。他能看见她的笑容，因为她的牙齿在空气中发出淡淡的荧光。她把双手搭在他的肩膀上。"皮特。"

他紧紧地抱着她。过了一小会儿，她的膝盖一软，他只能搀扶着她。

离得最近的建筑是军官俱乐部，里面一个人都没有。他跌跌撞撞走进去，扶着墙前进，直到摸索到了电灯开关。灯光刺眼。他把她扶到一张长沙发前，温柔地将她放倒。她一动不动，脸颊一侧白得像牛奶一样。

他站在原地，傻傻地看着自己的手，然后在裤子侧面擦了擦，呆滞地看向星儿。她的衬衣上有血。

需要医生。可自从安德斯把自己吊死之后，这里已经没有医生了。“得找人来，”他喃喃说道，“得做点儿什么。”

他屈膝跪下，轻轻地解开她衬衣的扣子。她的肋下有血，就在结实的中性军用乳罩和长裤之间。他抽出一块干净的手帕，开始擦拭鲜血。没有伤口，也没有穿刺的孔洞。可是鲜血又突然出现了。他小心地把血抹掉，可血又渗了出来。

就像是要用毛巾擦干一块冰。

他跑到饮水槽边，把浸满血的手帕洗净拧干，又跑回她身边。他小心翼翼地擦拭她的脸，苍白的右脸，涨红的左脸。手帕又变红了，这次还沾上了化妆品，而她的整张脸都变得苍白，眼睛下面有巨大的蓝色瘀青。在他的注视下，她左侧脸颊渗出了鲜血。

“一定有什么人能帮忙——”他向门口奔去。

“皮特！”

奔跑中，他听见她的声音，转过头去，结果在门柱上撞得头晕眼花。他被撞得向后弹开，失去平衡，接着又回到了她身边。“星儿！喂！挺住啊！我去找医生，尽快——”

她的手摸向自己的左脸。“被你发现了。除了费尔德曼，没人知道。要遮掩好还挺不容易的。”她的手又摸向头发。

“星儿，我要去找个——”

“皮特，亲爱的，答应我一件事好吗？”

“什么事，当然没问题，我答应你，星儿。”

“别把我的头发弄乱了。你看……并不都是我自己的头发。”她听起来像个7岁的小女孩，正在玩游戏，“这一侧的头发都掉光了。我不想让你看见我那副样子。”

他又跪到她身旁。“这是怎么回事？发生了什么？”他嘶哑地问。

“在费城，”她喃喃地说，“就在袭击开始的时候。蘑菇云升起来，离我只有半英里。录音棚塌了，我第二天才醒过来。当时我不知道自己被辐射灼伤了。一开始没什么反应。我的身体左侧。没关系的，皮特。现在一点儿都不疼了。”

他又一次站起身来。“我这就去找医生。”

“别走。请别走开，不要把我留在这里。求求你。”她眼中有泪光，“再多陪我一会儿。不会很久的，皮特。”

他再次跪倒。她把他的双手拉到自己手中，紧紧握住。她开心地笑起来。“你很好，皮特。你真的很好。”

（她听不到他耳中血液沸腾的声音，听不到仇恨、恐惧和痛苦的旋涡在他心中翻腾咆哮。）

她用低沉的嗓音向他倾诉，接着变成了极轻的耳语。他不时怨恨自己，因为他跟不上她的话。她谈到了学校和她的第一次试镜。“我当时害怕极了，说话都有颤音。我之前从来没有参加过试镜。现在我唱歌的时候，总是会让自己有一点点害怕。这样会简单一些。”她四岁的时候有个窗台花槽。“种了两棵真正的、活的郁金香，还有一棵猪笼草。我当时还为掉进去的苍蝇感到伤心。”

之后是一段长时间的沉默，在这段时间里，他的肌肉因僵硬和痉挛而抽动，然后逐渐变得麻木。他一定是睡着了；他猛地惊醒，感觉到她的手指触碰着自己的脸。她用一侧胳膊肘支撑着身体，口齿清晰地对他说：“我只是想告诉你，亲爱的。让我先走吧，让我为你把一切都准备好。这会很棒的。我给你来一份特制的拌沙拉。我还要给你做个蒸巧克力布丁，替你热着。”

他有点儿糊涂，听不懂她在说什么，只是微笑着把她的后背放平在长沙发上。她又握住了他的手。

他第二次醒来时，天已经大亮，而她已经死了。

他回到营房时，梭尼·韦泽弗罗因德正坐在自己的小床上。他把回来路上从练兵场捡回的碟片交给了梭尼。“上面有露水，把它擦干吧，好伙计。”他沙哑地说道，面朝下倒在邦兹用过的小床上。

梭尼盯着他，“皮特！你去哪儿了？出什么事了？你还好吧？”

皮特稍稍移动身体，咕哝了一声。梭尼耸耸肩，从湿漉漉的信封里拿出了那张音像碟。湿气不会对它造成特别的伤害，但湿的时候不能播放。碟片是由塑胶的细小螺旋组成的，叠合的两圈之间有绝缘的夹层。播放机转盘上方和下方的静电感应器会随着电容率的变化给出波动的信号，这种变化是在录像时压制进去的，被放大后提供给扫描器。而音频来自传统的沟槽式唱针。梭尼开始小心翼翼地擦拭碟片。

皮特奋力从一个宽阔的、泛着绿光、闪烁着冰冷火焰的地方爬了出来。星儿在呼唤他。还有什么东西正在击打他。他虚弱地挣扎，想听清她在说什么。但是有别人大声地喋喋不休，他听不清。

他睁开眼睛。梭尼正在摇晃他的身体，那张圆脸因兴奋而泛红。音像碟在转动。星儿在说话。梭尼不耐烦地站起身，把音频增益调低。“皮特！皮特！醒醒啦，听见没？我有事情要跟你说。你听我说，醒醒啦，听见没？”

“啊？”

“这还差不多。现在听我说，我刚在一直在听星儿·安辛——”

“她死了。”皮特说道。

梭尼没听见，他继续滔滔不绝：“我想明白了。星儿是被派到这里来的，还有其他地方。她来恳求别人不要再发射原子弹。可如果政府决定不反击，他们才不会搞得这么麻烦。皮特，就在某个地方，我们有办法向那些大开杀戒的懦夫发射核弹——我有一个主意，我非常清楚应该怎么办。”

皮特摇摇晃晃，努力朝星儿微弱的声音走去。梭尼还在继续：“现在，假设有一个高级无线电按钮，一个自动编码装置，类似于船上的警报信号。当操作员发出四个长划时，无线电范围内的任何船只上都会响起警铃。假设有一台自动编码机，或许还有中继器，能用来发射埋在全国各地的导弹。它会是什么样子的？只是一个小小的控制杆，拉下来就全搞定了。这东西会藏在哪儿呢？在一大堆其他设备的中间，就藏在那里。在那个地方，你本来就期待会看见很多疯狂的秘密玩意儿。比如一个实验站，比如咱们这里。你明白我的主意是什么了吗？”

“闭嘴。我听不见她说话了。”

“让她见鬼去吧！你可以换个时间再听。我说的话你一句也没听进去！”

“她死了。”

“好吧。听着，我觉得我会拉下那个把手的。我还有什么可以失去的？让那些杀人的……你说什么？”

“她死了。”

“死了？星儿·安辛？”梭尼年轻的面庞扭曲起来，他重重地陷入小床中，“你还没睡醒，你不知道自己在说什么。”

“她死了，”皮特声音沙哑，“她被第一批核弹灼伤了。我就在她身边，她……她——现在你闭嘴，你走开，让我好好听录音！”他发出刺耳的吼声。

梭尼慢慢地站起身。“他们把她也杀死了。他们杀了她。那东西用得上。那东西能解决问题。”他面孔煞白，走了出去。

皮特从床上爬起来。他的腿没法好好走路，险些摔倒。他猛地冲向控制台，张开的胳膊把感应器从碟片上撞飞了。他又把它放好，把音量调高，然后躺下来继续听。

他的头脑一片混乱。梭尼说得太多了，什么导弹发射器、自动编码机——

“你把心交付给我，”星儿唱道，“你把心交付给我。你把心交付给我。你——”

皮特又爬起来，移动感应臂。一阵愤怒涌上心头，不是生自己的气，而是气梭尼害得他把碟片划坏了。

星儿在说话，看起来很傻，因为她的脸一直在重复同样的表情。“在东海岸受到了攻击在东海岸受到了攻击——”

他再一次疲倦地起身，移动感应器。

“你把心交付给我。你把心——”

皮特痛苦地叫喊，语不成声。他弯下腰，举起控制台，把它砸在地上。寂静像在重重击打他，他说：“我也是。”

然后，“梭尼！”他等着回应。

“梭尼！”

接着，他的眼睛瞪大了，咒骂着冲向走廊。

等他赶到那堵墙前面时，暗门已经合上了。他踢了一脚，墙板猛地弹开，里面一片漆黑。

“嘿！”梭尼吼道，“把门关上！你把灯都弄灭了！”

皮特从身后关上门。电灯又亮了起来。

“皮特！出什么事儿了？”

“什么事儿也没出，梭尼。”皮特低沉地回答。

“你在看什么？”梭尼不安地问。

“对不起，”皮特尽量温和地说，“只是有些问题要弄清楚，仅此而已。关于这东西的事情，你告诉别人了吗？”他指向控制杆，问道。

“没有，怎么了？你睡觉的时候我才搞清楚，就是刚才。”

皮特仔细地看了看四周，而梭尼不安地晃动着身体。皮特走向一个工具架。“梭尼，有个东西你还没注意到。”他柔声说道，伸手一指，“在那上面，就在你身后的墙上。很高的地方。看到了吗？”

梭尼转身望去。皮特用流畅的动作取下了一个十四英寸的扳手，用尽全力击向梭尼。

之后，他开始有条不紊地处理电力供应设备。他拔掉了燃气发动机上的活塞，用大锤砸开了汽缸。他打掉了柴油内燃机起动器的油管——油箱里的柴油猛地喷发出来。然后他又用断线钳切断了所有的电缆。最后他把继电器架和那根控制杆折断了。干完之后，他放下工具，弯下腰，抚摩梭尼蓬乱的头发。

他走出去，小心翼翼地把隔板关上。这里伪装得真是出色啊。他在附近的一张工作台上重重地坐了下来。

“你们还有机会，”他对着遥远的未来说道，“看在上天的分上，你们最好能成功。”

然后，他只是等待着。

（陶凌寅 译）

试观此女[1]

在最初的二十年里，科幻小说几乎与对抗性运动一样为男性所专有。1949 年，《惊异》开展的读者调查展示了一些有趣的数据，其中便有一项表明，该杂志的男性读者占比达到了 93%，而“科幻之路”各卷收录的作品也足以证明男性作家在该领域内的数量优势。

1948 年前，鲜少会有女性撰写科幻，那些女性科幻作家通常会用男性化的笔名隐藏自己的性别，或者选用中性化的首字母缩写。也有作者会选用明显女性化的笔名，但数量绝不在多。格特鲁德·贝内特（Gertrude Bennett）在 1918 至 1923 年间撰写科幻，使用的是笔名弗兰西斯·史蒂文斯（Francis Stevens），而不是女名弗兰西丝（Frances）。凯瑟琳·穆尔（Catherine Moore）用名字的首字母 C. L.（穆尔）作笔名[2]。利·布雷克特（Leigh Brackett）[3]的名字看不

1. 标题“Ecce Femina”化用拉丁文“Ecce Homo”，典出《圣经·新约·约翰福音》19：5，常见翻译包括“试观此人”、“你们看这个人”、“瞧！这个人！”等。
2. C. L. 穆尔全名为 Catherine Lucille Moore。
3. 更为常见的译名是莉·布莱凯特，她是星战系列多部作品编剧，人称“太空歌剧女王”，是第一位入围雨果奖的女性。此处英文原名无性别倾向，故不采用女性化译名。

出性别。自 1948 年的《隐匿》（“In Hiding”）起，威尔玛·希拉斯（Wilmar Shiras）撰写了一系列拥有超能力的变种儿童的故事[1]，她的名字也叫人无法分辨性别。

1948 年，朱迪斯·梅丽尔的《为母之心》（“That Only a Mother”）出现在《惊异》杂志之上，从此，科幻领域内的女性开始展露性别。一年以前，即 1947 年，《惊险神奇故事》与《惊人故事》杂志就开始刊载玛格丽特·圣克莱尔（Margaret St. Clair）的小说，1950 年，《奇幻与科幻杂志》开始发表她以笔名伊德里丝·西布赖特（Idris Seabright）创作的故事。

许多其他女性也开始出现在杂志内页及书籍封面上：1949 年，凯瑟琳·麦克丽恩（Katherine MacLean）的小说首次登上《惊异》杂志，此后她又创作了许多优秀故事，其中包括一篇星云奖获奖作品[2]。泽娜·亨德森（Zenna Henderson）是亚利桑那州的一名学校教师，她为《奇幻与科幻杂志》撰写了“天选之人”[3]系列小说，讲述一架飞船上的外星人滞留地球的故事。爱丽丝·玛丽·诺顿（Alice Mary Norton）是克利夫兰的一名少儿图书馆管理员，1952 年，她开始撰写以《星人之子》（*Star Man's Son*）为首的青少年系列作品，创作这一广受欢迎的系列时，她又用回了先前的笔名“安德烈”[4]。

其他性别恰巧为女的科幻作家还包括希拉里·贝利、露丝·伯曼、琼·贝诺特、玛丽昂·齐默·布拉德利、奥克塔维娅·E. 巴特勒、卡罗尔·卡尔、乔伊·钱特、苏丝·麦基·查纳斯、C. J. 彻丽、米尔德里德·克林格曼、格兰尼娅·戴维斯、米丽娅姆·艾伦·德

1. 指“原子之子”（*Children of the Atom*）系列。
2. 指“The Missing Man”，首发于《类比》1971 年 3 月刊。
3. 天选之人（The People），系列全称是 *Pilgrimage: The Book of the People*。作家的作品中包含许多基督教主题，该小说中的天选之人指的是一个外星种族。
4. 诺顿初涉文坛时曾使用笔名安德鲁·诺斯（Andrew North），一度用回本名，后以安德烈·诺顿（Andre Norton）的名字为科幻迷所熟知。

福特、索尼娅·多曼、菲莉丝·艾森斯坦、叙泽特·哈登·埃尔金、卡罗尔·埃姆什威勒、菲莉丝·戈特利布、安妮·沃伦·格里菲斯、琼·亨特·霍利、E. 梅恩·赫尔、爱丽丝·埃莉诺·琼斯、凯瑟琳·库尔茨、桑德斯·安妮·劳本塔尔、塔尼斯·李、厄休拉·K. 勒古恩、杰奎琳·利希滕贝格、伊丽莎白·林恩、安妮·麦考菲利、冯达·N. 麦金太尔、菲莉丝·麦克伦南、雷琳·穆尔、麦琪·纳德勒、林·尼尔森、多丽丝·皮塞彻亚、基特·里德、乔安娜·拉斯、帕梅拉·萨金特、爱丽丝·谢尔顿（即小詹姆斯·提普奇）、丽莎·塔特尔、琼·温奇、凯特·威廉、切尔西·奎因·雅布罗和帕梅拉·佐林。

此时的她们已经成就斐然。安尼·麦考菲利（Anne McCaffrey）凭借“帕恩星的龙”系列收获了一批忠实拥趸，并获得一次星云奖和一次雨果奖。乔安娜·拉斯（Joanna Russ）和冯达·N. 麦金太尔都曾获得星云奖。凯特·威廉（Kate Wilhelm）曾获星云奖与雨果奖各一次，而爱丽丝·谢尔顿（Alice Sheldon）则各获两次。厄休拉·K. 勒古恩（Ursula K. Le Guin）的奖项太多，难以尽数。帕梅拉·萨金特（Pamela Sargent）本身既是作家也是文选编辑，她近期[1]编纂的三部选集《神奇女性》（*Women of Wonder*）、《神奇女性续编》（*More Women of Wonder*）和《新神奇女性》（*The New Women of Wonder*）皆聚焦于科幻中的女性。而科幻领域内最具影响力的编辑之一就是德尔·雷伊图书公司的朱迪林恩·德尔·雷伊（Judy-Lynn del Rey）。

如今，时代已经变了。曾经的男性专属领域已被女性读者入

1. 三部选集的成书时间分别是 1975 年、1976 年、1978 年。《神奇女性》的副标题为“女性创作的关于女性的科幻故事”（Science-fiction Stories by Women about Women），同时包含“科幻领域内的女性”和“科幻小说中的女性”两层意思。

侵——在科幻课堂上，男女学生的人数经常大致持平——女性作家也开始在概念文学领域挑战男性作家的地位。但在朱迪斯·梅丽尔将她的首部短篇科幻《为母之心》卖给《惊异》的 1948 年，这一现象尚不明显。该故事发表于 1948 年 6 月。

梅丽尔本名为约瑟芬·朱迪斯·格罗斯曼（Josephine Judith Grossman）。她最早接触科幻小说是通过首任丈夫丹·齐斯曼（Dan Zissman）。梅丽尔将大女儿的教名用作笔名，不久后又将真名改为这个名字。1945 年至 1946 年其夫在海军服役，梅丽尔住在纽约，并在那里与一些留守的“未来派”[1]成为知交，这是一个成立于 1937 年的科幻爱好者组织，此间涌现出了数量惊人的作家、编辑、代理商、评论家甚至是出版商。

在《为母之心》产生影响力后，梅丽尔开始了全职作家与编辑生活。她的首部长篇小说《炉边阴影》（*Shadow on the Hearth*，1950）的主题是一场核战争后的生活。她还与西里尔·科恩布鲁斯以笔名西里尔·朱迪（Cyril Judd）合著了两部小说，即《火星前哨》[2]与《枪手凯德》（*Gunner Cade*，1952）。

她编纂的平装本选集《黑暗中的枪声》（*Shot in the Dark*，1950）为其开启了事业新阶段，这一阶段的巅峰期是一套极具影响力的“年度最佳科幻”系列，这个系列始于 1956 年，并持续编选了十二年。随着其所选作品的科幻特征减少，个人特质增多，这套选集的重要性（或许也包括销量）渐渐降低。她在选集《摇摆英伦》中对“新浪潮”科幻不吝赞词，而她最后一部选集作品也正体现了此种精神；她参与了“新浪潮”运动的命名，并公开为这场运动发声宣传，

1. 科幻粉丝团体，其中包括许多作家和编辑。未来派的据点在纽约，是 1937 年至 1945 年间科幻小说与科幻同人创作的主力队伍。
2. 1951 年以《火星之子》（*Mars Child*）为名发表于《银河科幻》杂志上，1952 年出书时首次更名为《火星前哨》（*Outpost Mars*）。

力图使其战胜传统科幻小说。

她的“年度最佳科幻”系列所选作品与埃弗雷特·F. 布雷勒（Everett F. Bleiler）和特德·迪基（Ted Dikty）合编的一套系列科幻选集[1]多有重合，这套选集从 1949 年持续编选到了 1958 年，后期由迪基独自编辑；它又与自 1966 年开始出版的“美国科幻作家星云奖合集”有所重合，哈里·哈里森（Harry Harrison）与布赖恩·奥尔迪斯合编的年度最佳科幻丛书[2]与它们也有重合。后来，唐纳德·沃尔海姆与特里·卡尔也加入了这个重复编选年度最佳科幻的行列，二人后来又分开编选各自的年度最佳选集。莱斯特·德尔·雷伊也有一套自己的年度最佳科幻系列选集，此系列后来由加德纳·多佐瓦继承。

梅丽尔曾与弗雷德里克·波尔有过一段为期几年的婚姻，始于 20 世纪 40 年代后期。她为加拿大广播公司做过一段时间的纪录片制片人，曾在日本与翻译家们共同翻译一部日本科幻选集，也曾在多伦多的一所实验学院工作。

（穆童、憬怡　译）

1. 选集名称也是与之相类的“年度最佳科幻小说”（*The Best Science Fiction Stories/Year's Best Science Fiction Novels*）。

2. 哈里森与奥尔迪斯合编的《最佳 SF：年度最佳科幻小说》（*Best SF: The Year's Best Science Fiction*）于 1967 年至 1975 年间出了九卷。

为母之心

［美国］朱迪斯·梅丽尔

玛格丽特把手伸向床的另一边，汉克本来应该在那里的。可她只拍到了枕头，上面什么都没有。接着她完全清醒过来了。好几个月过去了，她不知道自己为何还留着这个旧习惯。她试着像猫一样蜷起身子来保暖，却发现再也没法完成这个动作了。她从床上爬起来，欣慰地发觉自己的身子正变得越发笨重。

早上要做的事都是按部就班的。穿过小厨房时，她按下按钮开始做饭——医生嘱咐过她要尽量多吃些早餐——然后从传真机里把传文撕下来。她仔细地把这张长条纸折好，露出"国内新闻"版块，然后把它立在浴室的架子上，以便在刷牙时浏览。

没有意外事故。没有直接轰炸。至少没有正式公布出版的消息。就这样吧，玛吉[1]，别再多想了。没有意外事故，没有轰炸。就信了报纸上的好话吧。

厨房里传出三声清晰的铃响，宣告早餐已经做好了。她在桌子上摆好鲜艳的餐巾和色彩明快的盘子，可尝试全是徒劳，还是没什

1. 玛吉（Maggie）是玛格丽特（Margaret）的昵称。

么胃口吃早餐。接着，没什么需要准备的了，她就去查看信件，充分享受那种拉长期盼的心情，因为今天肯定会有一封信的。

确实有信。不止一封。两份账单，还有一封母亲寄来的短笺，内容满是担忧："亲爱的，为什么不早点写信告诉我？当然了，我很开心。不过，尽管没人愿意提这些，但你能确信那个医生是对的吗？这些年来汉克总是在铀啊钍啊或是其他什么东西附近工作。我知道你说过他是个设计师，不是技术人员，他也没有接近任何可能有危险的东西。但你知道的，他曾经在橡树岭[1]的时候接触过。你不觉得……啊，当然，我只是个糊涂的老太太，我也不想让你为此心烦意乱。这方面你懂得比我多，我也相信你的医生没有错。他应该知道……"

玛格丽特冲着好喝的咖啡扮了个鬼脸，发现自己无意中把报纸重新折到了医疗新闻版面。

到此为止，玛吉，别看了。那个放射学家说过了，汉克的工作并没有让他暴露在辐射中。至于我们开车路过的那片爆炸区域……不，不。别看了，现在就停！小玛吉，就看看社会新闻或是食谱吧。

医疗新闻里，一位有名的遗传学家表示怀孕五个月的时候就可以确诊胎儿是否正常，至少也能确定基因突变会不会造成任何畸形。无论如何，最差的情况都是可以避免的。当然，像是五官移位或是大脑结构变异这种小突变是没办法检测出来的。最近还出现了这样的案例：胚胎正常，而四肢却在七八个月后就停止了发育。但是医生乐观地总结道，最坏的情况现在都能被预见并预防。

"预见并预防。"我们预见了，不是吗？汉克和其他人，他们都预见了这个。但是我们没有预防这样的事发生。我们本该在 1946 年

---

1. 橡树岭国家实验室是美国能源部所属的一个大型国家实验室，成立于 1943 年，最初是作为美国曼哈顿计划的一部分，以生产和分离铀和钚为主要目的建造的，原称克林顿实验室。

和 1947 年就停止这种事，而现在……

玛格丽特决定放弃这顿早餐。十年来，她都是在早上喝一杯咖啡就够了。今天也这样吧。她穿上有着层层褶皱的衣服，系上扣子。那个女店员向她保证过，怀孕后期只有穿这种材质的衣服才舒服。她意识到自己的肚子已经大到快要用上最后一枚纽扣了，纯粹的喜悦涌来，让她把信件和新闻都抛到了脑后。不会太久了。

晨曦中的城市总是带给她一种特别的兴奋感。昨夜落过雨，人行道仍然湿漉漉的，不见尘土。对于一个在城市长大的女人来说，工厂偶尔冒出的辛辣烟味，反而让空气闻起来更加新鲜了。她穿过六个街区去工作，沿途望见那些通宵营业的汉堡店一盏盏熄了灯。那里，阳光已经开始照耀在一面面玻璃墙上，而烟草店和干洗店昏暗的室内开始亮灯。

办公室位于一栋新的政府大楼中。乘电梯上楼的时候，她总觉得自己是一根在老式烤箱上半部分旋转的法兰克福香肠。十四楼到了，她离开了泡沫胶垫，感到谢天谢地。然后她走过一长排一模一样的书桌，在后面找到自己的桌子坐下。

每天早晨迎接她的那堆文件都会变高一些。正如所有人都知道的那样，这几个月是决定性的。战争的胜败取决于很多因素，其中也包括此处的计算工作。联络员的工作对她来说太过繁重，人力部门把她换到了这儿。电脑很好操作，工作虽没有之前那么刺激，倒也挺吸引人的。如今你不能停止工作，这里需要每一个能干活的人。

以及——她记得与心理医生的那场会面——**我大概是情况不太稳定的那一类。要是待在家里看那种耸人听闻的报纸，天知道我会得什么神经官能症……**

她投入到工作中，没有再想这事。

2月18日

亲爱的汉克：

只是写几个字——不过是在医院写的。我上班的时候感到头晕，医生很重视这个问题。在床上独自躺几个星期，就这么等着，要是知道能做什么就好了——但博耶医生似乎认为不会那么久。

这里的报纸太多了。杀婴者总是越来越多，他们好像找不到陪审团来对他们中的任何一个人定罪。动手的都是那些父亲。你没在这里真是很走运，万一——

哦，亲爱的，这不是什么有趣的笑话，对吧？尽量多写信，可以吗？我没有事做，总是胡思乱想。但是这里真的没出什么差错，也没有什么需要担心的。

多写信。记得我爱你。

玛吉

专电

1953年2月21日

22:04 LK37G

自：技术中尉H. 马维尔

X47-016 GCNY

至：H. 马维尔太太

女子医院

纽约市

收到医生电报 四点十分到

短假 你做到了 玛吉 爱你 汉克

2月25日

亲爱的汉克：

所以说你也没看见孩子？你也许会觉得这样大的地方至少会在恒温箱上放个透明板，好让父亲们能看一眼。虽然蒙在鼓里的可怜妈妈们没有这个待遇。他们告诉我还有一周不能见她，或是更久——但是，当然了，母亲常告诫我，如果我没有放慢步伐，以后的孩子可能也会早产。她怎么能总是这么英明呢？

你见过他们派过来的那个激进的护士了吗？我猜他们只让她看护产妇，而不让她靠近孕妇——但是这样的女人本就不应该出现在产科病房里。她对变异婴儿相当着迷，几乎不愿谈论别的。

哦，那个，我们的孩子一切正常，只是出来得太快了些。

我累了。他们告诫我不要这么早坐起来，但我一定要给你写信。

真心爱你，亲爱的。

玛吉

2月29日

亲爱的：

我终于看见她了！他们说得真没错，新生儿的小脸只有他们的母亲会喜爱——但是该有的全都有，亲爱的，一双眼睛，一双耳朵，一双鼻子——不，鼻子只有一只！——位置也全都对。我们太幸运了，汉克。

我恐怕自己已经变成了一个总是吵吵闹闹的病人。我不停地告诉那个脸型瘦削、对变异婴儿异常狂热的女护士，我想看到孩子。最后，一名医生进来向我“解释”了一切，还讲了一大堆废话。我确信，这番话没人能听懂多少，我也不行。我知道的唯一一件事就是孩子实际上不必待在恒温箱里，他们只是认为那样做“更明智些”。

我想那时我变得有点歇斯底里。大概我比自己承认的更加担忧，但我还是为此发了点脾气。为了解决这件事，他们在门外开了个秘密的医疗会议。最后，那个穿着白衣的女人说：“嗯，我们就这样做吧。也许那样效果更好。”

我听说过在这种地方，医生护士都会形成上帝情结，相信我，无论从比喻义还是从字面义上来看，都是这么回事，一个母亲在这里毫无地位可言。

我还是相当虚弱。我会很快再给你写信的。爱你的，

玛吉

3月8日

最最亲爱的汉克：

如果是那个护士告诉你的，她就在胡说。她本来就是个大傻瓜。是个女孩儿。我知道，看孩子的性别可比看那些小猫容易多了。叫汉丽埃塔怎么样？

我又回家了，比一个电子感应加速器还忙。在医院他们把一切都混起来了，我得自学怎么给她洗澡，还有其他好多事。她也变得越来越好看了。什么时候你能休个假呢，那种真正的假？

爱你，

玛吉

5月26日

汉克亲爱的：

你现在应该看看她——你马上就能看到了。我随信附上一盘彩色的片子。我妈妈给她送来了一些睡衣，有很多系带的那种。我给她穿上了一件，现在她看起来就像是一个雪白的小土豆袋子，最上面绽放着一张花一样的美丽面孔。哦，这是我说的话吗？我是不是变成了一个溺爱孩子的母亲啦？

但是等你看见她就知道了！

7月10日

……信不信由你，但是你的女儿会说话，而且我不是指那种婴儿语。爱丽丝发现的——她是陆军妇女军团[1]的一名牙医助理，你知道的——当时她听到孩子说出了一段话，虽然在我听来只是一串含糊不清的字眼。她说这孩子懂单词和句子，但是没办法清晰地讲出来，因为她还没有长牙。我要带她去找语言专家。

9月13日

……我们当真有个小天才！现在她的门牙都长齐了，说起话来也很清晰，以及——现在有一项新的天赋——她会唱歌！我的意思是确实有旋律！才七个月大！亲爱的，如果你能回家的话，我的世界就圆满了。

1. 美国陆军妇女队（WAC, Women's Army Corp）。1943年中期，美国国会通过决议，创建“陆军妇女队”，这是美国首次准许女性参加正规军。

11 月 19 日

……终于。这小笨蛋光忙着变聪明了，结果学习爬行却花了很久。医生说，这种情况下孩子的成长过程总是不稳定……

专电

1953 年 12 月 1 日

08 : 47 LK59F

自：技术中尉，H. 马维尔

X47-016 GCNY

至：H. 马维尔太太

K-17 号公寓

19 街东部 504 号

纽约市

明起放周假 五点十分到机场 别接我 爱你 爱你 爱你 汉克

玛格丽特把小浴盆里的水倒掉了一些，剩下的只有几英寸深。接着她松开了手，不再紧紧抱着那个扭来扭去的孩子。

“我想你要是没那么聪明就好了，我的小小姐，”她开心地对孩子说，“你不能在小浴盆里爬，你知道的。”

“那我为什么不能用浴缸？”现在玛格丽特已经习惯了女儿流利的言谈，但是有些话还是会让她感到意外。她把这块不断反抗的小粉肉裹进毛巾里，然后开始擦拭。

“因为你太小了，你的脑袋也太软，而浴缸可是很硬的。”

“哦。那我什么时候能用浴缸？”

“当你头长到外面和里面都一样结实的时候，我的小天才。”她伸手去拿堆在一起的干净衣物。“我不明白，”她接着说，把一块方巾别在睡衣上，“为什么像你这样聪明的孩子学不会像其他孩子那样穿尿布呢。这种尿布已经用了好几个世纪了，你知道的，没人对它不满意。”

孩子拒绝回答。这种话她已经听了太多遍了。她干净又好闻，耐心地等待着被放进白色的婴儿床里。她赏给了母亲一个微笑，不可避免地令玛格丽特想到玫瑰色黎明里太阳射出的第一道灿灿金光。她想起汉克第一次看到他漂亮女儿的彩色照片时的反应，接着，她意识到现在已经很晚了。

“睡觉吧，小猫咪。你知道，你醒来时，你爸爸就会在这儿了。”

“为什么？”孩子足有 4 岁的心智发出了疑问，可她十个月大的身体却困了。她做着徒劳的抗争，最终还是睡去了。

玛格丽特走进小厨房，为烤箱设上了时间。她检查了桌子，然后把衣物从壁橱里拿出来：新连衣裙，新鞋子，新吊带，全都是新的。那是几个星期之前买好的，留着汉克电报来的那天穿。她停下来，从传真机里扯下传文，带着衣服和新闻走进了浴室，小心地坐进冒着蒸汽、芳香四溢的浴缸。

她随意地扫了一眼报纸。至少今天没有必要读国内新闻了。有一篇遗传学家写的文章，就是之前那位。他说突变正在不成比例地增长着。原因不会是隐性性状，时间还太早，即使是 1946 年和 1947 年出生在广岛和长崎附近的首批突变婴儿，也没到繁殖年龄。但是我的孩子一切正常。很明显，是一些原子弹爆炸产生的自由辐射造成了那些悲剧。我的孩子很好。有些早熟，但是正常。如果人们给予第一批日本突变婴儿更多关注，他说……

1947 年春天时，报纸上登了那条很短的通知。汉克就在那时离开橡树岭。“如今，在日本，只有百分之二到百分之三的杀婴犯被抓……”但是我的孩子一切正常。

她穿好衣服，梳妆一番，正准备涂上最后一抹唇彩时，门铃响了。她冲向房门。在门铃声消散之前，她在十八个月以来第一次听到了那个几乎已经遗忘的声音：钥匙在锁中转动。

“汉克！”

“玛吉！”

他们相顾无言。那么多天过去了，积攒了好几个月的新鲜事，那么多想要告诉他的话。然而她现在只是站在那里，望着他一身卡其色制服和一张陌生而苍白的面孔。她在记忆里搜寻着他的样子。还是那样，鼻梁高挺，眼距宽阔，眉毛如羽毛一般轻软；还是那样，长长的下巴，稍退的发际线，高高的额头，嘴唇的弧度也没有变。他好苍白……当然了，这段时间他一直在地下工作。……也很陌生。久未亲昵，他的脸要比任何陌生人的面孔都要陌生。

在他伸手穿过十八个月的隔阂抚摸她之际，她脑海里已经闪过这些念头。现在，再一次，相顾无言，因为没有必要。他们在一起，此刻这就够了。

“孩子呢？”

“睡觉呢。她随时都会起来。”

没人着急。他们的语调轻松，仿佛每天都在这样交谈，仿佛战争和分离都未曾存在。玛格丽特拿起他扔在门边椅子上的外套，小心地挂在大厅衣柜里。她前去查看烤箱，让他自己一个人在房间里随意走动，唤起记忆，回到现在。最终，她看见他低着头站在婴儿床前。

她看不见他的面孔，但也没这个必要。

“我想我们可以就叫醒她这一次。”玛格丽特把被子掀开，将这个白色的小包裹从床上抱起来。困倦的眼皮缓缓抬起，孩子露出蒙眬的棕色双眸。

“你好。”汉克的声音有点迟疑。

“你好。”孩子的语气则更明确。

当然，他已经听说了这事，但是亲耳听到孩子说话还是不一样的。他激动地转向玛格丽特。“她真的能——？”

“亲爱的，她当然能。但是更重要的是，她也能像其他婴儿那样做一些正常的事，甚至是那些蠢兮兮的事。看她爬一个！”

玛格丽特把孩子放在了大床上。

有那么一会儿，小小的汉丽埃塔躺在床上，望向父母的眼神充满疑惑。

“爬？”她问道。

“对呀。你知道的，你的爸爸刚来。他想看看你的表现。”

“那你得帮我翻个身，肚子朝下。”

“啊，当然。”玛格丽特体贴地把孩子翻了过来。

“怎么回事？”汉克的嗓音听上去还是很随意，但是话语中涌动着什么，房间里的气氛开始改变，“我以为婴儿都应该先学会翻身的。”

“这孩子，”玛格丽特拒绝注意到空气中的不安，“这孩子想做什么就做什么。”

在父亲温柔的注视中，孩子的小脑袋向前伸，身子再跟上去，一拱一拱地推着自己在床上爬行。

“这小淘气，”他发出轻松的笑声，“她看起来就像钻进土豆袋子里赛跑的人，野餐时他们经常这么做。快把她的小胳膊从袖子里拉出来。”他伸出手，抓住了长睡衣底部的蝴蝶结。

“我来吧，亲爱的。”玛格丽特想要抢先来做。

“别傻了，玛吉。这可能是你的第一个孩子，我可有五个弟弟呢。”他笑着让她退后，然后用另一只手去解袖子上的细绳。他打开袖口，摸索孩子的小胳膊。

“看你蠕动的样子，”他严厉地对孩子说，手碰到了肩膀上一个动来动去的小肉球，“用肚子而不是手脚去爬，别人会认为你是条小虫子呢。”

玛格丽特站在一旁看着，脸上挂着笑。“等会儿你该听听她唱歌，亲爱的——”

他的右手摸到了肩膀上本该有一条胳膊的地方。往下摸，那里只有一个坚实的小肉球在扭动，想要逃开他手掌的压迫。他的手指又回到了肩膀的部位。他万分谨慎地解开了系在睡衣底端的蝴蝶结。他的妻子站在床边，嘴里说着：“她会唱‘铃儿响叮当’，还有——”

他的左手顺着睡衣柔软的布料向上摸，触到了叠好的尿布，平整而光滑，包住了他孩子的小屁股。没有褶皱。没有踢腿。没有……

“玛吉。”他试着把手从那个平整而干净的尿布里抽出来，离开那个不断蠕动的身体。“玛吉。”他的喉咙很干，艰难发出的声音是那么低沉而刺耳。他说得很慢，想着每一个音节，强迫自己把它们说出口。他的头很晕，但是他必须在放手前知道一切。“玛吉，为什么……你没有……告诉我？”

“告诉你什么，亲爱的？”与男人冲动的孩子气相反，玛格丽特的镇静来自女人自古就有的耐心。她突然笑了，在房间里听来是那么轻松自然。现在她全知道了。“她尿了吗？我还不知道。”

她还不知道。他的双手不受控制地伸向那个柔软光滑的婴儿身体，那个扭曲的，没有四肢的躯体。天啊，我的天啊——他的头不住颤抖，肌肉紧缩，在歇斯底里中忍受着痛苦的痉挛。他的手指掐紧了他的孩子——哦，天啊，她还不知道……

（昼温　译）

时间问题[1]

时间旅行一直是科幻小说中的异类。穿越时空当然纯属幻想——没有证据表明有人曾经穿越，我们也不相信它能在未来实现，因为没有这样的理论依据——然而，时间旅行这个概念却没有被划入奇幻，相反，它在科幻世界备受尊崇。时间旅行被人接纳的原因，第一在于传统的影响；第二，借助机器实现时间旅行，赋予了它技术基础；第三，时间旅行作为叙事机制所发挥的基本作用。只有用奇幻手段进行穿越的小说，才属于奇幻小说。

时间旅行最早出现在小说中时，是借助睡眠来实现的：角色一觉睡去，醒来已是多年以后。这样的例子有华盛顿·欧文（Washington Irving）的《瑞普·凡·温克尔》（"Rip Van Winkle"，1819）、玛丽·格里菲斯夫人（Mrs. Mary Griffith）的《三百年之后》（"Three Hundred Years Hence"，1836）和爱德华·贝拉米（Edward Bellamy）经典的政治宣传小说《回顾》（*Looking Backward*，1888）。相比之下，回到

1. 标题"A Matter of Time"化用了威廉·泰恩的短篇小说《频率问题》（"A Matter of Frequency"）。

过去可不只是睡一觉这么简单：在《康州美国佬大闹亚瑟王朝》（*A Connecticut Yankee in King Arthur's Court*，1889）里，马克·吐温（Mark Twain）安排了主角被撬棍击中头部的情节，从而解决了这个问题；在《唯恐黑暗降临》（*Lest Darkness Fall*，1941 年出版，连载于 1939 年）中，L. 斯普拉格·德·坎普（L. Sprague de Camp）的解决方法是一道闪电。

但是，后世作品仿效的原型，却来自 H. G. 威尔斯的中篇小说《时间机器》（"The Time Machine"，1895）。这是威尔斯创作科学传奇[1]以来取得的首次成功。这部小说首开先河，用机械装置实现时间旅行，穿越者因而能够返回现在，这一点的重要性超越了之前的单向穿越。威尔斯认为时间旅行其实不大可能——其可能性甚至低于他在《月球上最早的人类》（*The First Men in the Moon*，1901）里设想的反重力技术——但是他煞费苦心描绘细节，让他的时间机器真实可信。

从那以后，各式各样的时间机器就成了科幻小说里的常客。有了时间机器，作者笔下的角色就能在连连惊叹中穿越未来，发现社会和人类的发展方向，甚至去往万事万物的最终结局——威尔斯就在《时间机器》的结尾处描绘了这样的一幅图景。作者也可以让小说人物回到过去，探寻事件的起源或历史的真相。

需要解答的问题是：为什么要穿越？穿越好在何处？对于大多数小说人物而言，驱使他们进行穿越的动机是好奇心。他们想知道未来会发生什么，或是了解历史事件的真实面貌。因此，时间旅行有时被用作研究工具，毕竟考古发掘费时费力、结果不明，时间旅行与之相比优势明显。有时穿越本身就是一场冒险，例如杰克·威

1. 原文是"scientific romance"，其是 19 世纪末 20 世纪初早于"science fiction"出现的、用于这一文类的诸多称谓之一。

廉森（Jack Williamson）的《时间军团》（*The Legion of Time*，连载于1938年）。有时它被误用于商业目的：猎人用它去狩猎大型动物，游客用它游览奇风异景，冒险家用它探索原始社会，满足冒险欲。有时，时间旅行向人们提供了一窥未来的机会，例如西尔弗伯格的《世界末日的见证》（"When We Went to See the End of the World"）。有时，穿越唯一有用的功能似乎只是拍拍电影[1]，例如T. L. 谢雷德（T. L. Sherred）那篇令人震撼的小说《E代表努力》（"E for Effort"）。

通常，这样的行动都会带来糟糕的后果；不过，如果结局皆大欢喜，那就没什么故事好讲了。时间旅行者常常被困在未来或者过去，或者因恣意妄为铸成大错，最终命丧黄泉、改变现实，或是失手毁掉一切生命。还有一种情况，那就是人物发觉自己无路可走，只能在不可改变的过去里重蹈覆辙，迈克尔·摩考克的《试观斯人》（"Behold the Man"）就是一例。

时间旅行存在两个根本性的难题：如果要向未来穿越，那么未来必须固定不变，否则穿越不可能实现；而如果未来不可改变，那么即便知道未来如何又有什么用？如果向着过去旅行，那么就有两种情况：假如过去之事无法更改，抱着这种目的的人只能无功而返；假如历史可以改写，那么现在也会随之改变。在海因莱因的《"你们这些僵尸——"》里，这一悖论构成了一个现实的闭环；在他写于1941年的《作茧自缚》（"By His Bootstraps"）里，这一悖论发挥作用，使人无法从暴政统治下的未来逃脱。

更可怕的几种悖论所影响的不仅是个人，而是一个群体。对过去的某些干涉可能导致现在不复存在，这样的例子有雷·布拉德伯里的《一声惊雷》（"A Sound of Thunder"）；或者创造出一个不同的

1. 后文提到的小说《E代表努力》中，有一种叫作"时间观察器"的机器，可以通过回放历史拍摄电影。

现在，甚至每次决策都会导致一个新宇宙诞生，其中一些宇宙出现的概率更高。在一些小说里，例如 H. 比姆・派珀（H. Beam Piper）有关“超时空警察”（the paratime police）的系列小说，或弗里茨・莱伯（Fritz Leiber）的《大时代》（*The Big Time*，出版于 1961 年，连载于 1958 年），其中人物试图操纵或阻止他人操纵平行宇宙出现的概率，从而实现一个更好的世界，或阻止更糟的世界降临。

菲利普・克拉斯（Philip Klass）的笔名是威廉・泰恩（William Tenn），其《布鲁克林工程》（“Brooklyn Project”）一文发表在《行星故事》1948 年秋季号上。在小说中，他提出了一种时间悖论的变体，像所有的优秀小说那样，他借助这一工具反思人性。《布鲁克林工程》是一篇点子小说，如果你看不起点子小说，我建议你不妨先读读试试。这也是一篇政治小说，在 1948 年，发表这样一篇小说可要比现在难上许多。

克拉斯属于对短篇小说更为在行的那类科幻作家；他只创作了一部长篇，而且还是根据一篇短篇扩写而来，即《人与妖》（*Of Men and Monster*，1968）。然而，自 1945 年退伍从事创作以来，他仅靠短篇小说中展示出的才思、讽喻和精湛的语言技巧，就为自己赢得了相当的名声。他在写作期间也偶尔做过推销员和轮船事务长，后来又在宾夕法尼亚州立大学英语系担任教职，直到退休——没有任何大学学位的他仍然当上了教授。他在大学任职期间几乎停笔，退休后才重拾创作。

（穆童、憬怡　译）

布鲁克林工程

［美国］威廉·泰恩

密室后面巨大的环形门打开，乳白色天花板上一盏盏圆形罩灯暗淡下来。当那个穿纯黑色工作服的人随手把门关上并拴牢的时候，罩灯又发出白色亮光。

十二名男女记者见他进来，一时嗡嗡之声不绝。那人风度翩翩向密室前部走去，转身背对着横贯前部的半遮光屏幕。记者全体起立，每当政府安全局官员到室内来的时候，他们都心甘情愿遵从这种站立的习惯。

那人笑容可掬，向他们招招手，用手里一小沓油印纸刮刮鼻子。他的鼻子挺大，似乎人未到鼻子先到了。“坐下，女士们先生们，都坐下别客气。我们在布鲁克林工程不搞官场仪式。在这个实验的整个非常时期，你们可以说，我就是你们的向导——新闻事务行政助理的代理秘书。我叫什么名字，这无关紧要。请诸位把这些材料分发一下。”

他们每人拿一张油印纸，把其余的递给别人，于是往后靠在凹背金属折叠椅上，尽量坐得舒服些。他们的主人斜着眼睛看了看大屏幕，又抬头望着壁钟，那个钟只有一支缓慢转动的指针。他快活地拍拍紧束着腰部的黑色衣服。

“言归正传吧。过一会儿，人将进行首次大规模的时间旅行。不是人亲身去旅行，而是借助一个摄影和录像装置，它将给我们带来过去的无数精彩资料。布鲁克林工程以这个实验证明完全有必要花费一百亿美元进行为期八年多的科学研究；它不仅表明一种新的调查方法的效用，也表明一种武器的效力，这种武器将确保我们光荣的国家更加安全，而我们的敌人理所当然要害怕这种武器。

“首先，让我告诫你们，不要试图做笔记，即便通过安全局检查的时候能够偷偷地把钢笔和铅笔带进来。你们要完全凭记忆写报道。大家不仅有一份具体说明布鲁克林工程规章制度的小册子，还有一份附有新增内容的安全法规。你们刚刚收到的油印材料给你们提供了写报道所需要的线索，还包含着有关探讨和渲染的启发性内容。此外——只要你们保持在上述文件的框架之内——你们完全有自由以各自独创的方法写报道。女士们先生们，新闻仍然应该不受政府的干预和沾染。好，有什么问题吗？”

十二名记者望着地板。其中五人开始看手头的油印材料。纸张沙沙作响。

“怎么，没问题吗？这个工程突破了第四维即时间最后一个可能的领域，大家肯定会感到十分兴趣的。有问题就提吧。诸位代表着全民的好奇心——你们一定有问题。布拉德利，你似乎有疑虑。是什么使你伤脑筋呢？像我向你保证的，布拉德利，我不咬人。”

他们发出一阵哄堂大笑，继而咧开嘴相互对视着。

布拉德利抬起屁股指着屏幕。“那玩意儿干吗要做得这么厚？我丝毫也没有兴趣去搞清楚追时机的工作原理，可是我们从屏幕上看到的仅仅是一幅人在地板上拖着追时设备的灰暗模糊的图像。还有，那个钟怎么只有一支指针？”

“提得好。”代理秘书说。他的大鼻子似乎鲜艳夺目。“这是一个很好的问题。首先，钟只有一支指针，因为，布拉德利，这毕竟是个时间实验，安全局觉得，实验的时间可能通过情报泄露与外来勾结不幸相结合——简言之，时间线索可能不必要地暴露出去。当指针指向红点的时候，实验就开始，知道这一点就够了。屏幕是半透明的，下面的图像有点儿模糊，其原因也是如此——为了细节和调整的伪装。我被授权告诉你们，设备的细节——呃，极有意义。还有问题吗？你是卡尔皮佩吗？联合社的卡尔皮佩对不对？”

“是的，先生。联合新闻社。我们的读者对追时科学家联合会的事故甚感好奇。当然，他们对那些科学家毫无敬意和同情心——瞧他们的表现和德行——但是，那些科学家说由于资料不足，这一实验十分危险，这是什么意思？你是否知道他们的会长，叫谢森的那个家伙会不会被枪毙？”

穿黑衣的人拉拉鼻子，在他们面前踱来踱去，神情若有所思。“我必须承认，我觉得追时科学家联合会，或谓慢性哀叹病患者联合会，这是我们在派克峰给的尊称——那帮人的观念有点儿太离谱了而不合我的口味；总之我很少费心考虑卖国贼的意见。谢森本人因泄露受委托的工作的性质，可能已经招致了死刑，也可能还没有招致死刑。另一方面，他——呃，可能还没有招致死刑，或者可能已经招致死刑。出于安全的缘故，关于他的情况我只能说这么多。”

安全的缘故。记者们听到这个可怕的用语，一个个挺直身子正襟危坐。卡尔皮佩的面孔失去红润的血色，一下子变得刷白。他揪心地想着，他们不可能把有关谢森的事看作一个重大问题。悔不该冒冒失失提起那个他妈的联合会！

卡尔皮佩垂下眼皮，尽可能装出一副为恶毒卖国的白痴们感到羞耻的样子。他希望新闻事务行政助理的代理秘书能够注意到他内心的惊恐。

钟开始发出响亮的嘀嗒声，指针距离顶部的红点只有圆弧的四分之一弧度。屏幕下面巨型实验室地板上的活动已经停止了。看上去一丁点儿大的人们麇集在两个靠在一起的大型发亮的金属球体周围，多数人目不转睛地观察着表盘和配电板；一些人完成了任务，正在跟身穿黑色工作服的安全局警卫们闲聊。

“我们差不多准备就绪，要开始实施潜望行动计划了。我们之所以把它称作潜望行动计划，是因为从某种意义上说，我们正在把一个潜望镜伸入过去——这个潜望镜将拍摄照片，录制从 1.5 万年前到 40 亿年前各个时期的图像和事件。我们觉得，考虑到伴随这次实验的各种紧要的情况——国际的、科学界的——使用‘十字路口’行动计划这一名称会比较合适。不幸的是，这个名称已被另一个实验——呃，预先占有。”

人人装得对另外那个实验一无所知，好像连续几年盯着关锁的图书馆书架那样耳聋目塞。

“没关系。现在我简要给你们介绍一下布鲁克林工程安全局所开拓的追时实践的背景。什么事，布拉德利？”

布拉德利又稍稍从椅子里抬起身子。“我一直在纳闷——我们知道已经有了一个曼哈顿工程，一个长岛工程，一个韦斯特切斯特工程，现在又有个布鲁克林工程。那么有没有一个布朗克斯工程呢？我是布朗克斯人；你知道，这是出于家乡自豪感嘛。”

“不错，完全可以理解。然而，倘若有个布朗克斯工程的话，你可以肯定，在它的工作胜利完成之前，外界知道它存在的只有总统和安全局局长两个人。假如——我说假如——有这样一个机构的话，世界将会像了解韦斯特切斯特工程那样出于意外突如其来地了解到这个工程。我想世界不会很快忘记这一点的。”

他带着追思的神情轻轻地笑了笑，记者们应声笑了，卡尔皮佩笑得比其他人响亮。时钟的指针接近了红点。

“是的，先有个韦斯特切斯特工程，现在又有这个工程；我们国家这就安全了！你们是否意识到追时机把一种多么宏伟的武器放在咱们民主的手中？只要考察一个方面——想一想在追时机的使用得到充分重视之前康尼岛和弗拉特布什出了什么事。

“最初做实验的时候还不知道牛顿第三运动定律——作用力等于反作用力——也适用于时间，如同这一定律适用于其他三维空间一样。当第一个追时机受激发用 1/9 秒进入过去时间的时候，整个实验室被反推进入未来，使用的时间也是 1/9 秒，回来的时候已是处于一种——呃，面目全非无法辨认的状态。顺便提一下，这个事实妨碍了进入未来的旅行。设备似乎经受了惊人的改变，没有人能够经受这种改变继续活下去。诸位是否意识到，仅仅利用这种特性我们就能给敌人以什么样的打击？当一定质量的追时机接近敌国的时候把它送过去，这就迫使那个国家进入未来——这一切是同时发生的——那个国家返回现在的时候全部人口都成了腐尸而没有一个活人！”

他望着下面，双手反剪在背后，用脚后跟踱着步。“因此你们见到地板上有两个球体。只有一个，就是右边的球体，里面装着追时机。另一个是模拟球体，质量与前一个完全相同，用作反向平衡体。当追时机受激发的时候，它将会深入到过去 40 亿年，拍摄地球的照片，那时的地球还是个半液态、部分气态的大团物质，在初始的太阳系中迅速固化。

“同时，模拟球体将被反推 40 亿年进入未来，从那时返回的时候面目全非，其原因我们不完全明白。这两个球体将在我们所谓的‘现在’互相碰撞，再次反弹到第一次旅行大约一半的年代距离，在那一点时间上咱们的追时装置将录制近乎固体地球的资料，那时地球上地震此起彼伏，可能有亚生物以某种复杂的分子形式存在。

“每次碰撞以后，追时机都返回前次行程的大约半数年份，每次自动收集资料。我们期望它接触的地质和历史时期在你们的油印纸上列于Ⅰ至XXV项；当然，两个球体停下来之前会有25次以上的碰撞，但是科学家们认为，25次之后，球体接触各个时期的时间十分短暂，不能摄制许多照片图像和其他材料。记住，在终了的时候，两个球体将在适当位置颤动，然后停息下来，因此尽管它们还在探访现在两边几个世纪的过去和未来，这几乎是觉察不出的。有人要提问，我知道了。”

卡尔皮佩旁边穿灰色花呢装的苗条女士站立起来。“我——我知道这是离题的，”她开口说，“可是我一直没有能够在适当的时机把我的问题提出来讨论。秘书先生——”

“是代理秘书，”圆脸蛋穿黑衣的矮子亲切地对她说，“我只是代理秘书。请接着说。”

“呃，我想说——秘书先生，到底有没有什么办法可以减少实验后的检查时间？在派克峰里头花费两年时间太长了，唯恐我们之中有人看到的东西太多又完全没有爱国心，对国家造成危险。一旦我们的报道通过了审查，在我看来，我们在一个安全期，比如说三个月之后，就可以得到允许回家去。我有两个幼小的孩子，这里还有其他人——”

“别扯到别人，布赖恩特太太！”安全局的人嚷道，“这位是布赖恩特太太，对吧？是妇女杂志业辛迪加的布赖恩特太太吧？阿勒克西丝？布赖恩特太太。”他似乎在脑子里做着细致的笔记。布赖恩特太太坐回到卡尔皮佩身边，拿着修正了的安全法规、介绍布鲁克林工程的专用小册子和那张油印薄纸紧紧捂着胸脯。卡尔皮佩移动身子靠到椅子另一边的扶手上。干吗什么事都落到他头上？更糟糕的是，那个疯娘儿们噙着眼泪望着他，似乎希望得到他的同情。卡尔皮佩茫然望着前方，翘起二郎腿。

“你们必须留在布鲁克林工程的管辖范围之内，因为只有这样，安全局才能确保在改换你们不认识的装置之前重要情报不致于泄露出去。你本来可以不来的，布赖恩特太太——是你自愿来的。你们都是自愿来的。当你们的编辑选派你们作为最佳人选来跟踪报道这次实验的时候，你们完全有特别民主的权利可以予以拒绝。你们没有人拒绝过。你们认识到，拒绝这一殊荣将会表明你们未能以国家安全为重，并且实际上意味着你们从通常两年检查时间的立场出发对安全法规本身进行了批评。就说眼前的事吧！因为有人，布赖恩特太太，像你一样被认为能干又可靠，竟会在这最后时刻跳出来提出这样一个请求，这种人使我，不，这种事，”这位矮子降低嗓门悄悄他说，“这种事简直使我怀疑我们安全局的甄别法效果。”

卡尔皮佩怒气冲冲对布赖恩特太太点点头，以示他赞同代理秘书的高见，那位太太咬着唇，装出一副认真的样子，似乎对屏幕显示的实验室地板上的活动怀着莫大的兴趣。

“刚才的问题是离题的，完全离题。这个问题占去的时间我本来打算用于更详细地说明追时机普及的问题及其在工业上的用途。但是布赖恩特太太一定有她女性小小的娇气。我们国家日益受到越来越多敌意和越来越多危险的包围，她对这一点视而不见。对于布赖恩特太太来说，这一切丝毫也没有关系。她所关心的一切只是国家为了她自己孩子的未来更加安全而要求她放弃的两年生活。”

代理秘书揉揉黑色工作服，变得冷静了一些。密室里的紧张气氛稍有缓和。

“追时机立刻就要受激发了，所以我简要提一提追时机将要为我们录制的最令人感兴趣的各个时期，我们期盼着这些时期最有用的资料。首先当然是Ⅰ和Ⅱ，因为这是地球形成现有形状的两个时期。然后是Ⅲ，属寒武纪前期，在10亿年前，这是人发现有明显的生命记录的第一代——大部分是甲壳纲动物和水藻。Ⅳ，过去1.25亿年，覆盖中生代的中侏罗纪。这次进入所谓‘爬行纲时代’的旅行可能给我们提供恐龙的照片，并解决它们变色的千古之谜，假如运气好的话，还可能给我们提供哺乳动物和鸟类最初外观的照片。最后，Ⅷ和Ⅸ，第三纪的渐新世和中新世时代，标志着人类最早祖先的出现。不幸的是，追时机到那时将迅速来回摆动，以至于理想录像的可能性——”

锣响了。时钟的指针接触到红点。屏幕下部五个技术员拉了开关，记者们还来不及探出身子，笨重的塑料屏幕上再也见不到那两个球体了。原先放球体的地方空着。

“追时机已经开始进入过去40亿年的行程！女士们先生们，这是个历史时刻——一个意义深远的历史时刻！追时机暂时不会回来，我就利用这段时间强调并揭露一下——呃，慢性哀叹病患者联合会的谬论！”

听众对新闻事务行政助理的代理秘书发出一阵紧张的笑声。十二名记者坐着聆听题外谬论。

“诸位晓得，关于进入过去时间的旅行，他们心中怀着一种恐惧，认为看来最为无害的行为也会造成现在的灾变性变化。你们也许熟悉目前最流行的那种奇谈怪论——假如希特勒在1930年被干掉的话，他就不会逼得德国科学家和后来被占领国家的科学家移居国外，本国就可能没有原子弹，因此就没有第三次原子战争，委内瑞拉就会仍然是南美洲的一个组成部分。

“卖国贼谢森和他的非法联合会将这种假设扩展到包括十分细小

的行为，例如移动一个过去实际上从未被移动过的氢分子。在康尼岛从属工程第一次实验期间，当追时机拨回九分之一秒的时候，十来个不同实验室检查了每一个想象得到的仪器，详尽地搜寻了任何可能的变化。一个变化也没有！政府官员得出结论说，时间流程是一种固定不变的事，从过去，到现在，直到将来，这是无法改变的。可是谢森和他那一帮同谋者不满意：他们——”

Ⅰ. 40亿年前。追时机飘行于沸腾的地球上空一种二氧化硅的朵云里，用自动操作仪器慢慢地收集了地球的资料。地球逸出的蒸汽凝结，化成巨大而闪亮的液滴降落地面。

“——他们坚持认为，在我们再次检查数学方面的问题之前不应该做进一步的实验。他们甚至说，倘若发生变化，我们不可能注意到，也没有任何仪器可以探测出变化。他们声称我们将把这些变化当作一向存在的事物接受下来。得！新闻界的女士们先生们，正当我们国家——也是他们的国家，包括他们的国家——比任何时候都处于更加危险的节骨眼上，居然说出这番话来。你们能——”

他说不下去，在密室里踱来踱去，连连摇头。坐在长条木板凳上的记者全都随着他大摇其头表示同感。

锣声再次响起。屏幕上闪现两个模糊的球体，互相碰击一下，飞入相反的年代方向。

“你们瞧，”这位政府官员对着他上方屏幕里的透明实验室地板挥挥手，“第一次往返摆动已经完成了；什么东西改变了没有，岂不是一切都照旧吗？可是那些持异议的家伙却认为变化已经产生了而我们没有注意到。抱着这种盲目的非科学的观点，不可能分清是非嘛。像这样的人——”

Ⅱ. 20亿年前。大球体拍摄下面燃烧喷发的地面。球体的一些红热外壳噼啪剥落。五六千个复杂分子撞击球体的时候失去它们的基本结构。一百个没有失去。

“——像这样的人，在一天33小时之中会花费30小时磨破嘴皮让你们相信黑不是白，有七个月亮而不是两个月亮[1]。他们特别危险——”

当追时机跟自身撞击的时候，传来柔弱的长音。角落上暖橙色的灯光亮起，它又飞出去了。

“——因为他们有学识，因为有人巴不得他们以无所作为混日子的方式领导工作。”这位政府官员正在迅速地来回踱步，用所有的伪足[2]比画着。“我们面临一个十分困难的问题，目前——”

Ⅲ. 10亿年前。初具形体时被机器杀死的原始三翅脉三叶虫开始湿漉漉飘落。

“——一个十分困难的问题，摆在我们面前的问题是：我们应该什尔克[3]，还是不应该什尔克？”他现在几乎不讲英语了；实际上，有一阵子他压根儿没有在说话。他一直在用一个伪足拍击另一个伪足的方式表述他的思想——如同他历来所使用的方法……

Ⅳ. 5亿年前。随着水稍稍改变了温度，许多不同种类的细菌死亡了。

“——那么，目前就不是搞折衷办法的时候。如果我们能够很好地再生产——”

Ⅴ. 2.5亿年前。Ⅵ. 1.25亿年前。

“——来满足盘旋的五人，那么我们就——”

Ⅶ. 6 200万年前。Ⅷ. 3 100万年前。Ⅸ. 1 500万年前。Ⅹ. 750

1. 从这里开始，直到故事的终了，代理秘书说话变得越来越语无伦次，因为他已经变成一个突变体。
2. “伪足”是动物学术语。作者用伪足描述政府官员的手脚，当然是一种讽刺，同时表明他已经变成突变体。
3. 什尔克，这是作者杜撰的一个词，表示某种未知的非人类语言中的一个动词。政府官员已经不是在用人类的语言讲话，所以显得语无伦次，译文也语无伦次。

万年前。

“——早就不必采用可达到的善行了。那么——”

XⅠ. XⅡ. XⅢ. XⅣ. XⅤ. XⅥ. XⅦ. XⅧ. XⅨ. 砰——砰——砰砰砰砰嗡嗡嗡嗡嗡……[1]

“——我们确实已经准备好折射，我告诉你们，这对于那些兴风作浪和那些攫夺的人大有好处。但是，那些兴风作浪的人将一如既往被证明是错误的，因为攫夺之中有风浪而在风浪之中只有真理。没有必要因为一根睫毛被泪水浸湿就做出改变。追时装置终于停息在辅助车辆里；咱们敏锐地看一看好吗？”

记者们一致赞同，他们肿胀发紫的身体溶化成为液体，漂浮起来，向追时机流去。到达追时机的四方形部件的时候，他们不再发出机械的尖叫声，而是升腾起来，变成固态，重新获得他们涂满黏质物的形体。

“瞧，”新闻事务行政助理的代理秘书变成的那个东西叫道，“瞧，无论多么敏锐！兴风作浪的人错了：我们没有改变嘛。”他得意扬扬地伸出十五团紫色的黏糊糊的东西，“什么也没有改变！”

（江亦川　译）

1. “砰——砰——”，这是两个球体互相撞击的声音，频率越来越高，声音渐渐低落。

社会性的一面

格罗夫·康克林在战后出版了一本意义深远的选集《科幻杰作》（*The Best of Science Fiction*，1946），书中对社会科学和心智科学鲜见于科幻的现象表达了不满。两年后，他的第二本小说集《科幻宝藏》（*A Treasury of Science Fiction*）出版，康克林对社会科幻在这两年间的发展表达了赞许。又两年过去，社会科幻成为一本新刊特别关注的领域——而它不过是相隔一年出现的两本杂志之一。这两份刊物是战后杂志潮的一部分，但是与其他杂志不同的是，它们安然渡过了紧随其后的退潮期。它们以自己的形象，参与到重塑科幻的过程中来。

这两本杂志就是：《幻想杂志》[1]（1949 年秋第一期）以及《银河科幻》（1950 年 10 月第一期）。《奇幻与科幻杂志》的编辑有两位，J. 弗朗西斯·麦科马斯——他曾在 1946 年与雷蒙德·J. 希利合编《时空冒险》（*Adventures in Time and Space*），这是与《科幻杰作》齐名

1. 第二期时更名为《奇幻与科幻杂志》。

的另一本出版于战后的大部头选集——和安东尼·鲍彻。《银河科幻》由 H. L. 戈尔德主编。

麦科马斯、鲍彻和戈尔德三人尝试过创作各类小说，也曾向坎贝尔的《惊异》和《未知》投稿。开始主编自己的杂志后，他们走上了各自不同的方向。鲍彻是《奇幻与科幻杂志》的主编里最显眼的一位，他要求投稿必须具备较高的文学品质，能够满足任何一本杂志的刊发条件（他常常转载其他杂志上的作品，包括无名小刊）。戈尔德则强调故事情节和社会学。

在发表于 1953 年的文章《社会科幻》中，艾萨克·阿西莫夫列举了科幻发展的四个阶段：1815 年到 1926 年的原始形态；1926 年到 1938 年的根斯巴克时期；1938 年到 1945 年的坎贝尔时期；以及其后至今的社会科幻。（后来，他又提出“现代科幻”的概念，并将其分为四个时期：“冒险主导”的 1926 年到 1938 年；“科学主导”的 1938 年到 1950 年；“社会学主导”的 1950 年到 1965 年；“可能是风格主导”的 1965 年后。）他对社会科幻的定义是以“科学进展对人类的冲击”为主题的小说，并将这类小说的源头追溯至 1945 年——这一年，原子弹的爆炸向世人展示了科幻的社会意义。多年来，市面上一直有零星的社会科幻作品发表；坎贝尔鼓励作者创作更多的社会科幻；而《银河科幻》“从一开始，就只发表高级的社会科幻……”

社会科幻在《银河科幻》找到了它真正的归宿。戈尔德不想看到以科学家和工程师为中心的小说，他想要关于普通人的作品，因为普通人才是受科技变革影响最大的群体。科幻的重心从科学文化转向了社会本身。

刊登在坎贝尔《惊异》上的小说，也有一些将未来世界刻画得暗淡无光、假定科学被误用于邪恶目的，或是想象整个人类群体没有变得更好，而是更糟。然而，总体而言，与其说这些作品态度悲观，不如说它们意图警醒世人；未来变糟是因为人类意气用事，不去进行理性思考，而是被恐惧、愤怒、偏见和平民暴力所支配。无论情形多么晦暗，这些作品都显示出这样的信念：只要给予恰当的机会，理性就能挽回局面。

但是，看待科学、技术和未来的方式不止一种，20 世纪 50 年代初的《银河科幻》成为另类视角的大本营，发起了一场提前到来的“新浪潮”。许多作品都在暗示，未来世界说不定并不幸福；实际上，它们的暗示比这要更进一步——未来很可能十分糟糕，而这是因为人类本身就有缺陷，就算不是神学意义上的堕落种族，至少也是进化过程中被毁掉的物种。这些作品——并非全部发表在《银河科幻》上——的基调是悲观的。后来的“新浪潮”将用一种结构性更弱，但更具文体意识的风格，传达一种新的悲观情绪。

虽然二人在方法上有些共同之处，但在作为编辑的行事风格上，戈尔德与坎贝尔属于两种人。和坎贝尔一样，戈尔德也与作者讨论创意，有时直接提供创意，共同修改稿件，甚至要求作者推倒重来。但是，戈尔德有隐居倾向：他与作者的交流大多通过电话，或是在他曼哈顿的公寓里完成。有时他会在不告知作者的前提下擅自对文稿做出改动——多数是修改标题，偶尔在小说的文本上——这常常引来作者的强烈不满。

社会科幻这门艺术有一位偶尔为之的践行者，他就是弗里茨·莱伯。他发表在《银河科幻》第二期（1950 年 11 月号）上的《时尚诱惑》（“Coming Attraction”），拥有一篇合格的社会科幻所需的全部要素。这篇小说不仅推测了核战争的可能性，以及一个丑陋而充满罪恶的社会是否会在核战后出现，还暗中批评了 20 世纪 40 年代晚期的社会趋势。另外，这篇小说在文学上也同样站得住脚。

这篇小说的风格对莱伯而言相对新鲜。之前，他写过具有社会意义的故事，例如1943年连载于《惊异》的《聚集吧，黑暗！》（*Gather*，*Darkness!*，1950），但是将现实主义、符号主义和紧迫的故事结合在一起还是首次。后来，他又继续写了更多的社会科幻，例如《明日约会》（“Appointment in Tomorrow”）——又名《可怜的超人》（“Poor Superman”）、《生意惨淡的一天》（“A Bad Day for Sales”）和《此处即人行道》（“X Marks the Pedwalk”），但是相比刻画现实，这些小说更多是在讽刺现实。他再也没能将《时尚诱惑》中的那些元素成功组合起来，正是这些元素使《时尚诱惑》成为后来十五年中最优秀的科幻小说所仿效的原型，成为将故事、风格和推想进行艺术融合的典范。

莱伯更有名的成就，是开创了“英雄奇幻”（heroic fantasy）这个类型——因为结合了魔法和冷兵器战斗两方面的要素，所以又称“剑与魔法”。围绕法费尔德（Fafhrd）与灰鼠（the Gray Mouser）创作的系列短篇尤其著名，在这个系列中，二人运用自己的精湛的剑术和聪明的头脑闯荡世界，而这个世界与人类历史上很多阶段都有相似之处。莱伯的父亲是著名莎剧演员，在走上写作道路前，莱伯曾经从事包括表演在内的各种职业。1939年，他终于将一篇“灰鼠”小说卖给了坎贝尔的《未知》。

莱伯也是一位百科全书编写者、一位大学教师，还曾担任《科学文摘》副主编长达七年。他的创作是间歇式地迸发出来。在他的早期创作中，最好的作品是《巫师妻子》（*Conjure Wife*，1953），这部长篇于1943年在《未知》杂志上连载，主题是出现在校园里的魔法；它曾三次被改编为电影和电视剧。其他长篇小说有《命运乘以三》（1952）、《绿色千年》（1955）、《银蛋头作家》（1961）和《一个幽灵游荡在得克萨斯》（1969）。他的《大时代》（*The Big Time*，1961）、

《游荡者》(*The Wanderer*，1964)、《暗影之船》(“Ship of Shadows”，1969)获得雨果奖，《死神赌局》(“Gonna Roll the Bones”，1967)获得星云奖，《兰克玛城遭难记》(“Ill Met in Lankhmar”，1970)和《赶上那艘齐柏林》(“Catch That Zeppelin！”，1975)都包揽了雨果奖和星云奖。1981年，美国科幻作家协会向他颁发了大师奖。

（穆童、憬怡　译）

时尚诱惑

［美国］弗里茨·莱伯

一辆轿车从人行道上冲出来，车轮罩上还焊着几个鱼钩，车子轧过道沿儿时上下颠簸，仿佛梦魇伸出鼻子四下嗅探。一个女孩僵立在它行进的方向上，隐藏在面具下的表情应该万分惊恐。这次我没有迟疑，快步走上前，抓住她的手肘猛地向后一拉。黑色裙裾翩然飞舞。

大个儿轿车疾驰而过，发动机嗡嗡作响。我瞥见三张面孔。什么东西被撕裂了。那辆大个儿轿车紧急倒车后驶入街道，我感觉到灼热的尾气冲过脚踝。一团浓烟如黑色花朵般在摇晃的汽车尾部绽放，一条闪亮的黑色碎布挂在鱼钩上迎风飞扬。

“他们撞到你没有？”我问那女孩。

她左右扭动身体想看看裙子哪里被刮破了。她穿着紧身尼龙裤。

“钩子没刮到我，”她颤抖地说，“真是走运。”

周围的人们纷纷议论：

“这些熊孩子！他们接下来还想干吗？”

“都是些祸害。就该被抓起来。”

尖厉的警笛声由远及近，两名全速行进的机动警察追着那辆轿车朝我们的方向呼啸而来。然而那朵黑色的花儿已经化成一团浓烟笼罩住整条街。机动警察紧急转向制动，停在烟云边缘。

“你是英国人吗？”女孩问我，“你有英国口音。”

颤抖的声音从顺滑的黑缎子面具后传出。我猜她的牙齿一定在打战。面具的眼洞上蒙着黑纱，藏在黑纱后的眼睛仔细地打量着我——也许是双碧眼。我告诉她猜对了。她靠近我。“你今晚能来我家吗？”她飞快地问，“我现在没法酬谢你。而且我还有别的事想请你帮忙。”

我的手臂——还轻轻地环在她的腰上——感觉到她在发抖。还没等她把话说完我就答应了她的请求：“当然可以。”她给我一个位于炼狱南部的地址、一个房间号和上门时间。

她问我叫什么名字，我告诉了她。

“那边那个，说的就是你！”

我顺从地转向冲我喊话的警察。离他不远的地方几个人围在一起啧啧不屑地议论着，女人们戴着面具，男人赤裸着面孔。那个警察在黑色轿车喷出的烟雾中一边咳嗽一边让我出示身份证件。我递给他几份主要证件。

他看看证件又看看我。“英国易货商？在纽约停留多久啊？”

按捺住差点脱口而出的“越短越好”，我告诉他大概停留一个星期。

“可能需要你出面做证。”他向我解释，“这些孩子不能对我们使用烟雾。用了就得把他们抓进去。”

看来他认为放烟雾才是危险行为。我向他指出：“他们想撞死那位女士。”

他自以为是地摇摇头。“他们总是摆出这种架势，实际上他们只想从裙子上钩块布下来。我曾经抓过几个钩子手，从他们的房间里搜出五十多条碎裙布，全都钉在墙上。当然，他们有的时候的确靠得太近了。”

我解释说如果不是我一下子把她从车前方拽出来，撞上她的就不只是几个钩子了。但他打断了我：“她要是真以为这是蓄意谋杀，就应该留在这里。”

我四下张望。果然。她不见了。

“她受到了极度的惊吓。”我告诉他。

“谁不是呢？这些孩子连撒旦他老人家都能吓唬住。”

“我的意思是吓到她的不是‘孩子’。他们看上去可一点儿都不像‘孩子’。”

“那像什么？”

我试图描述那三个人的相貌，没能成功。邪恶歹毒与女里女气这种模糊的印象说明不了什么。

“好吧，我说的可能也不准。”他终于松口，“你认识那女孩吗？她住哪？”

“不认识。”我的话半真半假。

另一名警察挂起对讲机，踢着一缕缕逐渐消散的烟雾，溜达着朝我们走来。黑色烟云已经掩盖不住道路两旁建筑物破败肮脏的外立面，五年前的放射性灼伤也显露出来。我可以逐渐看清远处帝国大厦的残垣断壁，像一根残破的手指戳在炼狱地区。

“还没抓住他们。”向我们走来的警察抱怨道，“据瑞恩说，他们在五个街区都放了黑烟。”

第一个警察摇摇头。“太过分了。”他严肃地四下扫视。

我有点不安，有点羞愧。作为英国人不应该说谎，至少不能因为一时冲动而撒谎。

“真是一帮混蛋。”第一个警察仍然用阴沉的语气说，“我们需要证人。看起来你的纽约之旅要延长了。”

我明白了。我说：“忘了给你看我的全部证件。”同时递给他另外几份证件，并确保里面混夹着一张五美元的钞票。

当他把证件递还给我时，他的声音就没那么恐怖了。我的负罪感烟消云散。为了巩固我们之间的友谊，我和他们两个聊起了他们的工作。

“我估计这些面具给你们添了不少麻烦。”我看着街上的人说，“整个英国都知道你们这边最近冒出了很多蒙面女匪，报纸上写的。”

“写得太夸张了。”第一个警察向我保证，“真正把我们搞晕的是那些戴着面具伪装成女人的男人。不过，兄弟，我们只要一抓住他们就跳起来用两脚踩住他们。”

“马上就能认出是不是女人，就和没戴面具一个样。”第二个警察主动接着说，“你明白的，看手和其他部位。”

“尤其是其他部位。”第一个警察咯咯笑着表示认同，“听说有些英国女孩不戴面具，是真的吗？”

“有那么几个跟风的。”我告诉他，“但是不多，只是追逐最新潮流的那些人，不管是多奇特的时尚。”

“我在英国的新闻里看到她们总是戴着面具。”

“应该是为了迎合美国人的口味故意安排的。”我向他坦言，“实际上没有多少人戴面具。”

第二个警察想象了一下。“走在街上的女孩们，脖子以上一览无余。”看不出他对这种情景是兴致勃勃，还是打心眼儿里感到厌恶。也许二者皆有。

“有几个议员一直在劝说议会通过一项法案，禁止佩戴面具。”我接着说，可能说得有点多。

第二个警察摇摇头。“这是什么主意。你看，面具可是个好东西，兄弟。再过几年我会让我老婆在家门口也要戴上面具。”

第一个警察耸耸肩。“如果女人们不再戴面具，六个星期之后你就感觉不出和之前有什么不一样了。只要做某件事的人足够多，你就会习以为常。”

我遗憾万分地表示赞同，然后离开了他们。我转身向北走进百老汇（我确信这里就是原来的第十大道），迅速地走出炼狱。通过这样一片未经净化的辐射区总是让人觉得毛骨悚然。感谢上帝英国没有这样的区域——目前还没有。

街面上空空荡荡，只有几个乞丐向我乞讨。他们的脸上布满氢弹辐射导致的道道伤疤，至于是真的还是化装的效果，我无法分辨。一个肥胖的女人抱着孩子，孩子的手指和脚趾间长着蹼。我告诉自己遭受辐射后肯定会变成畸形，谁都会对核弹引发的变异感到恐惧，她只是在利用这一点。不过我还是给了她一枚七点五美分的硬币。她的面具让我觉得自己正在向一尊非洲雕像奉上供品。

“祝你所有的孩子都只有一个脑袋两只眼睛，先生。”

“谢谢。”我打了个寒战，快步从她身边走开。

“……面具后面只是垃圾，所以转过脸，专注于你的任务：远离，远离——那——些——女——孩！”

后面这句是一首反对性行为歌曲的结尾部分。唱歌的是几个教徒，同教徒们隔着半个街区的是一座女神殿，殿外有“圆圈十字”的徽记。他们让我隐约想起我们英国的一小群修士。在他们头顶上方，几个广告牌胡乱排列在一起，宣传着简易食品、摔跤课程、手持无线电对讲机，以及诸如此类的东西。

我看着那几条歇斯底里的广告语，字里行间透露出惹人讨厌的魅惑感。自从美国禁止在广告中出现女性的面孔和身体，广告商的字母表里就爬满了带有性意味的字母——挺胸凸腹的B、下流的双

O。不过我还是提醒自己，在美国莫名凸显性意味的事物主要还是面具。

来自一名英国人类学家的观点：人类花了五千年时间把性的主要关注点从臀部转移到胸部，而接下来向脸部的转移只用了不到五十年。

抛开理论不谈，这股潮流实际源自第三次世界大战时期的反辐射服装。这种服装首先引出了面具摔跤这一在当下空前流行的运动，随后又引领了现在的女性时尚。面具在最初只代表一种狂野风格，但很快就和世纪初的文胸和口红一样成为女性的必需品。

我终于意识到我并不是对每个面具后的面孔都感到好奇，我只是特别想看到那一个面具后的面容。真是令人饱受煎熬；你没法确定一个女孩是在利用面具增添情趣，还是利用它掩盖丑陋。我描绘出一张冷酷美艳的面庞，只有圆睁的双眼中流露出恐惧。随后我想起她的一头金发，在黑缎子面具的映衬下愈显丰盈。她让我在二十二点——也就是晚上十点去找她。

我沿着梯子爬上我那邻近英国领事馆的公寓楼；它的电梯井在一次爆炸中被挤压得变了形，使它成为纽约高层建筑中的异类。没等我想起来还要再出一趟门，就已经习惯性地从衬衫下面撕下一块胶片。我让胶片显影，以防万一。胶片显示我今天受到的辐射总量仍在安全标准范围内。我并不像当前的很多人那样对辐射谈之色变，但是也没有必要冒险。

我重重地倒在沙发床上，目不转睛地盯着组合电视上沉默的扬声器和黑漆漆的屏幕。和往常一样，它们让我想起了这个世界上的两个大国，心情有点苦涩。两国一直相互残杀，至今威力不减，它们是残缺不全的巨人，在做着追求平等和获得胜利的春秋大梦的同时，不断地毒害着这颗星球。

我焦躁地打开扬声器。很幸运，播音员这时正在激动万分地预测小麦大丰收的美好前景，小麦通过飞机播种，洒下的种子雨滋润了整片风沙侵蚀地区。我又专注地听了其余的节目（这里的广播竟然没受到俄国电磁干扰的影响，可真是个奇迹），没有我感兴趣的东西。当然，广播中也没有提到月亮，不过每个人都知道，为了能够向地球发射名目繁多的各种核弹，实现向对方进行军事打击，美国和俄国争相把各自的主要军事基地升级成军事堡垒。我来这里就是为了用英国的电子设备和美国的小麦做贸易兑换，而我自己非常清楚这些电子设备注定会被用在太空飞船上。

我关掉广播。天色逐渐变暗，我再一次在脑海中描绘出一个隐藏在面具之后温柔又惊慌的面孔。离开英国以后我就没再约会过。在美国想要结识一个女孩简直比登天还难，常常是你刚露出一个笑容，她们就会叫喊要报警——更别提由于日益严苛的道德标准和四处游荡的团伙，大多数女人在天黑后都不会出门。面具也就顺理成章地有了新的含义，它绝对不是——像苏维埃政府声称的那样——资本主义退化堕落之后的最新产物，它是一种象征，显示出内心极度的不安全感。俄国人不戴面具，但也有表现自己精神压力的标志物。

我走到窗边不耐烦地看着夜幕合拢。我变得坐立不安。很快南方的天空中聚集起幽灵一样的紫罗兰色云团。我的头发根根竖立。随后我放声大笑。看到它的一瞬间我还以为那是从“地狱核弹”的弹坑中升起的辐射尘埃，其实我应该立刻想到，那不过是电磁波在炼狱南部娱乐和住宅区上空引起的发光现象。

二十二点，我准时站在未知女友的公寓门前。电子门禁询问我的姓名。我清晰地回答：“威斯顿·特纳。”不知道她是否已经把我的名字输进了这台设备。显然她这么做了，因为门开了。我走进一间小小的起居室，心脏跳得有点快。

房间里摆放着昂贵的最新式充气座椅和气垫床。桌子上放着几本微型书。我随手拿起一本看了看，一本标准的冷硬派侦探小说，讲的是两个女杀手持枪追杀彼此的故事。

电视开着。一个戴面具的女孩在屏幕上哼唱着一首情歌。她的右手拿着某样东西在前景中晃来晃去。我看到电视上有个数据手套样的东西，英国的电视上还没有这种装置，就好奇地把手伸进屏幕旁的手形孔里。出乎我的意料，感觉并不像滑进一只脉动的橡胶手套，反而像是屏幕上的女孩真的握住了我的手。

身后的门突然打开。我猛地抽出手，感到一阵心虚，就像透过钥匙孔偷窥而被人当场抓住一样。

她站在卧室门口。看得出她在颤抖。她穿着带白斑点的灰色毛皮外套，戴着灰色天鹅绒的夜用面具，面具上嘴巴和眼睛周围点缀着灰色的蕾丝。她的指甲上闪烁着银色的光芒。

我没想到她要和我一起出去。

“我应该早点儿告诉你。”她柔声说。面具紧张地转向那几本书、电视屏幕和房间里昏暗的角落。“但我不能在这儿跟你谈。”

我迟疑地说：“领事馆旁边有个地方……”

“我知道一个可以说话的地方。”她马上说，“如果你不介意的话。”

我们走进电梯时我说：“我已经让出租车开走了。”

不过出租车司机出于自己的理由还没有离开。他跳出驾驶室，满面堆笑地为我们打开车前门。我告诉他我们想要坐在后面。他不高兴地打开车后门，等我们上车后砰的一声关上车门，跳进驾驶室，随后又是砰的一声。

我的同伴俯身向前。“天堂。”她说。

司机启动发动机，打开车载电视。

“你当时为什么问我是不是英国人？”我挑起话头。

她向外靠了靠，面具贴在车窗上。“你看月亮。”她用梦呓般的声音快速地说。

“到底为什么，说真的？”我压住怒意，意识到自己生出一股无名之火。

“它已经升到了那片紫色天空的边缘。”

“你叫什么名字？”

“紫色衬得它看上去更黄了。”

此时我才发现自己愤怒的根源。它就存在于出租车前座司机旁边那一方扭动的光亮中。

我并不排斥普通的摔跤比赛，虽然觉得很无聊，但我极其憎恶观看男人和女人扭打在一起。参加比赛的男选手全都魁梧壮硕，戴面具的女选手个个年轻漂亮，而实际上这种比赛在某一方面还堪称“公平公正”，让我对此更加不屑。

“请把电视关掉。”我向司机提出要求。他没看过来，只是摇摇头。“哦，哦，伙计，”他说，“那位宝贝儿为了这次和小泽尔克对战可是准备了好几个星期呢。”

我怒火中烧，向前探身，我的同伴却抓住我的手臂。“求你。”她惊慌地摇着头低声说。

我坐了回去，垂头丧气。她坐得离我近了一点儿，但是保持沉默，接下来的几分钟里我盯着电视屏幕，观看强壮的面具女孩和同样戴着面具的精悍对手近身肉搏扭打在一起。男选手疯狂地张牙舞爪的样子让我想起了雄蜘蛛。

我猛地转头面对我的同伴，尖锐地问她：“为什么那三个人想杀你？”

面具上的眼洞正对着屏幕。“因为他们嫉妒我。”她轻声说。

“他们为什么会嫉妒？”

她仍然没有看我。“因为他。”

“谁？”

她没回答。

我又问：“出了什么事？”

她仍然没看向我这边。她可真好闻。

“你看，”我笑着说道，改变了谈话策略，“你总得和我说点什么跟你有关的事情。我甚至都没见过你真实的样子。”

我半开玩笑地抬手伸向她脖子上的绑带。没想到她立刻把我的手扇了下去。我在突如其来的疼痛中抽回手。手背上现出四个小凹痕。我眼睁睁地看着其中一个冒出了小血珠。我看着她的银色指甲，发现她竟然戴着金属指甲套，精巧又尖锐。

“真是非常抱歉，”我听到她说，“但是你吓到我了。我还以为你要……”

她终于转身面对我。她的大衣敞开，露出里面“克里特复兴”牌子的晚礼服，礼服下的蕾丝束胸衣毫无遮掩地托起她的双乳。

“别生气嘛。”她的手臂绕上我的脖子，“你今天下午的表现很棒。”

柔软的灰色天鹅绒面具勾勒出她的面庞，紧贴上我的脸颊。温暖湿润的舌尖透过面具上的蕾丝添上我的下巴。

“我没生气。”我说，“就是很迷惑，还急切地想帮你。”

出租车停了下来。道路两旁都是黑洞洞的窗口，窗框上布满尖锐的碎玻璃。几个衣衫褴褛的身影在病态的紫色夜光中朝我们慢慢走来。

司机含混地说：“发动机不行了，伙计。咱们就停这儿了。”他缩在座位上一动不动。“要是在别的地方熄火还没那么糟。”

我的同伴悄声说：“五美元应该就够了。”

她看着车外聚集起来的人群，惊慌失措的样子让我压下心中的气愤，听从了她的建议。司机一言不发地接过钞票。就在汽车启动的时候，他把手伸出车窗外，我听到几枚硬币落地的声音。

我的同伴又回到我怀里，但她的面具朝向电视屏幕，屏幕上高挑的女孩已经把小泽尔克压在地上，后者的双腿只能徒劳地乱踢一气。

“我好害怕。”她低声说。

“天堂”原来是邻近的一个街区，和别处一样荒芜，不过这里有家带凉棚的俱乐部，穿制服的大块头门童活像个宇航员，就是衣服的颜色太花哨。心猿意马的我觉得自己非常中意这里。我们下了出租车，正好看到人行道上走来一个醉醺醺的老太太，脸上歪歪扭扭地戴着面具。走在我们前面的一对儿看到那张半遮半露的脸后立刻转头，仿佛在沙滩上看到一具丑陋的躯体。在跟着他们走进俱乐部时，我听见门童说：“走开，老太太，戴好你的面具。”

室内昏暗，闪着蓝光。她之前说我们可以在这儿交谈，我却没看出来。除了不可避免的咳嗽和打喷嚏的声音（据说近来有一半美国人都患上了过敏症），还有一支乐队在震耳欲聋地演奏比勃普爵士乐，这种音乐先由电子作曲器把随机挑选的音调排列在一起，乐师们再根据自己的喜好把刺耳的旋律编进去。

客人基本都坐在卡座里。乐队在吧台后面。乐队旁边有个小舞台，一个女孩正在上面跳脱衣舞，全身上下只剩下面具。吧台远端阴影里坐着几个男人，没人看向那个女孩。

我们看过墙上的金字菜单，按下按钮点菜：鸡胸肉、炸虾和两杯苏格兰威士忌。服务铃很快就响了。我打开锃亮的面板拿出饮品。

吧台那边的几个男人起身依次向门口走去，不过在动身之前他们先把整个房间扫视了一遍。我的同伴刚刚脱下外套。他们朝我们的卡座多看了几眼。我注意到他们一共有三个人。

乐队用一阵爆音赶走了跳舞的女孩。我递给我的同伴一根吸管，两人抿了一口酒。

“你之前说想让我帮你。”我说，“顺便提一下，你真可爱。”

她立刻点头致谢，向四周看了看，俯身向前。“如果我想去英国会很困难么？”

“不会。”我答道，稍微向后坐了坐，“只要你有美国护照。”

“护照难申请吗？”

“很难。”我对她的一无所知感到惊讶，“你的国家不喜欢让自己的国民出国旅行，虽然没有俄国那么严苛。”

“英国领事馆能帮我弄到护照吗？”

“他们恐怕很难……”

“你能吗？”

我觉察到有人在看着我们。一个男人和两个女孩从我们桌对面走过。两个女孩个头高挑，戴着亮闪闪的面具，像狼一样。那个男人得意扬扬地走在她们中间，像只直立行走的狐狸。

我的同伴并没看他们，但还是往后坐了一点。我注意到其中一个女孩的小臂上有一大块黄色的瘀痕。他们很快走进阴影深处的卡座里。

“认识他们？”我问。她没回答。我喝光了自己的酒。“我不知道你会不会喜欢英国。”我说，“那边生活的艰苦和你们美国的悲惨方式完全不是一个类型。”

她再次向前俯身。“但我必须离开。”她轻声说。

“为什么？”我有点不耐烦。

“因为我实在是太害怕了。”

铃声响起。我打开面板，递给她一份炸虾。我点的鸡胸肉上浇着热气腾腾的混合酱汁，里面有杏仁、大豆和姜，味道鲜美。不过用来解冻加热的微波炉一定出了什么故障，因为我一口下去就嘎吱一声咬到了肉里的冰核。这些精密的仪器需要经常检修，然而没有足够数量的机械师。

我放下叉子，问她："你到底在害怕什么？"

这次她的面具没有犹豫地转向一边。即便没说出口，在等待她回答的同时，我也能感觉到她的恐惧越来越强烈，微小的黑暗阴影蜂拥而出涌入扭曲的夜色，聚集在纽约充满辐射令人生厌的街头巷尾，侵蚀着紫色天际的边缘。我的同情心油然而生，一心想要保护对面的女孩。在出租车中产生的迷恋，又增添上一缕温情。

"所有一切。"她最后说。

我点点头，握住她的手。

"我害怕月亮。"她开始述说，她的声音变得和在出租车中一样梦幻缥缈，"一看到它就不能不想到制导核弹。"

"英国的天上挂着同样的月亮。"我提醒她。

"可它不再是英国的月亮了。它是我们的，是俄国的。你们不用对它负责。"

"哦，还有，"她的面具稍稍歪了一下，"我害怕街上的车辆还有那些帮派还有孤独还有炼狱。我害怕想要扯下你的面具的那种欲望。还有——"她轻声地说，"我害怕摔跤手。"

"什么？"等了一会儿，我柔声地追问。

面具靠向我。"你了解那些摔跤手吗？"她飞快地问，"我是说和女人摔跤的那些人。你知道吗，他们经常会输掉比赛。然后他们就需要找个女孩在她身上发泄挫败感。就是那种柔柔弱弱又惊恐万分的女孩。他们需要这么做，这能让他们觉得自己还是个男人。其他人不想让他们占有这种女孩。其他人只想让他们打赢台上的女人成为英雄。但是他们一定要有个女孩。这对她来说太恐怖了。”

我紧紧攥住她的手指，好像这样就可以把勇气传递给她——如果我有勇气的话。“我能带你去英国。”我说。

一团阴影爬上餐桌静止不动。我抬起头看到之前坐在吧台那边的三个男人。他们就是大个儿轿车里的那几个人。他们穿着黑色毛衣和黑色紧身裤。他们像嗑了药一样面无表情。两个人站在我身后，另一个逼近那个女孩。

“你，滚开。”这是对我说的。我听到另一个人对女孩说：“来和我们玩摔跤吧，小妹儿。你想玩什么？柔道、拳击、还是‘不死不休’？”

我站起身。英国人一定要不畏邪恶，挺身而出。这时那个狐狸一样的男人像个芭蕾舞明星一样游走过来。那三个人的反应让我大吃一惊。他们突然显得极为窘迫不安。

他冲他们冷冷一笑。“这种小把戏可不会讨我开心。”他说。

“别误会，泽尔克。”其中一个人向他乞求。

“要是我没猜错，这可不是误会。”他说，“她和我说了你们今天下午做的那些事。同样不能取悦我。滚。”

他们狼狈地退了几步。“咱们走吧。”他们转身时，其中一个人大声地说：“我知道一个地方，在那儿可以脱光了用刀子对拼。”

小泽尔克大笑着滑进我同伴身边的座位里，笑声富有音乐感。她缩起身体尽量远离他，只拉开一点点距离。我坐回自己的座位，俯身向前。

“宝贝儿，你这位朋友怎么称呼？”他问话时没有看她。

她用一个不明显的姿势把问题传给了我。我向他做了说明。

“英国人。”他看着我，“她是不是问你怎么离开这个国家？问了护照的事？”他笑得很开心。“她总喜欢计划逃跑。是不是，宝贝儿？他的小手一下一下地抚摸着她的手腕，手指弯曲，青筋暴露，仿佛随时要扭断她的手腕。”

“听着。”我严厉地说，“感谢你赶走了那几个无赖，但是——”

“别在意。”他说，“离开方向盘他们什么也伤害不了。经过训练的 14 岁女孩都能废了他们。要我说，就连坐在这儿的希达都可以，如果她受训去参加那种比赛……”他转向她，他的手离开她的手腕攀上她的头。他继续抚摸，让她的头发从手指间慢慢滑落。“你知道我今晚输了，是吧，宝贝儿？”他轻柔地说。

我站起身。“我们走吧。”我对她说，“离开这里。”

她坐着不动。我看不出她是否在颤抖。我试图透过面具读懂她的眼神。

“我会带你走。”我对她说，“我能做到。真的能做到。”

他笑着对我说：“她会跟你走的。是不是，宝贝儿？”

“你到底跟不跟我走？”我问她。她还是坐着不动。

他的手指慢慢地攥紧她的头发。

“听着，你这只小臭虫，”我大声喊道，“把你的手拿开。”

他像蛇一样从座位上站起身。我不是拳击手。我只知道我越恐惧，打出的拳就越准越狠。这次我很幸运。然而就在他被打翻在地的时候，我感到脸上被扇了一个耳光，面颊上还有四处被刺伤的疼痛。我捂住痛处。我能感觉到她锋利的指套在我的脸上划出四道深深的伤口，温热的鲜血正从伤口中渗出。

她没看我，而是俯身抱住小泽尔克，面具紧贴在他的脸颊上，低声哼着：“好了，好了，别难过，过一会儿你可以打我。”

在我们周围响起议论声，但没人上前。我弯下腰扯掉她的面具。

我真不明白为什么自己会认为她的面容有多么与众不同。她的面色极其苍白，当然是这样，而且完全是素颜。我猜因为戴着面具理所当然没必要化妆。眉毛凌乱，嘴唇皲裂。如果用语言来形容我全部的感觉，形容看到这张脸时在心中蔓延翻腾的感觉——

你有过从潮湿的地上翻开一块石头的经历吗？你见过黏黏滑滑的白色蛆虫吗？

我低头看她，她仰头看我。“是啊，你被吓坏了，是不是？”我讥讽她，“你害怕这出夜间闹剧，对不对？你简直要被吓死了。”

随后我径直走入紫色的深夜，我的手还捂在流血的脸颊上。没人阻拦我，那两个摔跤女孩也没有。我真想从衬衫底下撕下一块胶片，就地做个检测，然后发现自己受到过量辐射，这样我就可以要求越过哈得孙河然后南下去新泽西，穿越纽约湾海峡核弹区经久不散的辐射，抵达桑迪胡克半岛，在那里等待锈迹斑斑的轮船，最终漂洋过海返回英国。

（王迪　译）

膨胀中的宇宙

二战的结束使蓄积已久的大量需求得到释放，各类物资亟待补充，科幻小说也在其列。曾经为战胜轴心国所倾注的丰沛能量，如今流入了其他事业当中。科幻小说的现实意义得到证明：原子弹在广岛上空爆炸，V-2 火箭袭击伦敦，实验室里发明出成百上千种奇迹，全都用字母缩写命名，如 JATO、RADAR 和 SONAR[1]。一切都在昭示着，未来不仅充满技术变革，还充满新的语言。许多人憎恨这样的未来；其他人转而向科幻寻求帮助。

其中一些多余的能量被错误地用在了创办某些科幻杂志上，它们的存续时间往往不过一到两个季度。一些能量流入了粉丝出版社，它们将刊登在杂志上的往期热门小说重新出版；尽管粉丝出版社一个接一个地倒下，它们取得的惊人成绩却被主流出版商发现，很快，科幻就成了出版光谱上不起眼但必要的一部分。当平装本的初版小说[2]开始为读者所接受时，科幻找到了一个更加天然的媒介，首先是

1. 分别是喷气起飞助推、无线电侦测定距（即雷达）、声音导航测距（即声呐）的缩写。
2. 指未经其他渠道发表，直接出版为图书的作品。

在王牌和巴兰坦图书公司，接着是其他平装书出版社。

海因莱因 1950 年的电影《登陆月球》(*Destination Moon*)，以及同年的电视剧《太空军校学员》[1](*Space Cadet*)大获成功，这带动了一批电影和电视剧的出现，但是其中大多已不值一提。不过，《禁忌星球》(*Forbidden Planet*)、《天外魔花》(*Invasion of the Body Snatchers*)——1956 年唐·席格版，不是 1978 年的翻拍版——和《太空英雌芭芭丽娜》(*Barbarella*)，以及一些改编自威尔斯小说的电影成绩突出，在电影无力承载科幻题材的普遍现状下显得鹤立鸡群。接着，由阿瑟·C. 克拉克（Arthur C. Clarke）和斯坦利·库布里克（Stanley Kubrick）合作的《2001：太空奥德赛》(*2001: A Space Odyssey*)横空出世。

这是第一部不需为个中缺憾做辩解的科幻电影。批评家也许会吹毛求疵于人工智能 HAL 的行为缺乏合理的理由（机器人学三大法则呢？），或是结局晦涩难懂，但它科幻感十足，主题宏大，特效震撼人心，并且没有将智慧的思考淹没在戏剧情节中。看上去，那个世界——未来本身——确实有人居住其中，有着日常生活的气息。库布里克拥有其他电影制作人欠缺的那种理解能力，足够的影响力和经济支持又让他避免了被迫妥协的下场。这部电影在艺术和经济上的成功，为后来的《星球大战》(*Star Wars*)和《第三类接触》(*Close Encounters of the Third Kind*)铺平了道路。

对合作拍摄这部电影及撰写后续长篇小说而言，克拉克无疑是最佳人选。当库布里克提出想要拍摄科幻片的意愿时，他与克拉克恰巧共用着同一位经纪人，这一点也促成了这次合作。克拉克早年间与英国星际协会有很多往来——他在 17 岁那年就成为协会会员，

---

1. 这里指的是《太空军校学员汤姆·科比特》(*Tom Corbett, Space Cadet*)。这部剧集并非海因莱因编剧，但确实受到海因莱因 1948 年的长篇小说《太空军校学员》的启发。

19 岁成为财务主管，最后甚至当上会长——自那以后，克拉克一直在探索新的领域。1945 年，他在《无线世界》上发表了“地外中继”开发的项目大纲[1]，后来，他将这次经历记录在一篇文章里——《我如何在业余时间损失十亿美元并发明“电星”》[2]。

他以职业身份创作的首部科幻小说发表于 1946 年，此前他曾于二战期间在英国皇家空军服役。他投给《惊异》的第二篇小说《救援队》（“Rescue Party”）受到特别欢迎，于是他开启了同时创作虚构和非虚构作品的职业生涯，并在两个领域都大放异彩。他的科普创作很早就得到认可：《探索太空》（*The Exploration of Space*）入选每月好书书友会的书单，获得了国际幻想小说奖；1962 年，他因图书和文章创作的贡献，被联合国教科文组织授予了羯陵伽普及科学奖；后来，他获得了富兰克林研究所的金奖章。

克拉克的小说有三种截然不同的风格：对未来的推想、对才思的运用和对神秘的敬畏。他用创作非虚构作品时那种直接、不容置疑的风格推想未来，这样的作品有《太空序曲》（1951）、《火星之沙》（1951）、《地球之光》（1955）、《海底牧场》（1957）和《月尘陷落》（1961）。他运用自己巧妙的才思，创作了《历史课》（1949）、《捉迷藏》（1949）、《神的九十亿个名字》（1953）和《白鹿酒吧故事集》（1957）。他的神秘主义思想——有时用诗意的手法表达出来——为他带来了短篇《星》（1955），后来改写为《城市与群星》（1956）的《夜幕未落》（1948），以及他最有名的长篇小说《童年的终结》（1953）——促使他对人类终极命运进行思考的那种末世论情绪，也许在这部作品中得到了最清晰的表达。

---

1. 这篇文章是 1945 年 10 月载于该刊的《地外中继方案：箭载电台能够实现全球电波覆盖吗?》。
2. “电星”（Telstar）或译“电视之星”，是今天仍在使用的一系列通信卫星的名字。试验性的“电星 1 号”是第一颗具有跨洋转播电视信号能力的卫星，发射于 1962 年，其基本理念沿袭了 17 年前克拉克提出的地球静止轨道通信，克拉克本人也因此被称为“通信卫星之父”。

他的短篇小说《星》曾获得雨果奖。他的中篇小说《遭遇美杜莎》（“A Meeting with Medusa”）获得1972年的星云奖，长篇小说《与罗摩相会》（*Rendezvous with Rama*）获得1973年的雨果奖、星云奖和坎贝尔奖三大奖项，而他本人也获得1985年的美国作家协会大师奖。1979年出版的长篇小说《天堂之泉》（*The Fountains of Paradise*）横扫了雨果奖、星云奖和坎贝尔奖[1]。在那之后，他为《2001：太空奥德赛》创作了两部续作，并且与金特里·李（Gentry Lee）合写了多部作品，其中最有名的是对《与罗摩相会》的续写。自传《惊奇的时光》（*Astounding Days*）聚焦克拉克早年接触科幻的经历，是对科幻这一文类的珍贵贡献。他还在几档关注奇异现象的辛迪加式电视节目[2]中担任主持人，这几档节目都冠以克拉克的名字，因而让克拉克获得了一些名声。

克拉克对自由潜水的痴迷，让他从英格兰移居澳大利亚大堡礁，并最终前往锡兰（今斯里兰卡）。从1956年起，他定居锡兰，不过仍然因出差和巡回讲座频繁外出，这种情况只在最近才有所减少。无论以艺术还是商业成功来论，克拉克都能跻身过去四十年中最成功的三到四位科幻作家之列。

1951年，《岗哨》（“The Sentinel”）发表于一份名不见经传的杂志——《十篇幻想》（*Ten Story Fantasy*）。这是那些面市仅三个月就告破产的杂志之一——它仅仅发行了四期[3]——但就在这本杂志上，产生了《2001：太空奥德赛》的灵感来源。

（穆童、憬怡　译）

1.《天堂之泉》并未获得坎贝尔奖。
2. 指一个节目由多个电视台同时播出。
3. 这份杂志实际只发行了一期。

岗哨

［英国］阿瑟·C. 克拉克

当你下一次仰望南天上空高悬的满月，仔细看它右侧边缘，让你的目光沿着银盘的弧线向上移动，大约在两点钟的方向你会注意到一个暗淡的小椭圆：任何视力正常的人都能够轻易找到。它是一个被山脉环绕的大平原，几乎是月球上最精美的一个，也被称作危海——危机之海。它直径 300 英里，几乎被一座宏伟的环形山完全包围。直到 1996 年夏天我们到访之前，从未有人类探索过这里。

我们的考察队规模庞大，在月球上的主要基地设立在 500 英里以外的澄海。两架重型货机负责从那里为我们输送补给和装备。如果遇到我们的月面车无法穿越的地形，还有三架小型火箭可保证我们区域间的短程交通。幸运的是，危海大部分地区都很平坦，既无别地随处可见危机四伏的大裂缝，也没有什么陨石坑或高山低壑。据我们所知，我们的履带式月球车足够强大，可以带我们去任何我们想去的地方，没有困难。

我是个地质学家，更精确点说，是月质学家。负责我们整个团队在危海南部区域的勘察工作。一周之内，我们已经沿着海岸边的山脚穿越了 100 英里的路程。约 10 亿年前，这里曾是一片古老的海洋。当生命在地球上逐渐成形，这里已经开启了它消亡的过程：海水从高山巨崖的侧壁退落，注入空荡荡的月心。在我们穿越的这片土地上，无潮的海洋曾深达半英里；如今，只有在灼热的日光无法穿透的洞穴里边，你才偶尔可能找到一层白霜——那是水分存在的唯一痕迹。

月球上的黎明缓慢来临，而我们早已开启了旅程。夜幕降临之前，还有差不多一个星期的地球时间。每天有六次，我们会套上宇航服，离开月球车，出发去寻找些有意思的矿物，或者放置一些地标，为未来的旅行者留下指引。这不过是一项例行公事。月球探测毫无危险可言，甚至谈不上激动人心。在加压式月球车中，我们可以舒舒服服地过上一个月，如果遇到什么麻烦，我们也能发射无线电求救，然后稳坐不动等待飞船前来救援。

我刚才说探月旅程一点儿也不振奋人心，这当然不是事实。比起地球上温和的山丘，月球上的山脉更加崎岖险峻，让人难以置信，百看不厌。每当绕过那些海角与岬湾，我们总是难以预料，在这片早已消逝的海洋中，又有什么新鲜壮阔的景色会呈现在眼前。

危海整个南部的弧形地区是一片广袤的三角洲，也许在月球年轻的时候，短暂的火山作用时代，曾有汹涌的暴雨奔流而下，冲刷群山，在这里留下了河流汇集入海的痕迹。这里每一个古老的山谷都在向我们发出邀请，挑战我们攀登眼前那未知的高地。可惜我们还有 100 英里远的路程要赶，只能眼巴巴地望望那些高耸的山峰，把它们留给后人去攀登。

在月球车中，我们按照地球时间度日，每到晚上十点，我们会把最后一条无线电信息发送回基地，标志一天的结束。尽管外面的岩石在近乎直射的阳光下依然热得发烫，但对我们来说，这就是夜晚了——直到八个小时后我们再度醒来。我们中的一人会开始准备早餐，电动剃须刀的嗡嗡声响作一团，也有人打开收音机接收来自地球的短波无线电。当煎香肠的香味儿开始弥漫整个舱室，实在很难相信我们是在地球以外的地方——除了重力减轻和物体慢吞吞下落带来的别扭感觉，一切都那么日常又温馨。

时隔多年，我依然清晰地记得，那天刚好轮到我在主舱用作厨房的角落准备早餐，当时收音机刚播完我最爱的一段旋律——古老的威尔士曲子《白石镇的大卫》。我们的驾驶员已经穿上宇航服出舱检查履带车的踏面了。而我的助手路易斯·加内特，正在控制位忙碌，往昨天的日志中填一些补充记录。

我就像地球上任意一个家庭妇女那样，站在煎锅前等待香肠煎至棕色。趁这工夫，我任由目光在崖壁上随意漫游，这些山壁完全覆盖了南部的地平线，向东西两侧蔓延至视线以外、月球地平弧线之下。看起来好像只离月球车一两英里远，但我知道实际最近的也有 20 英里之遥。在月球上，当然不会因为距离遥远看不清细节——这里没有地球上肉眼难以察觉的雾气，使远处的物体柔化甚至变形。

那些山足有 10 000 英尺高，从平原上拔地而起，似乎是很久以前的地下喷发使其穿透了熔化的地壳陡然升入天空。因为平原是个陡峭的曲面，即便是最近的山峰底部也被隐蔽不见。月球是一个小小的世界，从我站立的地方看地平线只有 2 英里远。

我举目望向那些从未被人攀登过的高峰，在地球人到来之前，它们曾见证了海洋后撤，缓慢地枯竭、消亡，彻底带走了这个世界生的希望。刺眼的阳光炙烤着这些山峦壁垒，而就在它们上空不远，群星正在比地球冬日的午夜更黑的夜幕中，稳定地闪耀着。

我正要转身，忽然瞥到向西 30 英里处，一座向海中突出的大岬角山脊上传来金属闪光。那是一个无量纲的光点，像某座峻岭捕获了空中的一颗星星。我想象着阳光照射在光滑的石头表面，又直接反射到我的眼中。这样的事情并不罕见。亏凸月的时候，随着太阳光在月球风暴洋平原上的群山斜坡间闪耀、跳跃，地球上的观测者有时能看到那些高山上发出的耀眼的蓝白虹彩。但我好奇的是，哪种岩石能反射如此明亮的光芒。我爬进观测塔，把 4 英寸口径的望远镜转向对准西方。

观测结果刚好吊起我的胃口。视野范围内的山峰非常清晰，仿佛只有半英里远。但那个捕捉住阳光的东西还是太小了，难以分辨，不过看上去极度对称，让人难以捉摸。此外，它所处的山峰也似乎异常平坦。我长时间盯着那个神秘的闪光点，竭力将视线延伸出去……直到一阵焦煳味儿从厨房传来，我猛然醒悟：我们的早餐香肠算是白跑这 25 万英里的距离了。

在穿越危海的路上，西边的山脉越发显得高耸入云，整个上午我们一直争论不休。就连我们穿上宇航服出舱进行勘探工作，争辩还在通过无线电继续。我的同伴认为，月球上绝对没有出现过任何形式的智慧生物。这里唯一存在过的生物不过是少数的原始植物及其更为原始的祖先。对此我一清二楚，但我也知道有时候科学家就是要敢于出洋相。

“听着，”我最后说，“我要爬上去，即便只是为了让自己心安。那座山不足 12 000 英尺高，按地球引力算就是 2 000 英尺，最多只要得了我 20 个小时。我一直想要登上那些山丘，正好这给了我个绝佳理由。

“要是你没摔断脖子的话，”加内特说，“回到基地后，你就会成为勘探队的笑柄。那座山可能从此会被叫作威尔森犯蠢山。”

“我可不会摔断脖子，”我坚决地说，“还记得是谁第一个登上了皮科山和赫利孔山的吗？”

“但那不是你年轻时候的事了吗？”路易斯轻声说。

“正是如此，”我满怀自豪地说，“这正是我非去不可的理由之一。”

那晚我们将月球车开到离海角半英里的地方，便早早就寝。第二天一早，加内特和我一起出发了。他是个优秀的攀登者，以前也常跟我一起进行这样的开拓性工作。我们的驾驶员则非常乐意留下来照看月球车。

乍看之下，那些悬崖简直高不可攀。但任何有经验的的登山者都知道，在一个重力只有正常值六分之一的地方，攀登非常容易。在月球上登山的真正危险在于过分自信，从月球上 600 英尺的高处坠落就跟从地球 100 英尺高的地方坠落一样，足以置人于死地。

爬到约 4 000 英尺的高度，我们第一次停下来，在一块宽阔的平台上休息。攀登并不太难，只是我四肢僵硬，还不太习惯这样使力，因此乐意小憩片刻。从这里，还能望见我们的月球车，像一个金属小虫子似的趴在山崖脚下。我们向驾驶员汇报了进度，又继续向上攀登。

宇航服内部非常凉爽舒适，制冷装置帮助我们抵抗烈日，同时带走劳顿产生的多余热量。我们之间很少交谈，除了传递攀登指令或讨论最佳上升路线。我不知道加内特怎么想，恐怕这是他做过最疯狂的无用功了——对此我深感赞同，只是，向上攀升的喜悦，加上愈加壮阔的景观，以及想到我正在前人从未涉足的领地探索的振奋之情，又给予了我此行所需的全部回报。

当我终于看到矗立在眼前的这堵大石墙时，内心其实并无太大波澜。我曾在 30 英里之外透过望远镜观察它。在我们头顶约 50 英尺的高处，隆起逐渐趋平，那个一直引诱着我穿越这片不毛之地的东西就在那块平坦的高地上面。我几乎可以肯定那不过是一块被陨石击中崩裂的巨石，其裂面在这不朽的、无变化的沉寂世界中依然鲜亮如新。

岩石表面没有支撑点，我们只能使用抓钩。我在头顶挥动这个三叉的金属锚，将它抛向星空，原本疲惫的双臂似乎重新获得了力量。第一次尝试时，铁钩没有抓牢，我们拉动绳索，它慢慢掉落下来。第三次试抛时，尖齿稳稳扎进了岩石，我们两人体重加起来也无法撼动，非常牢固。

加内特焦急地看向我，我知道他很想第一个上，但我透过头盔的玻璃冲他微笑，摇了摇头。慢慢地，不慌不忙地，我开始攀登最后一段高度。

即使算上宇航服，我在月球上也不过40磅重，因此我双腿根本不用发力，仅凭双手左右开弓就能轻易地将自己拉上去。我在边缘停下来朝同伴挥了挥手，然后便翻身上去，站立起来，盯着眼前的景象。

要知道，在这一刻来临之前，我基本上已经确信不会在这里发现什么奇怪或不寻常的东西。说基本上而非完全——因为正是那一丝令人困惑的疑虑驱使我向前。现在好了，疑虑消解了，但困扰才刚刚开始。

我站在一个宽约100英尺的高地上，它一度非常平滑——平滑到不可能是自然形成的。只是，在难以估量的漫长岁月中，陨石将其表面砸得坑坑洼洼。这片平地被打磨光滑，为的是放置一个闪闪发亮、类似金字塔的结构，它差不多两人高，像镶嵌在岩石里一颗巨型的多面宝石。

最初的几秒里，我的心中完全没有什么感情。过一会儿才觉得激动万分，感到一种奇异的、难以名状的喜悦。因为我爱月球，而现在我已经知晓，在阿里斯塔克斯陨石坑和厄拉多塞陨石坑里蜿蜒的苔藓并不是这个星球在她年轻时期孕育出的唯一生命。最初那批探险家饱受非议的异想得到了印证：月球文明真的存在过——而我是发现它的第一人。或许，我来晚了一亿年，但我并不感到沮丧，这一切已经让我不虚此行了。

我的头脑恢复了正常运转，开始分析情况，提出疑问。这是一栋建筑，一座神庙，还是我的语言无法描述的某种东西？如果是建筑，为什么要修在这么一个难以接近的位置？我疑心它可能是座庙宇，甚至能想象得出，在月球生命随着垂死的海洋日渐衰落之际，那些高级祭司呼唤他们神祇庇佑的样子——可惜最终，他们的祈求徒劳无功。

我向前走了十几步以便更近一点儿观察它，但出于小心谨慎不让自己靠得太近。我懂一点儿考古学，尝试猜测这个文明的等级——它曾经削平了山地，打磨出闪闪发光的镜面，时至今日仍反射出炫目的光芒。

我想，要是古埃及的工匠也拥有这些不知何物的奇怪材料，他们也可能像这些更为远古的建筑师前辈一样有能力完成。因为这玩意儿不大，我根本没去考虑眼前可能是一个比人类先进许多的种族的手工制品。月球上竟然有过智慧生物，这件事本身就重大到我几乎无法理解，而我的自傲也不容许自己去接受这最后的、羞辱性的暴击。

接下来我注意到的一个迹象让我后脑勺头皮发麻，虽然它非常琐碎且无关紧要，大部分人根本不会注意。我之前说过这片高地被陨石砸得伤痕累累，它还覆盖着厚厚的宇宙尘埃，深达几英寸。在无风的世界，尘埃总是撒落沉积在表面。然而，在这座小金字塔周围，尘埃和陨石的划痕都戛然而止，留出一个大圆圈，就如同有一堵看不见的墙在保护金字塔，使它免受时间的侵袭，以及来自太空缓慢而不停息的轰炸。

听到有人在我耳机里大喊，我才意识到加内特已经呼叫我一阵子了。我跌跌撞撞走到悬崖边，因为担心说不清话，便只是示意他上来加入我，然后又回到了尘埃中的圆圈那儿。我捡起一块碎裂的石片，轻轻地扔向那块闪着光的谜团——要是这块石子消失在那块看不见的屏障中，我也不会觉得有什么奇怪。不过，它似乎是击中了一个光滑的、半球形的表面，轻轻滑落到地面。

那时我才意识到眼前的一切是我自己种族的古老文明根本无法匹配的。这并不是一栋建筑，而是一个能自我防御的机器，拥有万古不灭的力量。而那不知何为的力量如今仍在运行，而我，或许已经靠得太近。我想起了过去一百年中被人们征服利用过的种种辐射。我感到自己就像步入了一个沉寂而致命的无防护原子反应堆，大概已经在劫难逃了。

我记得自己转向加内特——他已经走了过来，就站在我旁边一动不动。他似乎一点儿也没注意到我，于是我也没打扰他，走回了悬崖边沿，试着理清思路。我的下方即危海——名副其实的危机之海。大部分人觉得它古怪又奇特，但对我来说却是熟悉而安心。我抬眼望向月牙形的地球，躺在它群星的摇篮中。我好奇，当这群不知名的建造师在月球完成他们的工作时，在大气覆盖下的地球上又是什么样的一番光景。是石炭纪充满蒸汽的原始丛林，还是凄凉的海岸线？为了征服大陆，最早的两栖动物从那里爬上岸——抑或是更为久远以前，在生命成形之前亘古的孤寂景象？

别问我为何不能早一点猜到真相——尽管现在看来是如此显而易见。在取得发现最初的激动中，我想当然地认为这个水晶般的神奇物是月球远古时期的某个种族建造的。但是突然间一个不容辩驳的念头闪过我的脑海：它其实像我一样来自外星。

二十年来，除了少数退化的植物，我们没有发现任何生命的踪迹。不管以怎么样的方式毁灭，没有哪种月球文明能留下一件表示它存在过的标志。

我再次凝视这个闪光的金字塔，越发觉得它跟月球毫无关联。突然间我感到自己浑身颤动，因为过于兴奋和激动而爆发出一阵歇斯底里的傻笑——因为我想象到这个小金字塔开始对我说话：“抱歉啊，我在这儿也是个异乡人。”

我们花了二十年的时间才突破那层无形的屏障，到达水晶墙内部的机器那里。针对我们无法理解的东西，我们最终用原子能的蛮力把它炸开，现在我看到了当初在山上发现的可爱反光体的碎片。

那些碎片毫无意义。这个金字塔的运行机制——如果它们真的是机械作用的话——远远超出我们的技术视野范围，或许运用了元物理力技术。

我们已经造访过其他行星，因此这个谜团此时让我们更加困惑。就我们所知，地球是宇宙中智慧生命的唯一家园，而我们世界过去的失落文明也不可能建造那个机器，因为通过测量那片高地上宇宙尘埃的厚度，我们可以推算出其所属年代：当地球海洋里的生命形成之前，它就被放置在那座山上了。

当我们的世界还只有现在一半的年纪时，来自星际的某物穿过了太阳系，在途中留下了这个标记，又继续上路。直到我们将其摧毁，它依然在履行建造者赋予的使命。至于目的究竟为何，我的猜想如下：

大约有 1 000 亿颗恒星在银河系圈子里旋转。很久之前，一定有来自其他星系的别的种族达到并超越了我们人类能企及的高度。试想这样的文明，在极为远古的年代里，置身于创世逐渐褪去的余温中。那时候，宇宙的主宰者们还非常年轻，生命因而也只存在于极少的世界里。他们的世界一片寂寥，我们无法想象，那是诸神凝视着宇宙无穷却无人相谈的终极孤独。

正如我们搜寻过行星，他们也一定在星团间逡巡。到处都有世界，但不是空无一物，就是充满无意识的爬行生物。当先民的第一艘飞船从冥王星外的深渊悄然潜入，在我们地球上，各大火山还在喷发烟雾，熏染天空。飞船掠过了那些寒冷的外行星，因为生命不会在它们的命运轨迹中扮演什么角色。在内行星间他们停下来小憩，借助阳光暖和身子，等待他们的故事上演。

那些漫游者一定注意过地球，它在冰与火之间的狭窄地带安稳地公转，他们猜想这颗行星是太阳最宠溺的孩子。在遥远的未来，这里将会有智慧生命的诞生。只是，还有数不尽的恒星等着去探访，他们可能再也不会来这儿了。

因此他们在这留下了一个岗哨，就跟他们散布在宇宙其他千百万个地方的一样，监测着所有可能诞生生命的世界。它就像一个灯塔，无数年来一直坚持不懈地传送信号，表明从未有人发现它。

大概你现在明白了为什么那个水晶金字塔要设立在月球而非地球上了。它的建造者并不关心仍在野蛮边缘苦苦挣扎的种族。只有当我们有能力穿越太空、离开地球这个摇篮，证明自己适于生存之后，他们才会对我们的文明感兴趣。这是所有智能种族迟早会面临的挑战。它也是一项双重挑战，取决于能否利用、征服原子能并赢得最后的生死抉择。

一旦我们度过危机，那么发现并打开这个金字塔便只是时间问题了。现在它的信号已经中止，不管那头谁在执勤，都会将把注意力聚焦地球。也许他们希望帮助我们这个处于婴儿阶段的文明，不过，他们的文明一定已经非常非常古老了，众所周知，老年人往往会疯狂地嫉妒年轻人。

如今，每当我望向银河，都会忍不住猜想他们的使者会从堆积的哪一团星云中现身。我们已经拉响了火警——请原谅我使用这样平淡无奇的比喻。现在除了等待，我们无事可做。

我想我们不会等很久。

（吴倩　译）

法默的世界[1]

几千年来，人们一直被这样一个念头折磨得睡不好觉——“假如当初……”。假如我们能让事情颠倒过来，假如我们没有这么做过、那么说过，结果会不会变得更好。那些曾经改写历史的事件呢？假如拿破仑或希特勒在青年时代就提前去世？假如萨拉热窝或达拉斯的刺客没有得手[2]？

这样的念头最终找到了公之于众的途径，奇怪的是，它们的第一个媒介是传统出版物。罗伯特·西尔弗伯格将架空历史小说的源头，追溯到爱德华·埃弗里特·黑尔（Edward Everett Hale）的小说《请勿触摸》（“Hands Off”）上，这篇小说发表于1898年的《哈泼斯》杂志。作者设想约瑟没有被贩为奴，没有在埃及帮助政府走出灾年[3]，而后埃及遭到迦南蛮族征服，为人类文明带来灭顶之灾。

1. 标题“Farmerworld”化用了法默最著名的作品《冥河世界》（*Riverworld*）。
2. 前指引发第一次世界大战的萨拉热窝事件；后指美国总统肯尼迪遇刺事件。
3.《圣经·旧约》记载，约瑟被兄弟嫉恨并贩往埃及，后来为法老解梦，制订存粮以备饥荒的计划，因而受到器重，当上了宰相。

1931 年，十一篇先前发表于《斯科里布纳》杂志的文章，汇集成一本名为《假如当初不是这样：想象中的历史》的书。这本书的编者是 J. C. 斯夸尔。收录其中的文章有《假如罗伯特·李没有打赢葛底斯堡战役》[1]、《假如布斯刺杀林肯失手》[2] 和《假如拿破仑逃抵美国》。受这几篇文章的启发，詹姆斯·瑟伯写了一篇戏仿之作，《假如格兰特当时在阿波马托克斯喝酒》[3]。

1934 年，默里·莱因斯特（Murray Leinster）在《惊异》发表小说《时空交叠》（“Sidewise in Time”），将架空历史真正引入了科幻的创意库——尽管，平行宇宙与时间旅行一样，不具备任何现实存在的依据。自此以后，通过改动过去来创造另一个现实的想法，成为许多长短篇小说的灵感源泉。

在架空历史这一类型当中，最优秀的作品都是长篇小说，这或许是因为更长的篇幅有更广阔的视野，能使改写历史的后果得到更全面的分析。在沃德·穆尔（Ward Moore）的《我们带来解放》（*Bring the Jubilee*）中，南北战争的获胜方是南方邦联。在《高堡奇人》（*The Man in the High Castle*）中，菲利普·K. 迪克（Philip K. Dick）设想了轴心国赢得二战，并将美国一分为二的情形。基思·罗伯茨（Keith Roberts）在《帕凡舞》（*Pavane*，1968）里，假设伊丽莎白一世女王在 1588 年被人刺杀[4]，由此创造出一个未曾经历工业革命的世界。在哈里·哈里森的《跨大西洋隧道，好耶！》[5]（*A*

---

1. 在现实世界中，南军将领罗伯特·李确实输掉了葛底斯堡战役，这场战役也成为美国南北战争的转折点。这篇文章先是设想出一个罗伯特·李获胜的世界，接着假托这个世界的历史学家之名，想象他战败的结果。文章作者是温斯顿·丘吉尔。

2. 约翰·布斯因同情南北战争中战败的南军，于 1865 年 4 月 14 日在华盛顿的福特剧院刺杀了正在看戏的林肯。

3. 南北战争中率领北方军队获胜的格兰特将军是著名的酒鬼。战争胜利后，格兰特在阿波马托克斯接受了罗伯特·李的投降。

4. 伊丽莎白一世在位时期奠定了英国强盛的基础。

5. 一名《深海隧道》（*Tunnel Through the Deeps*）。

Transatlantic Tunnel, Hurrah!，1972）里，乔治·华盛顿遭到枪杀，美国独立战争从未打响。金斯利·艾米斯（Kingsley Amis）用他的小说《变化》（*The Alteration*，1976），想象出一个未曾发生宗教改革、天主教会仍然手握无上权力的世界，连同这一事件所带来的方方面面的影响。

当然，这些连带影响才是架空历史的真正价值。假想的情景仅仅提供了叙事的推力，只有后续的连带结果才能让我们从理性上认识到：今日现实确实依赖于过去做出的种种决策，即使有些决策看似微不足道。作者发挥自己的创造力，用极具说服力的细节丰富了故事的骨架，这常常是架空历史小说的魅力所在。这类小说还有另一方面的价值，那就是读者可以拿小说与自己所处的现实进行对比。现在和未来的存在，究竟是依靠着哪些大大小小的决策，依托于哪些历史的意外？看似必然的人造物品和传统习俗，在形态和功能上有多坚不可破？

菲利普·何塞·法默（Philip Jose Farmer）的《继续航行！》——载于《惊人故事》1952 年 12 月期——就是一篇这样的架空历史小说。作者设想天主教会鼓励罗杰·培根大行实验。然而，这篇小说对历史的架空并不仅仅在于这一个方面。

法默代表着一类独立于《惊异》杂志取得成功的作家。他的小说以敢于突破禁忌著称。他第一篇得到发表的科幻小说是《爱人》（"Lovers"，1952），小说中，自幼家教严苛的男主人公与外星女子恋爱，后来发现女子是一只模仿人类形态的昆虫。《奇怪关系》（*Strange Relations*，1960）收录了他的这类小说。

法默作品中的另一大类是致敬小说。他致敬的对象有历史人物，也有前辈作家塑造的角色，他以这些人为主人公创作了很多短篇小说，或者说是模仿作品：巴勒斯、凡尔纳、泰山、萨维奇博士[1]、理查德·F. 伯顿、马克·吐温等等。他还借用了冯内古特笔下的人物——科幻作家基尔戈·特罗特，作为自己创作的《半只贝壳上的维纳斯》（*Venus on the Half Shell*，1975）的作者。他在《未知的盛宴》（*A Feast Unknown*，1969）等作品中对科幻和色情的结合，得到了莱斯利·菲德勒[2]的赞扬，而法默对双关语和淫秽文学的喜好，促使他写下了诸如雨果奖获奖名篇《紫薪骑士》（"Riders of the Purple Wage"，1968）等小说。

在踏上写作道路之前，法默度过了艰难的时光，这期间唯一的成功只有《爱人》一篇小说。有十一年的时间，法默一直从事着体力劳动，直到 1950 年，他才从布拉德利大学获得了创意写作的学士学位。《借来的肉体》（"I Owe for the Flesh"）获得了沙斯塔和口袋书店联合赞助的一场小说比赛，但是，沙斯塔出版社后来破产，不仅法默的小说未能发表，奖金也无处可寻。许多年的时间里，他一边为几家高科技公司撰写技术文档，一边在业余时间兼职创作。1969 年，他重新开始全职写作，此后一直保持着很高的产出，也获得了成功。

法默以“层级世界”（"The World of Tiers"）为名创作了一系列长篇奇幻，其中第一部名为《众多宇宙的创造者》（*Maker of Universes*，1965）。他以约翰·卡莫迪神父（Father John Carmody）为主人公创作的系列短篇，结集在《光之夜》（*Night of Light*，1966）中。他还根据那本错失奖金的获奖小说，创作了另外一套系列长篇。这个系列或许是他最著名的作品。其中的第一部《四散的躯壳》（*To Your Scattered Bodies, Go*，1971）获得雨果奖。后续作品有《冥河长船》（1971）、《黑暗计划》（1977）、《冥河世界及其他故事》（1979）、

1. 译奇兵勇士，20 世纪二四十年代的流行漫画英雄形象，被斯坦·李誉为当代超级英雄的先驱。
2. 美国著名文学评论家、小说家兼诗人，代表作是《美国小说中的爱与死》。

《魔法迷宫》(1980)、《冥河战争》(1980)、《冥河之神》(1983)和《永恒之河》(1983)。这些小说以“冥河世界”(Riverworld)为总标题，共同讲述了这样一个漫长的故事：受神秘机制的操控，全部人类在一条千万英里长的河流两岸复活。另一个长篇系列名为《一日世界》(*Dayworld*，1985)，是从一篇叫作《仅限周二的横截面世界》(“The Sliced-Crossways Only-on-Tuesday World”)的短篇小说改写而来。

(穆童、憬怡　译)

继续航行！

[美国] 菲利普·何塞·法默

“火花”修士坐在那儿，身躯挤在墙壁和显现仪之间，除了一根食指和两颗眼珠，全身上下一动不动。时不时地，这根手指飞快地叩击着桌上的按钮。一双灰蓝色的眸子好像故乡爱尔兰那灰蓝色的天空，蜷居于艉楼甲板上这棚屋里的修士，偶尔也转动眼珠，从敞开的小门向外望去——能见度很低。

外面已是黄昏，栏杆上挂着一盏灯，两名水手倚在栏杆上。远处，“尼尼亚”号和“平塔”号[1]上明亮的灯光，与船身的黑暗轮廓一起摇摆起伏。背景是大西洋柔和的地平线，半圆的月亮露出它红色的圆顶，给大海勾上了一条黑色与血色相间的边。

修士的秃顶上方吊着一盏单碳丝灯泡，灯光照在臃肿的脸上，显示出一副专心致志的神情。

今晚，传光以太[2]噼啪作响，但夹在修士耳朵上面的听筒，却一点一划地传送着稳定的信号，那是拉斯帕尔马斯站的操作员从大加那利岛上发来的。

1.“尼尼亚”号、“平塔”号和下文的“圣玛利亚”号是组成哥伦布首航舰队的三艘帆船的名称。
2. 以太、光以太或传光以太，是19世纪物理学家所假设的电磁波的传播介质。

“呲！这么说，你的雪利酒已经喝光了……啪！……真糟糕……噼啪……你个老酒鬼，死性难改……嘶……愿上帝宽恕你的罪行……

“很多流言、传闻，杂七杂八……嘶！……竖起耳朵就够了，别随便向人低头，你这个不敬神的信徒……据说，土耳其人正在集结军队……噼啪……向奥地利进发。来自基督教国家的许多目击者，声称他们目睹一些飞行香肠掠过各国的首都上空。有传言称，它们来自土耳其，发明者是一个罗杰会修士，他叛变投敌，改信了穆斯林的宗教……呲……真是一派胡言。我们当中没人会那么做。一定是教会里的对头为了诋毁我们散布的谣言。然而，轻信谣言者为数不少……

“海军上将的计算结果如何？距离日本还有多远？

“闪！今天，萨伏那洛拉[1]发表了一通谴责，矛头直指教皇、佛罗伦萨的富人阶层、希腊文艺，以及我们这些圣罗杰·培根[2]的门徒所做的实验……嘶！……此人确实坦率诚恳，可惜误入歧途，竟成一桩祸患……他总是预言我们会落得火刑的下场，但依我看，最后死在火刑架上的是他才对……

“啪……听听这个故事，一定叫你乐不可支……两名爱尔兰雇佣兵，一个叫帕特、一个叫麦克，正走在格拉纳达的大街上，这时，一位美丽的萨拉森[3]女士从阳台探出头来，倒下去一桶……嘶！……帕特抬头一看……噼啪……不赖吧？这是胡安弟兄昨晚讲给我的……

“PV……PV……你收到了吗？……PV……PV……是的，我知道，散布这种玩笑是以身试险，但是今晚没人监听我们……嘶……总之我认为没有……”

---

1. 15世纪的宗教改革家，大胆批评教皇和权贵，主政佛罗伦萨期间因施政严苛被市民推翻，死于火刑。
2. 一位学识渊博的炼金术士，主张通过实验获得知识，因传播阿拉伯世界的炼金术被方济各会软禁十年，出狱后不久去世。
3. 萨拉森不是某个特定的民族，而是中世纪时欧洲基督教国家用来泛指穆斯林的一个称谓。

以太随着二人之间的信息往来弯折扭曲着。现在，“火花”修士叩出了代表通信结束的字母 PV——Pax Vobiscum[1]。然后，他拔出了连接仪器的听筒插头，从耳朵上取下听筒，按照操作规范，夹在前额两侧。

修士用腹部抵住桌子坚硬的边沿，弯着膝盖，侧身离开棚屋，然后向栏杆走去。德萨尔塞多和德托雷斯倚在那里，低声谈论着什么。侍从金红色的头发和翻译黑色的络腮胡子，在头顶硕大的灯泡照射下闪烁微光。神父肥厚的下巴剃得光洁利落，身上穿着猩红色的罗杰会袍，灯光在这两处也反射出粉色的光彩。他把兜帽垂在身后，当作袋子，里面装着草稿纸、钢笔、墨水、小号的扳手和螺丝刀，一本密码术著作和一把计算尺，还有一本天使原理手册。

“老家伙，晚上好。”年轻的德萨尔塞多亲切地称呼他，“拉斯帕尔马斯那边有什么消息吗？”

“什么都没有。那家伙的干扰太严重了。”他用手指了指前方，月亮正骑跨在地平线上。“真是一颗壮观的天体！”神父大声说道，“就像我这枚受人尊敬的鼻子一样又大又红！”

两名水手放声大笑。德萨尔塞多说：“但是神父呀，夜越深，月亮只会越发渺小黯淡。而您的这枚象鼻，却会变得更大更亮，与那种趋势的平方成反比——”

话没说完，他就咧嘴笑了起来，因为此时修士突然垂下了他的鼻子，如同一头鼠海豚扎进大海，接着又抬起来，像鼠海豚那样从浪头一跃而起，最后再一次俯降，潜入三人沉重的呼吸洋流之中。他面对二人，三颗鼻子相对，闪亮的小眼睛好像棚屋里的那台显现仪，随时都能射出火花。

---

1. 拉丁语“愿平安与你同在”，基督教仪式中常用的祝福语。

他又像鼠海豚那样响亮地嗅了嗅。从两名水手的鼻息中，修士似乎得到了满意的发现，于是向二人眨了眨眼。然而，他并没有直奔主题，而是开始拐弯抹角起来。

他说："与大加那利岛上的这位'火花'神父聊天妙趣横生。他提出各式各样真真假假的哲学观点，刺激我的头脑。比方说，今天晚上，就在我们被那家伙打断之前"——他指了指天空中那颗布满血丝的巨型眼球——"他正在探讨平行时间轨道构成的不同世界，这是哥谭[1]的迪斯法吉乌斯[2]首先提出的。他认为，许多互不相交的宇宙同时存在着，在这些宇宙之中还存在着其他世界，无穷无尽、拥有无限创造才能的上帝，也就是"大炼金术士"，有可能——也许是必然地——创造了复数个连续体，用来容纳可能发生的所有事件。"

"啊？"德萨尔塞多咕哝了一声。

"一点没错。从这个假设出发，也许哥伦布没有得到伊莎贝拉女王的赞助，这场跨越大西洋、寻找印度的旅程从未成行。那么，我们现在也就不可能站在这里，乘着三只鸟蛤壳向着大洋深处不断进发，我们和加那利群岛之间也不会拴挂有中继浮标，拉斯帕尔马斯的'火花'神父和'圣玛利亚'号上的我，也无法穿过以太相谈甚欢了。

"或者，假设罗杰·培根没有得到教会的支持，反而惨遭迫害，那么，他就没能建立罗杰会，教会也无从借助罗杰会士的发明来保障对炼金术的垄断，更别提在神圣力量的鼓舞下，引导这一曾经的异端邪术走向正途了。"

---

1. 哥谭原是英格兰诺丁汉郡一座村庄，因民间故事《哥谭的智者》闻名。19 世纪，华盛顿·欧文首次用哥谭代指纽约，后来比尔·芬格将蝙蝠侠所在的纽约以哥谭命名。
2. "迪斯法吉乌斯"（Dysphagius）源于"吞咽困难"（dysphagia），此人物可能是以患有进食障碍的纽约科幻作家 H. L. 戈尔德为原型。

德托雷斯正打算开口提问，神父用盛气凌人的手势示意他闭嘴，然后继续说道：

“还有更荒诞也更引人深思的假设：今晚他构想出了遵循不同物理法则的宇宙。其中一个让我感到尤其滑稽。你们可能从未听闻，安杰罗·安杰雷在比萨斜塔上进行了抛掷重物的实验，结果证明不同重量的物体下落速度不同。大加那利岛上那位风趣的同事，正在撰写一篇讽刺故事。在这篇故事的时空当中，亚里士多德被说成是骗子，那里的一切东西，无论大小，下落速度完全一致。这种想象确实愚蠢可笑，但是可以打发时间。我们用小天使让以太不致于死气沉沉。”

德萨尔塞多说：“‘火花’修士啊，您的教派神圣超凡，又神秘晦涩。我不想对其中的秘密显得太过好奇。但是显现在您那台仪器上的小天使，让我感到大惑不解。探听此事算是一桩罪行吗？”

修士降低了音量，从公牛的咆哮变成了鸽子的啼鸣。“是否构成罪孽不能一概而论。让我来向你们说明一番吧，年轻人。比如说，如果你私藏了一瓶非常稀有的雪利酒，而没有拿出来与一位干渴难耐的老绅士分享，那就是罪孽。这是疏漏之罪。如果你给那位像沙漠一样干旱、像朝圣者一样疲惫，虔诚、谦卑、垂垂老矣的可怜人，来一口这酣畅淋漓、沁人心脾、提神醒脑的还魂玉液，让他品尝一口这葡萄藤的女儿，那么我就会因你这种善良仁慈的博爱之举，为你衷心祈祷。这样一来，我也会乐于向你透露一点有关显现仪的秘密。我会小心自己的言辞，不让秘密的重压损伤你的身心，只会令你对罗杰会的智慧和荣耀崇敬有加。”

德萨尔塞多心领神会地咧嘴一笑，掏出了掖在外套里的瓶子。神父倾斜着酒瓶，雪利酒从瓶中逐渐消失，咕咚咕咚的声音越来越响。两名水手意味深长地交换了眼神。难怪神父虽已是享誉炼金术界的领域专家，却仍被送上了这条终点未知、计划不周的旅程。一切都在教会的安排之内：如果他活下来，那算他走运；如果他不幸送命，那么他就再也没法犯罪了。

修士在袖子上抹了抹嘴，像匹马一样大声地打了个嗝，说："谢谢，小伙子们。从我深埋在脂肪下面的心脏之中，我向你们致谢。一位像骆驼蹄子那样干燥、几乎要被戒律的沙尘扼死的爱尔兰老头，在此向你们致谢。你们拯救了我的生命。"

"还是感谢您那枚有魔力的鼻子吧。"德萨尔塞多回答道，"老家伙，现在酒也喝够了，能不能在不触犯任何禁忌的前提下，给我们阐述一下那台仪器的原理？"

"火花"修士讲了十五分钟。十五分钟后，在得到修士允许的情况下，两名听众提了几个问题。

"……您说您使用的广播频率是 1800 k.c.？"侍从问，"k.c. 是什么意思？"

"k 代表法语 kilo，来自希腊语表示'千'的单词。c 代表希伯来语 cherubim，也就是小天使'基路伯'。希腊语的'天使'angelos，字面意思是'信使'。根据我们的理论，这些小信使'基路伯'挤满了以太。所以，当'火花'神父们按下机器按键时，在无穷无尽、等待为人类执行通信任务的小'信使'之中，就会有一些被召唤出来，显现到现实中。

"所以，1800 k.c. 意为：在一定的时间单位内，一百八十万只基路伯排成一队、飞越以太，前一只天使翅膀上的羽毛刚好碰到后一只天使的鼻子。每只小天使的翼冠高度相等，因此，如果要描绘整个队列的宏观图景，那么各个小天使之间将无从分别。组成这个小天使队伍的整个纵列，就叫作 C.W.。"

"C.W.？"

“连续翼高。这台仪器就是一台连续翼高显现仪。[1]”

年轻的德萨尔塞多说：“我头昏了。如此伟大的理念！如此启迪人心！几乎超出了人类的理解能力。想象一下，将显现仪的天线切割到特定的长度，使得天线上起起落落的邪恶基路伯，恰好需要预设好的、同等数量的善良天使与之搏斗。显现仪上的这种诱导线圈，将‘邪恶’天使聚拢在左侧，也就是邪恶的那一侧。当坏天使挤作一团、数量太多，无法忍受彼此的邪恶存在时，他们就跃过火花间隙，快速沿着线圈到达‘善’的金属板上。在这一来回奔跑的过程中，他们吸引到了‘小信使’的注意力，也就是那些顺从善良的基路伯。而您呢，‘火花’修士，通过这样操纵您的仪器，不停升降您的按钮，让这一排一排无形的、友好的传输者，这群长翅膀的以太邮差，显现到现实当中。这样，您就实现了与其他修士之间的远程通信。”

“伟大的上帝！”德托雷斯说。

这并非虚妄的起誓，而是面对奇迹发出的虔诚赞叹。他的双眼凸了起来；很明显，他突然发现，人类并不孤独，每个方向上都有一支天使大军，他们上下之间层层叠叠，前后左右彼此紧靠。黑与白的天使在看似空虚的宇宙之中组成一个立体棋盘，黑色代表邪恶者，白色代表善良者，一只无形的手维持着微妙的平衡，使得天使也与天上的飞鸟和海里的游鱼一样，为人类所利用。

尽管看到了曾使很多人立地成圣的景象，德托雷斯却只问道：“或许您能够向我解释一下，针尖上到底能站多少天使？”

显然，德托雷斯永远不会获得属于圣徒的光圈了。如果他活下来，他注定会进入大学，给自己的榆木脑袋上安一顶教师的方顶帽。[2]

---

1. 文中 C. W. 指的是“continuous wingheight”即“连续翼高”；现代通信术语中，CW 指连续波(continuous wave)。

2. 中世纪大学从主教座堂学校和修道院学校发展而来，主要教授艺术、神学、法学和医学。在这篇小说的宇宙中，自然科学的知识只在罗杰会内部流传，罗杰会因而地位崇高，自然对大学充满鄙夷。

德萨尔塞多对这个问题嗤之以鼻。“让我来回答你。从哲学上来说，针尖上能站多少天使，全随你的心意。然而实际上，针尖空间有限，容纳天使的数量同样有限。这个话题到此为止。我感兴趣的是事实，不是幻想。告诉我，月升怎么会打扰您接收拉斯帕尔马斯‘火花’派出的基路伯？”

“伟大的恺撒啊，这我怎么知道？难道我的大脑里汇集了全世界的知识吗？完全不是！我不过是一名卑微而无知的修士！我只能告诉你：昨天晚上，月亮像一个血淋淋的肿块从地平线上升起，等它高悬于天后，我就无法指挥那些小信使，让他们排成长短纵队了。大加那利站根本没法招架，因此我们两个都放弃了通信。同样的事情今晚也发生了。”

“月亮也在发送信息吗？”德托雷斯问道。

“它所用的密码我无力破解。但是，是的，月亮确实在发送信息。”

“圣母玛利亚！”

“也许，”德萨尔塞多称，“有人在月亮上面，是他们在向外发送信息。”

“火花”修士从鼻孔里喷出一口奚落的气息。他的鼻孔如此巨大，这口气息自然也不容小视。鄙夷的炮火狂轰滥炸，几乎可以让任何人乖乖投降把嘴闭上，只有最坚强者才会幸免于难。

“也许”——德托雷斯低声说道——“也许，我听别人说，星辰是苍穹的窗口，如果真是这样，会不会更高级别的天使、大天使们，也在利用小天使发出信号？而且，他们只在月亮升起时才行动，从而让我们认为这是天文现象？”

他在胸前画了个十字，环顾了一下船的四周。

“你不必畏惧。”修士徐徐说道，“没有宗教审判官在你的肩头偷听。别忘了，我是这趟旅途中唯一的神父。退一步说，你的假想也和宗教教条无关。然而，这不重要。我不理解的是：天体怎么可能向外广播信号呢？它的频率怎么会与修会限制我使用的频率相同？为什么——”

“我可以解释。”德萨尔塞多突然插嘴，带着一股年轻人的轻率鲁莽，“比如，海军上将和罗杰会士对地球形状的判断有误。比如，地球并非球体，而是扁平的。比如，地平线之所以存在，并不是因为我们生活在一个球体之上，而是因为地球这个圆盘有一定的弧度，就像一颗被压扁的半球那样。比如，您收到的基路伯并非来自月亮，而是来自一条与我们一样的船，悬浮在地球边际之外的虚空之中。”

“什么？”另外两个人倒吸凉气。

“你们没有听说吗？”德萨尔塞多说，“葡萄牙国王先是拒绝了哥伦布的提议，而后秘密派出了一条船？我们怎么排除这种可能？我们怎么知道，信息不是来自先于我们出发的航海者？我们怎么知道，他没有驾船飞离世界边缘，此刻正悬于大气之中，同时，由于它与月球同步绕地运行，因此只有在夜晚才能出现——也就是说，它变成了一颗十分微小、无法观测到的卫星？”

修士的笑声惊醒了很多船员。“我一定要把你的故事讲给拉斯帕尔马斯的操作员。他可以写进小说里去。下次你会告诉我，其实那些容易上当的目击者口中飞来飞去的、会喷火的飞行香肠，才是发出信息的来源。亲爱的德萨尔塞多啊，我们不要异想天开了。就连古希腊人都知道地球是圆的。欧洲没有一所大学不把这点知识传授给学生。我们罗杰会士已经测定了地球的周长。我们确切无疑地知道，印度就在大西洋对岸。这一事实不容置疑，就像我们用数学方法可以证明，比空气还重的机械不可能升空。修会里负责心智的医生，‘破颅’修士们已经向我们保证，那些飞行器只是集体幻觉，或者不管异教徒还是土耳其人搞的什么别的花招，目的只是为了让人民陷入恐慌。

“来自月球的广播信号绝非妄想，这点我可以保证。至于它究竟是什么，我并不知道答案。但绝对不会是一条西班牙或者葡萄牙船。你如何解释它的密码和我们的不同呢？就算它来自里斯本，船上也仍然会安排一名罗杰会士当操作员。根据修会的政策，此人必须与其他船员国籍不同，这样才不会轻易陷入政治纠纷。使用不同的密码与里斯本联络，并不违反我们的法律。我们圣罗杰的门徒不会堕落到参与国家之间的琐碎密谋。另外，那台显现仪没有能力直达欧洲，所以肯定是针对我们的。”

“您何以如此确定？”德萨尔塞多说，“这种假设可能让您感到苦恼，但是，神父一样可以被收买。普通人也可以掌握你们的秘密，并且自创一套密码。我认为，这是一条葡萄牙船在向另一条船发送信息，这条接收信号的船只也许离我们不远。”

德托雷斯浑身颤抖，再次在胸前画出十字。“也许是天使在警告我们，继续航行将会面临死亡？有这种可能吗？”

“可能吗？如果真是这样，他们为什么不用我们的密码？那样的话，天使和我都能读懂。不，没有什么可能不可能。罗杰会不允许‘可能’的存在。我们只做两件事：实验；然后从实验中发现结果。我们不会在确知事实之前做出判断。”

“我不相信我们能找到答案。”德萨尔塞多不无忧愁地说，“哥伦布已经许诺船员，如果明天日落之前仍见不到陆地的踪迹，我们就立即返航。否则——”他做了一个手指划过喉咙的手势，“咔嚓！再过一天，我们就可以掉头向东，远离那轮邪恶的血月和那难以解读的信息了。”

“那对罗杰会和教会都将是极大的损失。”修士叹气道，“但这样的事情还是交给上帝去决断吧，我只探寻上帝指引我去探寻之事。”

“火花”修士发表了这句虔诚的宣言，然后举起酒瓶，想要确定液面水平。在用科学手段确定了液体的存在后，他将液体全部注入了一切化学容器中最精细的那个，也就是他那个硕大的肚子，以此测定其体积和品质。

接着，修士舔了舔嘴唇，不顾水手脸上痛苦失落的神情，热情讲起了热那亚圣约拿学院的两项新近发明：水螺旋和水螺旋引擎。他声称，如果伊莎贝拉的三艘船上装备了这种机械，他们本可不必依赖风力推动。然而，迄今为止，神父们仍然禁止扩大它的应用范围，因为他们担心引擎排出的烟气会污染空气，由它驱动的可怕速度可能对人体造成致命的伤害。在这之后，他又不厌其烦地开始叙述自己的主保圣人的生平事迹——也就是第一台天使显现仪和接收仪的发明者，卡尔卡松的约拿，他因触摸一根自以为绝缘的导线不幸殉道。

两名水手找到借口，离开了修士。修士人不错，但圣徒传记让他们昏昏欲睡。另外，他们想要去聊聊女人……

如果哥伦布没有成功说服船员们再向前航行一天，结局将会截然不同。

黎明时分，水手们欢欣鼓舞地发现，几只大鸟正在围绕他们的船只飞行。陆地一定就在不远的前方。也许这些有翼生物所栖息的海岸就位于传说中的日本，那个用黄金修葺屋顶的国度。

鸟儿们向下俯冲。在近处，它们显得巨大无比、形貌奇异。它们的躯干扁平，几乎呈碟形，与翼展至少三十英尺的翅膀相比显得很小。它们也没长腿。只有为数不多的几个水手领会到了这一现象的深刻含义。这些鸟儿栖息于天空，从来不在陆地或海面上稍作停留。

当人们还在为奇怪的鸟儿沉思之时，空气中传来一声微弱的声音，好像有人清了清自己的喉咙。这噪声如此轻柔缥缈，没有人对它太过在意，大家都以为是身边的同伴发出的。

几分钟后，声音越来越响，越来越低沉浑厚，就像有人拨动了一根鲁特琴弦。

所有人都抬起头来，面向西边。他们并不知道，那个像是手指拨弦的声音来自地球的边线，正是这条线维持着地球的形态，使它不至于四分五裂。现在，这条线已经被拉伸到了它的极限，而粗暴拨动琴弦的正是大海这根手指。

还没等到人们明白过来，他们的船只就驶出了地平线。

目睹到一切的时候已经为时过晚。

黎明不仅仅像闪电一样到来，它就是闪电本身。尽管三条船马上倾侧船身，试图用左舷侧风行驶，速度骤增的残酷海流还是让逆风航行变得毫无希望。

接着，轮到这位罗杰会士悔恨起来，他多么希望船上安装了热那亚的螺旋和那种燃烧木材的引擎啊，那样的话他们就有可能在这横冲直撞、公牛一般的海浪面前，多少抵挡住大海那可怕的力量了。然后，有人开始祈祷，有人歇斯底里地大吼大叫，有人试图攻击海军上将，有人从甲板上跳落大海，有人变得神志恍惚。

只有无惧的哥伦布和英勇的“火花”修士还在坚守岗位。日落前的整整一天，修士蜷缩在那个小棚屋内，肥胖的身躯前后挤压着，向大加那利岛上的同事一点一划地发送信号。只有到了月亮像一颗巨大的红色气泡，浮出垂死巨人的喉部之后，修士才终于停了下来。然后，他整夜专注地聆听、绝望地工作，手上写写画画，口中咒骂着渎神的话语，不时检查着密码本。

随着一声巨响，黎明再度突然降临，修士冲出了棚屋，手里攥着一张纸。他的眼神炽热，嘴里念念有词，但是没人明白他已经破译了密码。他们听不到他的大喊："是葡萄牙人！是葡萄牙人！"

巨响淹没了人们的耳朵，人声消失其中。之前的清嗓和拨弦不过是音乐会正式开始前的噪声。现在，宏伟的序曲响起，大洋向太空倾泻而去，山呼海啸般的声音如同加百列吹响了他的号角[1]。

（穆童　译）

1. 传说中审判日的号角就是大天使加百列吹响的。